天下文丛

阅世趣言

沙叶新 著

中国人民大学出版社
·北京·

目　录

随 笔

沙叶新，何许人？

哦，你就是那个所谓的剧作家、上海人民艺术剧院院长，还莫名其妙地列入《世界名人录》的名人？报刊上常见到你的文章，舞台上常演出你的剧作，常有人请你开会，请你讲话，请你签名，请你题词，请你赴宴，请你合影，还请你出国。近几年，你真是春风得意，风头出足。有很多记者采访你，有不少文章吹捧你，说你从小是神童，长大是天才，写作如何之勤，知识如何之博，如今在政治上又是多么的爱党爱国，在艺术上又是多么的出类拔萃，还说你夫妻恩爱，家庭幸福，性格幽默，坚强正直，甚至连面色红润也提到了，只差没说你“质量可靠，负责三包”了。

而阁下你自己是怎么想的呢？你表面谦虚，心中暗喜，别人以为你对这些溢美之词不屑一顾，可有谁知道你对这类捧场文章还是感到惬意的。你呀，真不应该那么心安理得，其实你早已不是你自己了，你已经失去了一个真实的你。直到最近，你似乎才有所觉悟，你在答复一家报纸的提问时，不得不承认：“所谓名人都是社会形象，是社会根据各种需要（在当今中国特别是根据某种政治需要）人为地塑造出来的。只要你出一点名，你便不再完全是自己了。知名度越高，就越不是自己。”你还说过，有关你的报道，百分之五十是艺术夸张，百分之二十是凭空编造，只有百分之三十才是真实有据的，而这百分之三十也是只说好，不说坏。

你今年五十足岁，“五十而知天命”，但更应该知道自己，更应该有自知之明。那就让一个深明底细的我来评说一个被艺术夸张了的你，让一个不为人知的沙叶新来修正一下“社会形象”的沙叶新，不为尊者讳，不为亲者讳，更不为自己讳，如何？试试吧！

好，先说阁下的小时候，你不是什么神童，是顽童。顽皮，按你们南京方言来说，叫“厌”，把“顽皮得要死”，说成是“厌得伤心”。你可真是厌得伤心了！你小时候最喜欢装济公，头上戴着用绿荷叶卷成的圆锥形的帽子，耳朵上挂着红辣椒做成的耳坠，手拿破芭蕉扇，口唱“唵嘛呢叭咪吽”和尚念的经文。那时尚无“鞋儿破，帽儿破”的流行曲，否则你也一定会引吭高歌此曲，大显身手的。下大雨时，房檐水流如注，你和三四顽童竟然立于檐下，排成横列，伸长头颈，以颈就水，相互比赛，看谁坚持最久。而你在这类较量中，哪怕浑身湿透，冷得发抖，也要坚持到最后，击败所有对手。你就有那么一股呆劲，所以大家叫你呆子。你的乳名原来叫“六十子”，后来人们都叫你“六呆子”。

上学之后，你也并非天才。小学毕业时，班主任江浩老师叫你上黑板写你自己的名字。那时尚未实行简化字，你竟然将繁写的“葉”写错了，写成了“䒾”——介乎“葉”和“業”之间的一个谁也不认识的错字。从一年级到六年级，你一直就是这么错下去的，整整错了六年，学习成绩可想而知！

到了初中，你也不是好学生。下午你常旷课，溜到新街口摊贩市场（类似北京的天桥）去听相声，看测字，旁观大人下棋，逛逛廉价书摊，接受典型的市井文化的熏陶。学习成绩呢？你至今还保留一本初中三年级的记分册，别不好意思，打开让大家看看，增加透明度嘛。哇！语文 53 分，数学 43 分，政治 50 分……你是怎么学的，这么多门功课不及格?! 1953 年你初中肄业，患了流行性乙型脑膜炎，没有考高中。病好后，重读初三，留级半年。

你小时候比较突出的倒是京剧。那时你爸爸开饭店，店名启乐园，在南京算是一家小有名气的清真饭店。离店门前不远，是著名的中央大舞台，全国一些著名的京剧演员常来此演出。你家则做这些演员的包饭生意，一些回族演员也常来店里用餐，这样你们全家看戏就方便多了。你当时常爬在台口，曾看过盖叫天的儿子张翼鹏的武生戏，看过现已在台湾退休的顾正秋的旦角戏。久而久之，你也学着唱了。后来你便拜你爸爸的老友梁大先生的儿子梁正平为师。梁老师是票友，工须生，他教你的第一出开蒙戏是《击鼓骂曹》，教你唱的第一个唱段是祢衡的“西皮快三眼”：“平生志气运未通，似蛟龙困在浅水中，有朝一日春雷动，得会风云上九重。”以后师傅说你嗓子“左”，太沙哑，便让你学麒派，于是你又学了《萧何月下追韩信》。你对麒派唱腔喜欢得如痴如狂，尽量想模仿得惟妙惟肖，那一段“二黄顶板”你唱得一波三折，声情并茂，倒也常得到大人们的称赞。记得你就读火瓦巷小学时，校长是戏迷，戏瘾一发作，便将你从课堂叫到他办公室，让你唱上一段。你摇头摆尾地唱，校长先生则闭着眼睛，手打节拍，像在品味一个名角的演唱。后来你这个连自己名字都写错的学生之所以能毕业，八成是校长喜欢听你唱京剧的缘故。1946 年，蒋介石六十大寿，南京票友在新造的“介寿堂”举行祝寿演出。演出剧目之一是《汾河湾》，你演薛丁山，演出之前扮演薛仁贵和柳迎春的两位票友因排名先后而发生争执，以致不欢而散，戏未演成。幸亏如此，否则“文化大革命”中你便多了一条罪状。此事你在历次运动中交代过吗？显然没有。

1948 年前后，南京一些票友成立“南京业余京剧研究社”。此研究社当时并未向国民党政府注册登记，也不知算不算非法组织。该社社址便设在你家饭店的二楼，你爸爸不收房租，而且免费供应茶水点心。票友们活动时，你也吊吊嗓子。新中国成立后，北京的中国戏曲学校京剧科在南京招生，曾有票友建议你去报考，可你父母舍不得，“父母在，不远游”，因而作罢。否则你和浩亮同学，将走上另一条生活道路。也许在“文化大革命”中加入样板团，青云直上；也许因“破坏京剧革命”而惨遭迫害。世事难以逆料，人生有许多难解的谜，你今日之所以成为今日的你，其实是有许多偶然的甚至神秘的因素在起作用。

比如，要不是1953年夏天那只带病毒的蚊子叮了你一口，你就不会得流行性乙型脑膜炎，就不会耽误考高中，就不会在另一个班级留级读书，就不会遇到另一些你本来不可能遇到的老师和同学，就不会有你如今这样的生活历程……

高中，你仍然是在南京第五中学读的。你之所以喜爱上文学艺术并萌发写作的欲望，完全是受了语文教师武酉山先生和同学王立信的影响。武老师循循善诱，是他首先在你的心灵中注入了文学细胞。王同学是你们高中生里第一个发表作品的人。彼亦人也，尔亦人也，受其影响，你也因此拿起笔写起了小说，而且居然也发表了。你当初当然沾沾自喜，如今你才悔其少作，让你脸红，那确实是一篇极为幼稚的处女作。不过，若不是如此，若不是在你生活中出现了武老师和王同学这两个人，你以后也不会走向文学之路的。

在高中，你仍然不是循规蹈矩的好学生，你只是在读高一时还较用功，物理97分，立体几何100分。到了高二你就原形毕露，一头埋进古典诗词里，上代数看小说，上俄语背宋词，只有上语文课还算老老实实。作业，总是抄人家的；考试，倒不敢作弊，只是在考前突击一个月，将书本从头至尾看一遍，将习题从头至尾做一遍，考试时倒也能混个60分，这大概是你的小聪明。

高中毕业，考大学，可以填报十二个入学志愿。你不自量力，报考的都是名牌大学，北大、清华、复旦……结果呢？只录取了你填报的最后一个志愿——华东师范大学中文系，其实这对你来说已经非常不错了。后来才知道，你是回族人，可以加分，在同等分数线上可以优先录取，否则你也早就名落孙山。你是沾了回族的光，是真主的保佑。

在大学，人大了一些，你总算懂得了用功，特别是对中国古典文学最用功。大学期间，你也发表小说，不多，只有两篇，在中文系里倒也引起轰动。但最轰动的还是以后在上海戏剧学院读研究生时所写的论文《审美的鼻子如何伸向德彪西——和姚文元商榷》。当时姚文元是“大左派”，你跟他商榷，批评他，岂不是太岁头上动土？“文化大革命”中，姚文元更是青云直上，你的此项罪名也当然逐步升级，说你早在“文化大革命”前就“炮打无产阶级司令部”。那时真叫你冤难伸，口难辩。“四人帮”倒台之后，同样一件事，评价完全不一样了，你顿时成了早在“文化大革命”前就反对“四人帮”的英雄。好在你倒没有头脑发热，只承认受过“四人帮”的迫害，没将自己打扮成反“四人帮”的英雄。还有一点，你心中一直有愧，也从未与人道及，那就是你那篇“和姚文元商榷”的文章发表在《文汇报》上没多久，你就怕了，认为自己错了。你写过信给《文汇报》的总编辑，认为自己在学术研究上缺乏历史唯物主义观点，表示今后定要好好学习马列。由此可知，当时你其实并不认为真理在自己手里，也并未真正反过姚文元。

人们承认错误往往有三种情况：一是本来是对的，可后来却真心地认为错了。这种情况你有过，这已如前述。二是不知道对和错，脑子给搞乱了，但由于某个至高无上的权威说你错了，你也就认错了。这种情况你也有过，如“文化大革命”初期，你反对造反，可毛主席说造反有理，你被搞糊涂了，只好承认自己无理了。三是明明自己是对的，可屈服于一时的政治压力，只得违心地认错，这是最不应该和最不可原谅的，可遗憾的是这种情况你也有过。“文化大革命”中，你写过一出戏，叫《边疆新苗》，文化部部长于会泳点你的名，上海市委文教书记徐景贤点你的名，说你违反“三突出”，违背“社会主义文艺的根本任务”，还说“沙叶新审美的鼻子又伸向资产阶级那里去了”，于是上海的文化系统开批判大会，批判你。你心中不服，越想越没错，写了申辩稿，打算在批判你的大会上宣读。这当然是种顽抗态度，你是准备顽抗到底的。可后来你想到：第一，你斗不过他们。他们两位是中央委员，炙手可热，你是无名编剧，这样做无异于鸡蛋碰石头。第二，你也无法斗。因为在大会申辩之前，申辩稿必须在小组会上通过，当然这是绝对通不过的。第三，你怕株连，当时你妻子正在申请入党，你担心你的顽抗会影响对她入党的批准。第四，你最怕的则是他们会从此夺走你手中的笔，不再让你从事你最醉心的事业：戏剧创作。所以你低头了，屈服了，撕碎了已写就大半的申辩稿，重新写了一份检讨书。你在批判你的大会上自己谴责自己，自己批判自己。虽然你内心极为痛苦，可你不得不如此。这样你才能过关，才能免于更大的迫害。

“四人帮”倒台后，为此事又有不少人叫你去做报告，叫你讲讲你是如何在这件事上反对“四人帮”的。你其实心中有愧，你非常恨自己在当时没有顶住高压，说了假话，作了假检讨，所以你一次报告也未去做。你在这点上还算比较老实。大概也正因为如此，你从此以后再也不想说假话了，再也不愿做违心的事了；哪怕有再大的压力，再重的迫害，你也不打算屈服了。但愿你能够真的如此。

1989 年 6 月

我的“饲养员”

我有饲养员？谁？我的爱妻！

那我岂不成了她饲养的动物？对，我是动物，灵长类的高级动物。

一年365天，一日三餐，都由妻子将我精心饲养。她在学校当过小学校长，现任上海戏曲学校昆曲科副科长，工作一向勤恳踏实。她在家，是“马大嫂”，买菜、洗菜、烧菜，全部联产承包。我是饭来张口，菜来举箸，啥事也不做。不是我不想做，而是不太会做。叫我买菜，我会把草头当荠菜买回来；叫我削菜，我会把竹竿粗的莴苣削得像竹筷；叫我烧菜，也不是我不愿意烧，而是烧好之后家里没人敢吃：一斤青菜，我倒三两油，放四勺盐，还失手将大半包味精全部撒在锅里，如此炒出的青菜吃了不得痴呆症才怪！所以我只好“君子远庖厨”。

前不久，妻子外出旅游，为使我免于嗷嗷待哺，她鼓励我自办一次伙食。临走前她采购了大量食物塞满冰箱，她说这叫“备战备荒为丈夫”。她还将每周的食谱，哪天、哪顿该吃什么以及各种家常菜的烧法都详细写在纸上，千叮咛、万嘱咐，要我如法炮制。这使我深受感动，不得不连声称诺。但我总是“君子动口不动手”，妻子走后，我或下馆子，或吃速食面，懒得做饭烧菜。想一想我出差时就要比她轻松得多了，除了帮她将米买回来，余事皆不过问，甚至出门前还跟她开玩笑，对她唱段《平贵别窑》：“干柴八担米八斗，留与吾妻度春秋，守得住来将我守，守不住来将我丢！”

当然我妻从未将我丢。我出差归来，她总还特意为我烧些好吃的，以示热烈欢迎。

我虽不下厨房，但有一样好，不忌口，不挑食，不论妻子喂我精饲料还是粗饲料，我都甘之若饴，没有孔老夫子那套“食不厌精，脍不厌细”的贵族毛病。我还有一样好，吃蚕豆不吐皮，吃虾子不吐壳，吃鱼……吃鱼倒是吐刺的，怕卡住喉咙。妻子对我吃虾子不吐壳尤其感到惊讶。我说我像牛一样，会反刍。妻子说我好喂，易长膘。结婚前，我毛重 105 斤，如今重达 150 斤，这一身肉都是我妻精心饲养的成绩。饮水思源，我见肉思妻。

喂得太胖了，就想减肥。去年夏天我天天坚持做玉蟾吸真功、莲花座功、翻浪功。一个多月没吃饭，体重减了 10 斤。香港的《星岛日报》在“名人天下”栏目里以整版的篇幅报道此事，通栏标题为《沙叶新：四十二天不吃饭》。我在练功辟谷期间，妻子最为担心，不吃饭不要饿死？美国著名乡村歌手卡伦·卡彭特不就是想减肥，得了厌食症死掉的吗？所以她总劝我：吃一点吧，一点不吃时间一长要危及生命的！可我坚决不进食。她急了，说：“胖一点怕什么？中年人胖一点才有风度，男人就漂亮在小油肚上。人胖是发福，发福你懂哦？你不要身在福中不知福！”我还是粒米不进，她就真的发了脾气，说：“有本事你示威游行的时候去绝食，现在天下太平了，你绝食干什么？又想搞动乱呀！”

妻子对我减肥节食的担心，当然是爱我疼我，怕我身体受损。但我想可能还有更深层的原因，即担心我长久绝食下去她会因此而“隐性失业”，无须她再饲养我了。我认为，有些事情对大部分妇女来说是种天职，是种权利，比如生儿育女对妇女而言便是如此。虽然如今科学发达，男子有可能也可以怀孕产子，但假如今后果真让所有男子都挺个大肚子，我想天下的妇女决不会认为这是妇女的解放，反之她们认为这是天赋权利的被剥夺。日常生活中的烧菜煮饭、洗衣浆裳亦如是，许多妇女并不完全认为这些家务劳作是迫不得已的义务，反之她们认为这是自觉自愿的奉献，是性别角色的分工，是表达情爱的手段。尽管她们有时也牢骚满腹，抱怨家务的劳累，但倘若真的使所有妇女彻底地从家务劳动中解放出来，那她们在家庭生活中也将失去独特的魅力和光泽，居家的温馨也将大为减色。我这样说并不是说不要减轻妇女的家务劳动，更不是为我这种家务懒虫寻找借口。

我妻子对我的饲养当然远不止是膳食方面的饲养，更多、更重要的还是精神上、感情上的饲养，在这里我要满怀深情地对她说一声："谢谢，我永远爱你!"

说了半天忘了介绍妻子姓什么，她姓江，不过现在介绍词改了，以前是江青的江，现在改成江泽民的江了。这使我很高兴，说明时代变了，我将更发福。只是我这个姓沙的始终秉性未改，仍然是一盘散沙的沙。

1992 年 6 月

沙叶新买菜记

报刊上先是批评小女人文章，后又批评小男人文章，说这类散文随笔记述和议论的不外是家长里短，儿女情长，嗲来嗲去，小里小气，甜腻而媚俗，平庸且无聊。谁也不敢说这些批评不对，可时下不写这些小男小女之文，又能写什么呢？议政治之得失，论路线之是非，哀民生之多艰，讽官吏之少廉，大则大矣，可这不是存心自找麻烦吗？文风的萎靡，总是和□□（此处作者删去两字）有关吧？□□□（此处作者又删去三字）一天十二道金牌，这个不能写，那个不能写，□□部成了不□□部（此处作者再次删去四字），那作者只好去写小女小男之文了。不过这类文章有两大好处，一是无风险，二是不会被删改。于是，仿而效之，我也学写一篇小男人文章……且住，我已年过半百，不是小男而是老男矣！全文如下：

> 我妻子生病，我和她开玩笑，我说："你呀，一辈子平平淡淡，啥也不突出，退休之后倒突出了，可你突出的不是地方，腰椎间盘突出！"妻子气得呀直捶我。
>
> 腰椎间盘突出很痛苦。医生说如果躺着的时候腰椎承受的压力是0的话，站着则是1，坐着却是8。所以这种病人是真正的坐立不安，只能静卧；尤其是不能坐，每天只能在床上水平地横着或在地上笔直地竖着，我说她现在过的是"横竖横"日子。"横竖横，拆牛棚"，很厉害，所以如今遇事我都让着她一点。

妻子突出腰椎间盘，我就突出我的爱心。我每天帮她做恢复肢体功能的锻炼。她常没信心，我就耐心细致地做她的思想工作。我说：“你要下定决心，不怕牺牲，排除万难，去争取胜利！”我这几句话说得铿锵有力，挺有宣传效果；可说到后来就离谱了。我是这么说的：“就是你的病好不了，也要死马当作活马医！”她不高兴了，说我比喻不恰当，她说她不属马，属龙。

以前我妻子身体好的时候，服侍了我二十多年；如今她病了，我应回报她。在她卧床养病期间，我承包了所有家务。开门七件事，柴米油盐酱醋茶，其实真正每天一开门就必须要做的事是买菜。1996年，妻子先我去美国探亲，临走之前，带我去泰安路菜场进行买菜实习，她让我手提菜篮，边走边看，并一一为我指明买什么到哪儿去买；哪个摊位的蔬菜新鲜，哪个摊位的价格公道；哪里是公家的，哪里是个体的。她还说菜场已是一场两制，不是五十年不变，而是无时不变，因此要密切注意何种情况可以享受社会主义的优越性，哪种条件可以利用资本主义的竞争性。最后她还着重强调，只要熟悉菜场这一市场，掌握价格这一规律，不问姓社还是姓资，也不问姓公还是姓私，就一定可以买到物美价廉的优质菜。其实我对她的指示阳奉阴违，一句也没听进。我想你一走，我一个人还开啥伙？她去美国后，我早晨总是在外面吃点心，中午、晚上到处打游击，食遍人间烟火，就是不食家中烟火。可这次不行了，她生病了，我不在家吃，她还得吃呢，所以只好每天去买菜。

我真的是不会买菜，我买菜之前，总是老老实实地向卖菜的郑重声明：“我老婆生病，我头一回买菜。你说这个菜好，我就买这个，你说多少钱，就多少钱，可你不要骗我。”这番话明摆着我是一个“骗我没商量”的角色，所以菜买回来总是上当，不是苋菜老得像棵树，就是一斤重的鱼缺二两。有一次买羊肉，我问卖羊肉的：“你给我的怎么尽是骨头呀?”卖羊肉的说:“是呀，我们也一直希望能培育一种新品种的羊，不但是瘦肉型的，而且还是无骨型的。科学家说行是行，可就怕这种没骨头的羊站不起来。”这顿抢白，堵得我七窍生烟!

全文完毕。

这篇敬学小男之文的老男之文，啰哩啰唆，琐琐碎碎，也许只学到皮相，未学到精髓，真不好意思。不过我想它还是会发表的，而且也不会被“骟”……(对不起，写到此处，电脑出错，重码相混，“删”错成了“骟”。不过错得也有道理，电脑一定认为“删稿”如同“骟睾”一样，都是对阳刚的阉割。)其实我已经防“骟”于未然，主动“骟”去了几处可能有所关碍之处，这充分地表现了我的自律精神。想到这一点我倒没什么不高兴。

1997年9月6日

父女情深

女儿是在腥风血雨的“文化大革命”中诞生的。那几年我和妻子在各自的单位里被迫参加无休止的“斗、批、改”，生活是那么压抑、沉闷、愁苦、无望，时时陷入不可名状的恐惧之中。就在“无边落木萧萧下”的一个秋日，女儿出世了！我接获佳音的那一刻，犹如天使的降临，令我狂喜。我手舞足蹈，一口气以跑百米的速度奔到单位三楼顶的大阳台上，仰天高呼：“我养女儿了！我当爸爸了！”

我给女儿取了个名字：沙智红。当时全国风行京剧样板戏，我便将三出样板戏《沙家浜》、《智取威虎山》、《红灯记》剧名的第一个字拿过来，合成了女儿的芳名。八出样板戏，我女儿独占三出，够“威”的！

大部分在“文化大革命”中消沉已极的知识分子都将自己的全部希望寄托在孩子身上。我当然也如此，望女成凤，从小就教她识字、写字，才两三岁，她就能识记和默写二百多字，我简直就认为她是天才，是神童！稍大一些，让她学跳舞，学唱京剧。五岁时，她便在市府大礼堂登台演唱《杜鹃山》中柯湘的唱段：“家住安源……”唱得字正腔圆，韵味十足，掌声四起。在家里，我还训练她的表演能力，和她共同排演自编的话剧小品《小八路》，我演日军，她演小八路。脚本极简单，小八路被捕，日军审问，两个角色，一共只有几句台词：

日　军　你姓什么？

小八路　我姓共！

日　军　什么共？

小八路　共产党的共！

日　军　哼！八路军在哪里？

小八路　不知道！

日　军　不知道要枪毙枪毙你的！

小八路　我不怕！

她的认真劲儿和竭力模仿的稚态，总会引得观众（亲友）们哄堂大笑。在那没有笑声的年月里，只有女儿给我带来欢乐。那几年，即她的童年时期，我与她最亲。我常常一边讲故事，一边喂她饭吃；一边看书，一边用脚摇动摇篮哄她入睡。几乎每个星期天我都让她骑在我的脖子上，带她去人民公园玩滑梯、木马。稍有一点点余钱，我就请她独自吃四分一根的棒冰或八分一两的生煎馒头，而我却舍不得吃……

“四人帮”倒台之后，我开始忙起来。我和女儿的接触越来越少，不但很少与她娱乐，连在一起说话的时间也没有。我甚至已回忆不起女儿是怎么长大的，怎么从一个蹒跚学步的“小毛头”突然变成一个亭亭玉立的少女。这一时期只有一件事我记忆犹新，那是在她读小学五年级的时候，有一天家中收到一封误投的信，我在信封上贴上一字条，说明本宅无此人，请退回原处。我让女儿将此信投到大弄堂口的邮筒去。女儿拿了信，下了四楼之后，我从北窗口望她，始终未见她走出一楼的大门。过了十分钟左右，她上楼来了。我问她信投了没有，她说投了。我又问投到哪里了，她说投到邮筒去了。我一听就火冒三丈，她连大门都没出，怎会到弄堂口的邮筒去投信？她明明是在撒谎，我气得打了她一巴掌。女儿吓坏了，哭了。原来她偷懒把信塞到一楼别人家的信箱里。虽然她错了，但我打了她，她一晚上都不理我。

第二天我将去北京出差，要去较长一段时间，我不愿意把我和女儿的关系搞得太僵，于是在去机场之前买了一小袋瓜子和话梅到学校去看她。

那是下午，已是课外活动时间，她正在操场跳橡皮筋。我走过去叫了声：“智红！”她一愣，只是望着我，不吱声。我说：“我要去北京了。”她仍不说话。我将瓜子和话梅塞到她的小手里，她被动地拿着，也不说“谢谢”，也不跟我说“再见”。我很难过，就这么走了。

到了北京，我给女儿写了一封信：

红儿：

你好！首先我向你道歉，我不该动手打你。打人，包括打孩子，是说明自己无能，而且这样粗鲁的行为极伤感情，我向你保证今后再也不会发生这样的事。不过我同时要向你指出，你偷懒和说谎也是不对的。尤其是说谎，我最为讨厌。我曾多次向你说过，犯错误不要紧，如果再说谎，那就错上加错，等于犯了两个错误。说谎最大的损失在于说谎者自己，因为谎话一旦被揭穿，那将永远失去别人对你的信任。我希望你今后也不要再发生这样的事。我记得我曾多次对你说过，我们是父女，也是朋友；是朋友就要相互信任，你说对吗？

爸爸

当我返回上海时，她又叫我“爸爸”了，显然我这封信还是起到了良好的作用。不过，我和女儿之间的这场小风波使我越发感到与女儿的疏远所造成的危险。

可是我越来越忙，经常出差，即使在上海，有时一年倒有八个月躲在外边写作，很难见到女儿一面。女儿却越来越大。她在一所重点小学毕业了，又考入另一所重点中学；中学毕业了，又考入上海戏剧学院。在中学时，她的作文曾荣获上海市重点中学学生作文比赛的第一名，她的散文习作也曾多次发表在报刊上。最突出的还是她的英语才能，中学期间，她就在广播电台举行的英语比赛中名列前十二名，以后她在课余时间还常去上海电台担任业余的英语小说播音员。为了培养自立能力，这位“千金小姐”在假期中曾到街道传呼过公用电话，到餐厅当过服务员，到某个公司当过秘书，到中学教过书，虽然获得的酬劳微乎其微，但所受锻炼的意义却远在金钱之上。还有一点足以使我骄傲的是，女大十八变，她越变越漂亮了。当女作家陆星儿和王小鹰见到我女儿时，不由得惊呼："哇，沙叶新你怎么还有这么个漂亮女儿，真是个小美人！"听到这样由衷的赞扬，我这做父亲的毫不谦虚，说："我沙叶新从不出次品！"

女儿虽然并不因为缺乏我的关心而成长得不好，但这有没有使她对我的爱减弱甚至丧失呢？我总为此而忧心忡忡。1990 年又是我的一个大忙之年，我经常几个月不在家，春节之后又躲到外边去写作了。为了怕人打扰，我在藏身之处的房间门口贴了一张字条，上书："正在下蛋，谢绝参观。如有要事，电话联系。"记得 4 月的某一天下午，我从外边回来，只见我的房门上又贴了一张字条，全文如下：

> 沙叶新先生：
>
> 您好！我是美国《亚洲周刊》驻北京记者，我的名字叫 Helen Johnson，中文名字叫林英。我专程从北京来到上海的目的是要采访上海的几个文化名人，为周刊的文艺专栏写些专访。
>
> 到了上海，我找您找得很辛苦。有消息说您躲了起来。我四处打听，才知道您住这里。不巧，没能见到您。很抱歉，没与您约时间就匆匆赶来，这样很不礼貌，请您原谅，我可否与您另约时间？今天晚上八时我按照您贴在门上的电话号码给您打电话可以吗？因为我后天就要从上海返回美国，我希望在这以前您给我一个时间，我知道您很忙，所以不多占用您时间，只要用一到两个小时。
>
> 我对中国目前的文艺形式（势）很赶（感）兴趣。我们可以避开敏感的政治问题，自由地谈些您赶（感）兴味的话题。目前我已采访了朱逢博和王安忆等人，就盼着与您见面了。

我想这个林英一定是美籍华人，短短的一张字条上不但有繁体字，还有别字。本来我在写作期间是概不会客的，连妻子、孩子都不愿见，所以我颇为踌躇，这使我有点心烦意乱。我从下午4点一直等到晚上8点，电话铃响了：

“Hello，Is that Mr. Sha?”

“Speaking.”

“This is Lin Ying.”

果然是林英打来的电话。我正在考虑如何婉言拒绝她的采访，可突然在电话中传出对方抑制不住的笑声，这使我莫名其妙，在笑声中对方又冒出一声。

“爸爸！”

好熟悉的声音！

“您是……”

“我是智红呀！”

“什么？你不是那个美籍华人？”

“我不是美籍华人，我是华籍美人，你的女儿沙智红！”

我简直要昏倒了！

“那门上的字条？”

“是我写的。”

“你怎么开这样的玩笑！”

“爸爸，今天是4月1日！”

哦，愚人节！我被这调皮的女儿愚弄了！

我并未生气，一点也不生气，我甚至欣赏女儿的调皮。我想能和爸爸开这样玩笑的女儿一定是把爸爸当作最亲密的朋友的。这个玩笑使我深信我们的父女之情牢不可破。她在电话中要求来看我，我叫她快来，越快越好。

那天晚上我们父女俩谈得极畅快。

1991年8月16日，女儿自费去美国留学了，还不知什么时候能再见到她。我在想念她，非常非常地想念，就写了这篇文章。

1992年2月

女大不中留

女儿还在读小学的时候就问过我什么叫“女大不中留”，我反问她：“你说呢?”她说：“女大不中留，就是女儿大了，不在中国留学，要到外国去留学。”

没想到女儿大了果然“不中留”，“留”到美国去了。

1997年10月5日，女儿第二次从美国回来，这已是她出国后的第七个年头了。在接机时，我从“女大不中留”想到“女大十八变”，想到她下飞机时，会不会戴着黑眼镜，穿着露脐衫，嚼着口香糖，见了我会不会把手一扬，不叫我“爸爸”，叫我“呆弟”，变得真让我发呆了?

那天我和妻子果然没将女儿认出，我们在出口处等了很久，旅客将要走尽，我们有些着急，还以为女儿不在这班飞机上。正在疑惑时，突然听见一个熟悉和亲昵的声音：“爸爸！妈妈!”蓦然回首，哇，女儿正在灯火辉煌处。我和妻子一阵激动，扑过去和女儿紧紧地抱在一起……

我们仔细一看，女儿真是变了，变成个大姑娘了。发型也变了，原来是长发披肩，如今是短发覆额。服饰也变了，变洋了，深蓝T恤、牛仔背带裤、厚底方头皮鞋，那派头已俨然像是在美国出生的“ABC”了。

在接她回家的路上，我问女儿这次回来能住多久，女儿说要多住些日子。我既高兴又担心，担心洋装在身的她是否还有中国心，住久了能否习惯。

女儿一到家，听说外公生病，马上就和她妈妈前去医院探望。她的孝心给我留下很好的印象。平时在家，她也尽量陪伴她妈妈，或一同购物，或一同烧饭，母女俩有说不完的话，简直像一对亲姐妹。我在外面常有应酬，她也乐意相随，打扮得漂漂亮亮，亲昵地与我挽臂而行。她调皮地说："爸爸，人家会不会以为我是你的小蜜？"我说："你别胡说八道！"晚上一家三口同在一起看电视，女儿更是有说有笑，让我们尽享天伦之乐。

有一次她妈妈问她，弟弟在美国有无女友。她说："弟弟要在美国找个黑人姑娘。"她妈妈吓一跳，说："这个勿来事喔！"女儿说："黑人姑娘身材好，也有长得很漂亮的。"她妈妈说："要是以后养个小孩，也是漆黑的，叫我怎么敢抱？教我怎么敢带到上海来？"我说："是呀，万一上海晚上突然停电，全是黑的，找不到他了，那不急死我们！"女儿说："没关系，断电的时候，你就叫他张开嘴巴，那不是又找到了？"女儿的玩笑话就是为了逗我们，果然说得我们哈哈大笑。女儿在美国生活多年，依然孝顺父母，承欢膝下，还和我们如此亲热，我真感谢她给我们带来的欢乐。

女儿的英语极好，几乎没有一点中国口音。我原担心她也会像有些从海外回来的人一样，光说英语，好像变得连中国话都不会说了。即使说，也喜欢夹带一些英语词汇，动不动就"ok"、就"yes"、就"and"、就"but"、就"anyway"等等，好像不时地在提醒别人他们是从国外回来的，听了真让人不习惯。前几天一个出租车司机告诉我，说一个小姐乘他的车，他问她到哪里。可这位小姐跟他说英语，他听不懂，小姐就满脸不高兴地用"台湾国语"冲着他说："坏蛋！坏蛋！"司机心想，我听不懂英语，你也别骂我"坏蛋"呀！后来才弄明白，小姐不是骂他"坏蛋"，而是要到"外滩"。到了外滩，小姐一下车，马上就和接她的一位先生说起了挺呱的上海话！司机对我说："侬看看，全是上海人，作啥把我吃药哩！"我女儿倒很爱说上海话，她说讲上海话"邪气过瘾"。女儿乡音未改，我对此也很高兴。

女儿去国越久，越是爱家乡，这种爱既表现在她对家乡巨大变化的由衷赞美上，也表现在她对家乡某些弊病的深恶痛绝上。从这点来说，女儿真的是变了，变得成熟了，变得有思想了。这大概就是“女大不中留”的收获了吧。她弟弟打电话来问她上海怎么样，她说：“变化交关大，问题也勿少，侬一定要回来看看！”

儿子果然就要回来了！

我和妻子的又一个节日要到了！

1998 年 4 月 15 日

我和儿子下棋

儿子从小爱下棋，我是他的主要对手。他五六岁时，我陪他下斗兽棋、飞行棋、五子棋；上小学之后，我又陪他下跳棋、军棋、中国象棋。他还学过围棋和国际象棋，但我不会，没陪他下过。他最喜欢的还是中国象棋，我经常陪他下。当然，我总是比他棋高一着，爸爸嘛！

儿子很小的时候，在他的心目中，爸爸是战无不胜的英雄，是无所不知的权威，是能给儿子提供任何帮助的保护者。“爸爸，我要撒尿!”“爸爸，我掼跤了!”“爸爸，抱，我跑勿动了!”“爸爸，猫来了，我吓!”儿子一天不知要叫多少声“爸爸”，而爸爸总是能在他最需要的时候来到他身边，并为他排忧解难，爸爸当然就成了儿子崇拜的英雄。

儿子大了，进初中了，在心理上开始“断乳”，对爸爸的态度也就随之改变了。初一时，他自学《中美历届数学竞赛试题精解》这本书，有一道代数题他不解其意，拿来问我。我这个搞戏剧文学的最没有数学头脑，只好对他说我也不会。他非常惊讶，爸爸居然也有不会的事！还有一次，他读英汉对照读物《爱丽丝漫游奇境记》，有个英语文法问题问我，我又是不会。他更为惊讶，读过两所大学、当过研究生的爸爸，怎么连初中英语的文法也茫然无知？以后他诸如此类的问题越来越多：摄氏 31 度是华氏多少度？贝肯鲍尔是哪一国的足球明星？大白菜在植物分类上属于什么科？蛔虫在人肚子里为什么不会被人体消化？而我面对这些问题大多交白卷。儿子说，爸爸除了语文这一门功课稍微好一点之外，其他功课都不行，还不如他。我默然，只得认可。

前不久，家中买了一台日本产的录像机。我是科盲，对先进技术一窍不通，所以买来之后，对于如何和电视机接装、如何调试等等，我都束手无策。后来，请来当工程师的内弟接装好了，我又不会使用。我真恨自己太笨！儿子说，这有何难？他仔细阅读了使用说明书，东碰碰，西戳戳，居然可以用上了。这一来，爸爸的形象越来越无光彩，而儿子的形象倒大大地提升了。

到了儿子读初二时，我唯一还可以保持爸爸优势的，看来只剩下下中国象棋这一招了。因此我每逢和儿子下棋，总是全力以赴，期在必胜，不敢稍有疏忽，以免败于他手而失去这最后的阵地。迄今为止，我的战绩是胜多败少，仍旧保持绝对优势。

儿子素来好强好胜，从不甘于人后，不论在课堂上还是在运动场上，他总想争个第一。和爸爸下棋，虽是娱乐，他也极其认真，定要跟我争个高低。无奈我胸有全局，老谋深算，而他有勇无谋，时中我计，不是失子，便是败阵。每到这种生死关头，为挽回败局，儿子总要悔棋，而我决不答应，并以“落子无悔大丈夫”的古训来与他争辩。这样，我们父子之间的一场舌战就不可避免了：

“摸子动子，落子生根！”

“我还没动哩！”

“别赖！”

“你才赖哩！”

“说好的，不许悔棋！”

“谁悔了?!”

“你要悔，我就不来了！”

悔棋我就不下，这是我的撒手锏。儿子为了能跟我继续下，只得屈服，不再悔棋，但嘴里仍嘀咕：

“哼，算你狠!”

我妻子曾说：

“你们父子俩下一次棋，就要吵一次!”

可我妻对于我们父子为下棋而展开的舌战，始终是采取“事不关己，高高挂起”的态度，从不过问，从不干预，只是静静地坐在一旁，低着头专心地结她的毛线；哪怕我们吵翻了天，她也不参战，又不劝和，真正做到了“观棋不语”，涵养功夫极好!

只有一次，我妻表现了她对儿子的偏袒。她对我说：“下棋是玩玩的，你就让儿子一点嘛！他还小，你对他干吗那么认真?”

我说：“其实我非常非常希望儿子能赢我，可我又极不希望他赢得那么轻易!”

有一阵子，儿子似乎憋了一股气，每天放学做完功课之后，便潜心研究棋艺。他不但进行实战练习，还加强理论武装，他看完了《中国象棋基础教程》，又在看《橘中秘》。他常常按谱摆子，一人独弈，真是有点入迷了。他说：“我一定要杀败爸爸!”

我深信儿子用不了多久就会将我杀败的，到那时，所谓爸爸的优势也许就全部丧失殆尽了，被崇拜的英雄将要彻底成为他的马前败将了。有人曾总结过，说儿子对爸爸的态度分如下几个阶段：童年时，认为爸爸是英雄；青少年时，认为爸爸马马虎虎，不过如此；成年时，认为爸爸缺点甚多，开始变得讨厌了；等到自己进入老年或者失去爸爸之后，才突然感到爸爸的这一生还是真了不起。至于我呢？我并不期望儿子把我当作英雄，当然也并不愿意他把我看得一文不值，我只希望儿子始终把我视为他的朋友。

心肝与宝贝

1994 年 6 月 5 日，我从芝加哥飞抵纽约。一到纽约，我就急于要在第一时间和红儿、枫儿见面。我感觉我和女儿、儿子越来越近，已经在同一个东海岸、同一个州了，也许我在纽约跺一下脚，他们在 ALBANY 就能听得见。近乡情更怯，近儿、近女也是情更切，不过是亲切之切、急切之切，并非胆怯之怯。

下午我等在新侨之家，坐立不定，一个念头，就是想着他们，不时地看手上的表，看窗外的车。等呀，等呀，这种等待的激动、盼望的欣喜，随着年龄的增长已好久没有过，可又分明记得我曾经有过，又一时记不起何时有过。仔细一想，哦，想起来了，二十五年前我在徐家汇的林荫道等待嘉华的时候，就是这样的心情，心急火燎，搔首踟蹰。记起昔日的心绪，就像回忆起一首遥远的乐曲，有种说不出的温馨。如今我在纽约一家普通的旅店里等候嘉华和我的这双儿女，正像当年等候嘉华一样……

等了两个半小时，好像等了漫长的一个世纪，下午四时，他来了，沙枫来了，我的儿子来了，那个在美国自费留学已半年的大学生来了！在想着他的时候，我已两眼湿润，如今一见到他，他的一声“爸爸”就使我的泪水夺眶而出，我赶紧转过身去，躲进洗手间……

他好像没多大变化，依旧是那个学生模样，依旧是我熟悉的神情。他不像我那样的激动，那样的激烈。我不停地问这问那，他只是简单地给予回答，同时翻看我从上海给他带来的东西，这些都是他妈妈为他准备的。我看得出他很高兴，但他无任何表示。我想这一切都可能是他来美国没多久的缘故，好像刚离开家，所以没有久别重逢的狂喜。但我并不因此而失望，父母对子女的爱从来是不求回报的。只要能看见他，我就心花怒放；只要能听见他叫我一声“爸爸”，我就无比慰藉。

女儿 5 日有课，她 6 日从 ALBANY 到纽约看我。她还是那么娇小、青春，笑起来像一朵盛开的花，灿烂辉煌！她的一声“爸爸”，也要比儿子的甜美。还没说上几句话，她就问我：“爸爸，我老了吗？”我说：“你老什么？你还是那么年轻、漂亮！”她又灿烂地对我笑。我说：“你怎么只关心你老不老，为什么不说说爸爸老没老？”她说：“你没变，就是又胖了。太恐怖了！”我说：“你是不是从我身上看到了今后的前景？”她说：“哼，我要像你这样胖，一定自杀！”我说：“那我现在是苟且偷生了！”女儿常和我开玩笑，有时还挖苦我几句，以表示亲热。儿子则不，有点不苟言笑的样子。其实这是我和两个孩子关系的反映。我平时和女儿没大没小，爱逗着她玩，因而女儿也爱和我嬉闹；我对儿子则比较严肃，一本正经，所以儿子对我也是一脸冰霜的样子。其实我对他们的爱完全一样，只是对女儿的爱放在脸上，对儿子的爱放在心里。

7 日上午，儿子、女儿请我吃早茶，他们付的钱，这是我第一次享受做爸爸的福分。午后他们陪我逛唐人街，并在那里吃饭，也是他们付的钱。我来美国带了一些美元，嘉华说留给他们用，可他们说什么也不要。他们要，我当然高兴；他们不要，我也高兴，这说明他们懂得了自立。晚上又和他们一同在百老汇看音乐剧 *Cats*。我们全被感动了。为演员认真而精湛的表演感动，为一丝不苟的舞台布景感动，为台上台下的那种创造艺术和欣赏艺术的圣洁气氛感动，也为那首沁人心脾的、使人永远难忘的 *Memory* 感动。我感动得眼中充满泪水。*Cats* 也许算不得经典，但他们的演出绝对是第一流的，他们对待艺术创造的敬业乐业精神也是第一流的。我对儿子和女儿说："我是千里迢迢来百老汇看戏的，你们身在纽约，这么方便，你们应该每个月来看一次戏。今后不论你们多忙，都要始终和艺术保持接触！"儿子正逢假期，在纽黑文打工，他有三个星期连续上班，调休了三天来纽约陪我。8日一早，他又要去纽黑文打工。我送他至地铁站口，分手时，我不禁老泪纵横，怎么也控制不住。我平时很少在儿子面前流露感情，蓄之愈久，发之愈烈，这是一次大爆发。儿子抱着我的肩，不停地安慰我说："以后我要回来，要回来的……"

9日，女儿和女婿陪我和守成去自由岛，看自由女神像。我注目 MISS LIBERTY 很久、很久。

沙叶新翻脸不认人

我让人讨厌之处甚多，最令人讨厌的诸多毛病之一是记不住别人的脸。脸，对每个人都是很重要的，谁能不要脸呢？谁都想出头露脸。我记不住别人的英眉秀目，记不住别人的伟大尊容，就是对别人不赏脸，岂不讨厌？尤其是方才还见过、还介绍过、还握过手、还交换过名片的名流显要，我一转身，就认不清人家的面目了。这叫“翻脸不认人”，可恶之至！

翻脸不认人，是视觉记忆力差。托尔斯泰七十多岁了，还能记得几十年前访问过他的一个少女的面容，当这个少女已变成满脸皱纹的老太太再次出现在托尔斯泰眼前时，托尔斯泰立即就把她认了出来。周恩来也有过目不忘的神奇记忆力，任何人只要给他看过一眼，他就能终生记住。他们两位是伟人，有火眼金睛；我不行，我是凡胎肉眼，过目即忘。年轻时，有人给我介绍一位姓丁的女友，约在南京玄武湖见面。那天有灯会，一路上只顾看灯，也未仔细端详女友的芳容玉貌。走到半路，女友如厕，将手上的一袋花生米交给我。我在湖边的一个报栏前边看报边等候。不一会儿，一个姑娘站到我身边，我对她笑笑，她也对我笑笑。我将手上那袋花生米递给她，她拿了几粒吃起来。我说：“走吧！”她也就大方地跟我往人群中走去。一会儿她问我：“同志，贵姓？”咦？难道介绍人没向她介绍过？我说：“我姓沙呀！”接着她就做了自我介绍，她说：“我姓李，在徐州工作，这次是出差到南京来的。”我一听吓一跳，给我介绍的女友不是姓丁吗？怎么一会儿工夫就改姓李了？明明是南京人，怎么又变成了徐州人？我想我肯定又是认错了人，弄得“面目全非”了，于是连忙做了解释，离她而去。由于我“目不识丁”，姓丁的女友当然也早就离我而去了。

我不但经常“目中无人”，还“目无领导”。两年多以前，我和我女儿在静安宾馆门前遇见正在散步的我的顶头上司上海市文化局副局长肖炎同志，我对我女儿介绍说：“这是住在我们一号楼的隋叔叔。”我女儿便叫了一声：“隋叔叔，您好!”肖炎同志当时肯定给我弄蒙了，还满面笑容地“嗯、嗯”地连连点头，可心里一定在想：“我什么时候又姓起隋来了?”其实是我把肖炎错看成上海歌剧舞剧院的隋月龙，肖冠隋戴了。

当然我不是对所有人的脸都记不住，父母兄弟、老婆孩子、亲朋好友的面容还是记得住的，要是连老婆的脸都记不住，那后果就严重了。我记不住的只是平时接触较少或多年不见的一些人的容貌。《上海文化艺术报》的主编朱士信同志知道我这毛病，每次和我见面他都不厌其烦地先主动介绍：“我是朱士信，上次你见过的。”他的容忍和耐心，使我感动和惭愧。

还有一类人的嘴脸，我明明认识，但我看也不要看，道不同，不相为谋；有所认，有所不认。这类人或是“执左道以乱政”（《礼记·王制》）的野心家，或是“顾左右而言他”的投机者。即使他们主动向我伸出手来，我也不屑一握，并故意目瞪口呆，装作不认识，然后扬长而去。这很有晋代名士惯作青白眼的阮籍的遗风，是不是?

1993 年 5 月

始终不是我

1997 年 8 月 29 日，我收到四川的一位小姐的来信，信内夹着一张彩色照片，小姐身材颀长，容貌秀丽，着黑色短裙，蓝底花衫，手擎红伞，站在一棵老橡树下，十分的幽雅可爱。照片背面写着：赠沙叶新老师。信上说，她 1993 年年底在西双版纳与我邂逅，说我当时穿了件紫红色的细格衬衣，她和我握过手，和我说过话，对我的印象是“脸色红润，双目含笑，约摸四十岁左右，十分随和”。我看到这里既高兴又疑惑，因我从未去过西双版纳，也从没穿过紫红色的衬衣。小姐在信中继续写到，说我曾告诉她我在写了《蹉跎岁月》之后，正在写《孽债》……这下我明白了，这位小姐把我当成大名鼎鼎的叶辛了。

我突然有一种犯罪的感觉，像在私拆别人的信件，并且掠美自归，盗名窃誉。我连忙紧闭双眼捂住信的下半页，不敢再看下去，怕侵犯叶辛兄的隐私。

叶辛兄是我很熟悉、很尊重的朋友，但他贵为中国作家协会副主席，而且形象出众，极似舵手，瞻仰之下，令人无限怀念，我一介平民，怎能和他相比？把我当作了他，实在是天大的误会。虽然叶新和叶辛同音，如果我胆敢以叶辛自居，那我这个叶新就不是叶新，而是野心了！

信不是给我的，却错寄给了我，可也有明明是给我的信，却错寄给了别人。去年，上海一家报纸的编辑小姐就将写给我的信错寄给了流沙河先生，流放到沙河里去了。后来，流沙河先生又将信从四川流回了黄浦江，还附了一短柬给这位编辑小姐，和她开了一个小小的玩笑。这次信之错投，乃是因为我与流沙河先生两人的姓名中同有一“沙”之故。但此沙绝非彼沙。流沙河先生之沙是金刚之沙，金光闪闪，蕴藏极富；是恒河之沙，非但不可胜数，且经圣水润泽，饱含圣气灵光。沙叶新之沙就差多了。我是一盘散沙之沙，是泥沙俱下之沙，此沙淘不了金，此沙也聚不成塔，只能使我喉有沙音、目有沙眼。

以上说的是寄错信，再说认错人。去年冬天，我在新华书店的音乐戏剧书架前翻书，旁边一位年近三十岁的女士也在选购图书，她望了我一眼，笑了一笑，好像对我很熟悉，她说：“您好！”我也说：“您好！”她说：“您好像比以前发福多了。”我说：“是吗？那我真是身在福中不知福了。”她笑了，又说：“您也好像比以前矮了点。”我说：“天冷了，热胀冷缩。”她又笑了，又问：“最近有演出吗？”我早已辞去上海人民艺术剧院院长的职务，不太清楚剧院演出的情况，便回答说：“不太知道。”她有些不信：“您不知道？”我说：“是的，我一直在家里写作。”她兴趣来了：“哦？您在写什么？像赵忠祥、刘晓庆那样写自传？”我说：“不，我在写剧本。”她兴趣更大了：“您也写剧本了？什么剧本？电视剧本还是电影剧本？”我说：“话剧剧本。”她更为惊讶了：“啊！您也写话剧剧本？”我心想，这是什么话？我本来就是写话剧的嘛。她犹豫了一下，然后很郑重地劝导我：“我认为您还是唱歌的好。”什么？我改行？我这沙哑的破嗓子还能唱歌？我有些疑惑。她接着说：“我从小就听您的歌，我是在您的歌声中长大的。”她……她……她把我当作谁了？我问：“您听我唱过歌？”她说：“当然了，您唱得好极了。《闪闪的红星》的主题歌，小小竹排，我们这一代人谁没听过！”哦，她把我当成了李双江！仔细一想，我和李双江还真是有那么一点像，我就是稍稍胖了点，矮了点，怪不得说我发福了哩。这位女士最后还要让我签名，可我签谁的名字呢？我总不能冒名顶替签大歌唱家的名字吧，我只能签我自己的。我想这位女士也许知道我的大名。果然她看了我的签名之后激动地惊叫起来：“啊，您就是沙叶新呀，太荣幸了，太荣幸了！沙先生，我看过您的戏，看过您的戏，《于无声处》，《于无声处》！”好，我又成了宗福先了！

我怎么始终不是我自己呢？牵强一点用句时髦的话来说，我这不是失掉自我了吗？每一个“我”，都是不可重复的，都是不可取代的，都是独特的，都是唯一的；失掉自我，对特定的那个“我”来说，便是失掉一切。每一个“我”都天赋地应有独立存在即不被失去的权利……

1997 年 11 月 12 日

我要严肃了

我高起兴来，就爱开开玩笑。

前两年，《小说界》以“上海人的一日”为题征文。我的一篇文章有幸获得三等奖，我很高兴，也很惭愧。不久，征文出了集子，有位读者买了一本，并托人请这次征文的所有获奖作者在扉页上签名，我也签了。这位读者拿到书后，在扉页上的众多签名中却怎么也没看到我的签名，他托我的一个友人拿着书再来问我，我坚持说：“我签过名了!”友人翻开扉页，说：“没有你的名字呀!”我说：“有，你再仔细找一找!”友人又将所有的签名逐一地看了一遍，还是没找到。于是我将书拿过来，扒开封面与扉页中间的书缝，在最下边、最里边果然看到比火柴头还小的微型签名：“沙叶新”。友人惊奇，说：“怎么签在这谁也看不见的角落里，又写得这么小!”我说：“我得了三等奖，不好意思，所以才缩起身子躲在里边。”友人大笑，说：“世界上任何作家都没有像你这样签名的，你真爱开玩笑!”

我是爱开玩笑，当然也爱说说笑话。前几天，我在宾馆还给客房部的几个女服务员讲过一个笑话。我说：一家旅馆的客房部人手不够，新招来一个女服务员。上班后，她第一次到客房送水，一开房门，睡在床上盖着白被单的客人给惊醒，就坐了起来。这个新来的女服务员大叫一声就昏倒了。客人连忙下床将她扶到沙发上。过了一会儿，她才苏醒过来。客人问：“你刚才怎么了?”这个女服务员说：“对不起，我是刚从别处招到这儿来的，还很不习惯。”客人问：“你原来在哪里工作?”她回答说：“在火葬场。”客人一听也差点昏倒了。女服务员们听了很开心，希望我以后再给她们多讲些笑话。香港女作家施叔青曾专门为我发表过一篇短文，题为“听沙叶新说笑话”，讲她从香港到深圳来看李准、谌容和我，吃饭时听我说笑话，笑得她前仰后合，笑痛了她的肚皮，可见我说笑话已名声在外。

说笑话，能使人一乐，我又何乐不为？给人带来欢乐也是为人民服务。可是言多必失，说笑过多也必有所失。有一次在文化局开会，听兄弟院团一位编剧介绍他辞职后办起养狗场以商养文的事。我很感动，也颇多感慨，于是说了一句俏皮话，我说：“我们现在还是官养的，你是狗养的。”到会者们听了先是一愣，但很快都会心地笑起来。可这位编剧却以为我是在挖苦他，鄙视他，有些生气。这个疙瘩也许至今尚未解开。一句无心的玩笑，却使朋友受到伤害，我后悔莫及。还有一次，一位中央领导同志来上海接见一批科技、教育和文艺界人士，我也有幸被接见。这位同志原在上海工作，和我见过多次。这次在会上见到我便说：“沙叶新呀，我发现你又胖了！”我本来又想说句俏皮话：“我和中央保持一致。”因为这位中央领导同志也很胖，后一想此话不妥，连忙改口，我说：“胖好呀，从我肥沃的脸上可以看到上海的大好形势。”没想到换汤不换药，我说的仍是一句俏皮话。事后，一位好心的朋友跑来找我，为我惋惜，说：“咳，如此重要的接见，极为难得。你的每句话也许都可能会给中央领导同志留下深刻印象并对你今后的前途产生重要影响，你怎么如此随随便便，马马虎虎，不慎重择言，不注意谈吐，说的尽是戏言呢？你呀，真不会当官！”是呀，是呀，悟以往之不谏，知来者之可追，从今以后，不开玩笑，不说笑话，我要正正经经，庄庄重重；我要深藏不露，莫测高深。当官就得有个当官的样儿，治国，要稳定压倒一切；当官，要稳重压倒一切。哼，总而言之，我要严肃起来了！

1993年5月

我又不严肃了

前不久，深夜，魏明伦从成都打来电话，他一口铿锵豁亮的四川口音，我也以洋泾浜的四川话与他对谈。他先是春树暮云，称兄道弟，嘘寒问暖，煞是热情。继而他又哀叹川剧之式微，悲鸣观众之流失，痛陈脑体之倒挂，感喟文人之穷酸，说得声情并茂，令人潸然泪下。讵料他谈锋一转，说他如今已愤然投“海”创办公司，当了老板，正待吉日开张。说到这个份儿上，火候已到，方才直奔“主题”：希望我老兄在他公司开张之日来电祝贺。

哦，原来如此，这个狡黠的鬼才，竟然跟我也兜起圈子。不过我还是非常为他高兴，他的经营意识、他的公关才能已在电话中表现得淋漓尽致，日后这个大腕定能成为大款，腰缠万贯，富可敌国，诸位等着瞧吧！

第二天上午我便去邮电局打祝贺电报，可写什么贺词呢？骏业崇隆、鸿猷大展、多财善贾、媲美陶朱……太俗，想来想去，老毛病又犯了，于是在电报纸上写了如下贺词：

起来，不愿做奴隶的人们，
把我们的血肉，
筑成我们新的商城！
下定决心，不怕牺牲，
排除万难，

去争取生利！

前不久，我在《新民晚报》上写过一篇文章，说：治国，要稳定压倒一切；当官，要稳重压倒一切。从今以后，我要正襟危坐，不苟言笑，深藏不露，莫测高深，总而言之，我要严肃了！可这次给魏明伦发贺电，我又不严肃了。咳，没治了！

1993 年 7 月

秀才遇见偷

1971年9月6日，我送父亲和外甥去火车站，他们准备乘当晚开出的306次车回南京。七时许，我们来到在“文化大革命”中陷入一片混乱的北站，我叫父亲带好外甥，我去购买月台票。

当时的月台票售票处设在宝山路东边的一间小房子里，只有两个售票窗口，可买票的人很多。售票窗口前人头攒动，挤成一团。后边的人踮起脚，伸长臂膀，越过别人的头顶，将手塞进小窗口里，声嘶力竭地叫嚷着：“买票，买票!”我一介书生，向来循规蹈矩，只得老老实实地站在众人后边，耐心地排着队。面对眼前的这片混乱，我想起了最高指示：“天下大乱，达到天下大治。”但何时才能大治呢？我苦笑着。

好不容易快要排到我了。此时，我看到一个十六七岁的小青年，站在两个售票窗口中间，手上捏着一枚五分硬币，面向排队的人群，左顾右盼，好像是在找人帮他代买一张月台票。突然，我看见他的手朝我前边的一位妇女的上衣袋里伸去，用两个手指捏住了口袋里的小钱包。我吓了一跳，简直不敢相信自己的眼睛。他在干什么？这不分明是在偷东西吗？对呀，拿人财物而不使人知之，谓之偷。我终于很快判断出这一行为的性质：偷!可我长这么大还从未看过偷东西，这次竟然亲眼目睹了偷的全过程，真还有点紧张，甚至惊心动魄。等我迅速地回过神来，便急步上前，一把抓住小偷的手，大吼一声：“你干什么?!”小偷还故作镇静：“干吗，干吗，我没干什么！”我义正词严地说：“拿人财物而不使人知之，谓之偷！派出所去！”

半路上，小偷哀求我：“爷叔，爷叔，帮帮忙，放我一马！”我说：“见义不为，无勇也！走！”我心想，我长这么大还是第一次抓到小偷，这是一次难得的人生经验，是可遇而不可求的一次壮举，怎么可能轻易放掉你？哼，笑话！

途中，碰到一民警，我将小偷交给了他。民警说：“又是你呀！”小偷说：“这次我没偷。”“别谦虚了！”民警便将小偷带走了。

这次抓小偷是十七年以前的事了，想想我当时虽然书生气十足，还是挺勇敢的。

没料到1988年5月8日我又遇上了小偷。5月8日是星期天，上午我去愚园路方艾同志家取书，之后又去长宁电影院隔壁的新华书店转了转。10时45分左右，我到1324弄里的厕所小解，突然一个三十岁左右的青年拎着一大袋沉甸甸的东西急匆匆地从我面前跑过，然后转入左边的一条更小的弄堂里。紧接着奔过来一个青年农民，大呼：“抓住他！抓住他！”厕所前有四个“阿污兮兮”的青年，故意给青年农民指错方向，说：“往前跑了！”结果青年农民当然没抓到逃走的人，哭丧着脸回来了。原来这个青年农民是在弄堂里卖豌豆的，有四袋豌豆放在厕所旁边，其中一袋给刚才那个青年偷跑了。

我正巧看见了眼前发生的这一切，但我一声未响，毫无表示地站在那里。不一会儿，我便走了。

在回家的路上，我总觉得我刚才做错了一件事，心里很不平静。错在哪里，又说不清楚。是因为我没帮助抓小偷？可我当时并不知道逃跑的人是偷儿。是因为我没将小偷逃跑的方向告诉那个青年农民？可告诉他又有何用？太晚了，小偷早已不知去向。尽管我为自己开脱、解释，可我还是不满意自己，总感到这样眼睁睁地放走一个小偷，于心不甘。

我虽然已经走了很长的一段路了，可还是毅然决然地回转身来，再走到刚才的那条弄堂里，并且沿着小偷逃跑的方向转进左边的那条小弄堂。我发现原来这是一条死弄堂，很短，只有几户人家。一户人家的后门口站着一个五十来岁的妇女和一个三十岁左右的青年，他们警惕地问我："干什么？找谁？"我望了望那个青年，大吃一惊，连忙掉头就走。我感觉站在后门口的青年太像刚才那个偷豌豆的人了。可我又不敢太肯定，就怕万一认错。

上午11时半我来到长宁分局，在刑侦科报了案。张同志记录了我的陈述，庄科长表扬了我对社会治安的关心。

我走出长宁分局的大门，心里仍不平静，因为我感觉到自己没有以前那么勇敢了！

1988年5月

戴了“帽子”之后

一直以为自己的身体很好，这次心脏病突然发作，惊动了不少朋友前来探视，并且都很关切地问我有没有“戴帽子”。初一听，惊心动魄，马上就联想到政治运动中的“戴帽子”。生了冠心病，也叫戴帽子，那是因为“冠”即“帽子”，同义之故。还有就是因为冠心病的可怕和难以治愈，与政治高帽的可怕和难以脱去有相似之处。比如“右派”分子的帽子不是在长达二十多年之后才脱去，而且至今还有几人不能脱去，以证明当初运动的必要和阳谋的伟大吗？

平时我不太生病，或者说，我不太知道自己有病，这次得知患上了冠心病，真如运动中戴了政治帽子一样，顿觉五雷轰顶、天塌地陷。住院期间，心情极坏，惶惶不可终日，和以前乐观开朗、笑口常开的我判若两人，病情也因之加剧。由此我懂得一个道理：重病之人绝对不应该知道自己的病情真相，如果医生不慎说出，反而会影响病人情绪的稳定，而稳定对一个病人，尤其是对一个重病人来说，是压倒 切的！

我在医院住了一个月，还在重症监护室被监护了四天。这四天，我一动不动地躺在病床上，完全失去行动自由。穿着白衣的护士在隔壁房间里通过玻璃窗和监视器屏幕严密地监视我心脏的跳动。这是我第一次意识到我是被人监视着的。不但白天，就连夜晚我也处在严密的监视中。我感到被监视的恐怖，我玩的就是心跳，可它监视我的也正是心跳。心跳是我的外心活动，心思是我的内心活动，这也能监视吗？如果也能，那就更恐怖了。

病情得以缓解之后，为了不被监视，为了恢复自由，我便坚决要求出院。出院时，医生要我回家之后一定要保证做到“六不”规范：不要抽烟喝酒，不要贪食荤腥，不要伤风感冒，不要读书写作，不要胡思乱想，不要情绪激动。总之，要我时时留意，处处当心，只许规规矩矩，不许乱说乱动。

其他“五不”我倒能严格遵守，唯独“不要情绪激动”实在难以遵从。因为我是个作家，是个性情中的人，是个情绪化的人，喜怒形于色，哀乐表于外，大喜大悲，随心所欲。可生了冠心病，戴上帽子了，就不行了。以前遇到高兴事总是心花怒放，手舞足蹈，遇到悲伤事总是恻隐心动，泪眼双流；如今则必须抑制情感，无喜无悲，心如铁石，心如止水。前不久，单位里要学习讨论中央的一个重要文件，我非常想去，可就是担心自己会过于兴奋激动，造成心动过速，只好不去了。再如，也是前不久，东邻欺人太甚，将我放在门口的小鸟攫为己有，我想抗议，但既怕引起友邻惊诧，又担心心房震颤，所以也只好忍气吞声了。

长此以往，我越来越感到真的是病了，是心病。

1996年10月26日

我穿时髦西装

陈逸飞请我和卢燕吃饭，虽然彼此神交已久，但我们与陈逸飞都还是初次见面，所以很自然地要打量他一番。我是男人，注重人的精神气质，一眼望去，陈逸飞确乎冰魂雪魄，温文尔雅，一如他的名作《浔阳遗韵》。卢燕是女人，容貌与服装更易引起她的审美兴趣，果然画家的西装首先使她赞叹："哇，陈先生这套西装好漂亮哟！什么料子的？哪里买的？"画家说是在意大利买的，面料是砂洗真丝的。卢燕又问："砂洗真丝的也能做西装？"上海人艺的服装设计师吕经国先生答道："这是新工艺，国外很流行。"卢燕一向爱穿爱美爱生活，一听此言马上就说："我要做一套！叶新，你也做一套！"画家连忙呼应："对！对！我认识第一丝绸厂厂长，我陪你们去挑选面料。"

"一丝"是真丝的世界，商场部姹紫嫣红，琳琅满目，使人眼花缭乱，目迷五色。一块深蓝带黑的料子使我犹豫不决，我征询陈逸飞意见，他说很好，大画家的眼光绝不会错，我便买了五米。

没想到料子买好了之后，居然没有一家服装店肯做，都说从没做过，怕做坏了。最后找到上海市服装研究所，他们先说可以试试，当我送料子去量尺寸时，他们又犹豫了。他们担心的是砂洗真丝太薄，如果滚筒温度太高，黏合衬的里子要透出面料；如果温度太低，又黏合不上。裁剪也很难，真丝又轻又滑，难以摊平，微风一吹，就要飘动，剪不下去，也剪不齐整。最后是缝纫的困难，压不住，要移动。我问国外怎么做的，他们说国外有专门的设备，总不能为你做一套西装我们特地从意大利引进一套设备吧？这倒把我问住了。我只得继续费些唇舌：“老师傅，帮帮忙嘛，你们是大名鼎鼎的上海市服装研究所，正因为别的地方没做过，才拿到你们这里来研究嘛。就像我们搞文艺创作的，写别人没写过的东西才会有创作激情。你们研究所至少是处一级吧？那都是教授、副教授的水平喽，你们不做，谁做？你们一定能做！做坏了，不要你们赔！”

在副经理朱小玲的支持下，技师乐元君、曹新华终于有些犹豫地答应了，不过工钱要加倍。这我倒一点不犹豫，其实我这个人一向就不太注重衣着，我们夫妻上街，她去服装店，我去书店，各不相扰。我连自己有几件衣服、几条裤子也记不得。到换季更换衣裳时，我常常诧异我妻子怎么又给我买了一套新装，其实是去年穿过的，一年不穿就忘了。跟人见面，也从不注意别人的穿戴，当另有人问起与我见面的人穿什么时，我总回答不出，甚至连什么颜色的也回忆不起。我自己穿衣服，只求舒适、干净，只是最怕穿脏衣服，有一点点污迹也要马上脱下换洗。但我不讲究款式，不追求名牌，我身材较矮较胖，名贵的衣服穿在我身上实在是种浪费。可这次我为何起劲地赶时髦，领导起时装新潮流了呢？我也说不清，确实有些反常，但我又很欣赏我的这种反常：人始终正常，永远正常，其实是最大的不正常。在正常的状态之下，偶尔有几次不正常，生命才显得真实，生活才有种异趣。

我的砂洗真丝西装终于做成了！款式新颖，做工精良，大小合身。我穿在身上，走在街上，吸引了不少目光，自我感觉不错，颇有些飘飘然。可没想到有天晚上我从“新锦江”出来却遇到了麻烦。有个在街边拉皮条的中年男子见我穿着这套漂亮的意大利式西装，以为我是腰缠万贯的港客台商，便神秘兮兮地走到我身边悄悄地说：“先生，哪里去玩呀？要不要我给你安排一个节目呀？”我起先没听懂，我说：“给我安排节目？我是上海人艺院长，专门给别人安排节目的，要你给我安排什么节目!”拉皮条的听出我不是港客台商，便骂一句：“他妈的，假冒商品!”走开了。

我有些恼火，拉皮条的怎么会把我看成是那种人了呢？一想，毛病肯定出在这套意大利款式的西装上，穿上这套西装，就被他误认为不是社会主义公民了。下午刚学过邓小平的“南巡”讲话，我立即发扬了我党的理论联系实际的优良作风，冒出了一个严肃的怪问题：既然毛病出在我这套西装上，那我这套西装究竟是姓“社”还是姓“资”呢？

这个问题说怪也不怪，长期以来我们确实把服装区分过“社”与“资”，十年前我们不是理直气壮地批判过喇叭裤吗？三年前我们不是大张旗鼓地禁穿过文化衫吗？当然现在也就有可能继续在服装问题上“兴社灭资”。假如这种可能性随着如今进一步地改革开放已变得很小很小，那么还会不会再在其他问题上仍陷入姓“社”姓“资”之争，以致过了若干年之后又将被历史证明是荒唐可笑、是极左的呢？

1992年6月

我演《围城》曹元朗

一天晚上，黄蜀芹打来电话：

“沙叶新，我要让你做一件非常非常开心的事！”

“哦，何事开心？”

“我准备拍钱钟书先生的《围城》，想请你演一个角色。”

“演方鸿渐？”

“不，曹元朗。”

“啊？亏你想得出！”

“请听我说，你是演曹元朗的最佳人选：一、你一定读过并喜欢《围城》，这是我选择这个剧组演员的首要条件；二、你有幽默感，善于自嘲，一定能理解和把握这个人物；三、你在大学里演过戏，有表演经验……”

“你是在向我推销我，尽往好里说！”

“当然还有一个原因，四、你形象合适，又矮又胖，和曹元朗一样，天生的‘四喜丸子’！”

“这才是最主要的原因吧？我的形象就这么差？！”

“来吧，我还请了英若诚、吴贻弓、于本正做特邀演员，大家在一起一定很开心。和你配戏的还有李媛媛，有一段你和她在教堂结婚的戏，怎么样？”

“好，就冲着这个，我答应了！”

当然这是讲笑话。《围城》是一部杰出的人间喜剧，拍摄它却是一件非常严肃的工作，导演为此做了充分的准备，主要演员也全力以赴。我虽是一配角，但是也马虎不得。拍摄期间，我正躲在外边忙于写戏，尽管如此，还是抽空重读了《围城》原作中有关曹元朗的部分，对剧本也认真地研读了几遍，等拍到我的戏时，我基本上已成竹在胸了。

初试镜头，我非常放松，与李媛媛这样的红星对戏，我也毫不紧张。拍完后，导演对我甚是满意，并问我第一次上镜头何以如此松弛自然？我也还了她个一二三四：一、是你叫我来拍戏的，我若演不好，是你用人不当，你要负责；二、我不是专职演员，即使演砸了，又不会评个三级职称，我毫无心理负担；三、与李媛媛这样漂亮的女演员演谈情说爱的戏，兴高采烈，绝对开心；四、况且结婚那段戏又没有床上镜头，老婆不会有意见，我紧张什么？我这么一说，说得导演笑起来。

《围城》拍好后，曾在上海和北京内部试映，征求意见。在一次座谈会上，与会者除了大大地肯定导演和主要演员的艺术功力之外，也没忘了对我的鼓励。大表演艺术家张瑞芳竟在她的发言中分析起我的“表演艺术”，说我的眼神如何之准确，手指如何会做戏，淋漓尽致地表现了曹元朗对苏文纨（李媛媛扮演的角色）又爱又怕的微妙复杂心理。这真说得我无地自容。我想我又不是演员，根本谈不上表演，哪来的什么“表演艺术”？评论家严励先生说：“沙叶新通过《围城》的拍摄，已成为‘影视新秀’，如果我是导演，我要继续请他拍片。”虽然严励先生说得很真诚，可我当时还是当作玩笑话来听的。会后我问一熟悉的女记者，会上的那些对我的赞扬是否是真的。她说未看试片前，不少人是打算来看我们这些特邀演员在片中出洋相的，可没想到我们一出场，还真的像那么回事，并且越演越精彩，真的把他们镇住了，他们情不自禁地边看边鼓起掌来。

有些事，自己本不以为然，经别人一再吹捧，往往也会觉得伟大甚而膨胀起来。我不是演员，大家对我的期望本不太高，能演到这种程度，大家也就认为不错了，所以就鼓励了几句。我已届知天命之年，当然会有这种自知之明，不会因此而忘乎所以的。所以每当一些记者来采访并要我谈什么“表演经验”时，我真感到哭笑不得。如果硬要说什么“经验”的话，我想也许可以这么说：一、我没私心杂念，没思想负担，无拘无束，所以反而演得轻松自然；二、也许我比较熟悉曹元朗这样的人物，在几年前我曾写过一篇幽默小说《饱学之士》，主角是一个现代的曹元朗，因此对《围城》中的曹元朗并不陌生。

《围城》很快就要正式放映了，说真的，我并不太重视观众今后对我的评价。我算什么？一个小小的配角，不值得引起大家的重视。但我很重视我妻子对我的评价，看影片之前，她看到一些谈电视剧《围城》的报刊登载着我和李媛媛在教堂结婚的彩色大剧照，漂亮极了。于是她对我说：“叶新，我们也去拍一张结婚照，好吗？”我连忙说：“好！好！好！”

1990 年 11 月

我和英国女王握过手

1997年戴安娜车祸丧生的当天，香港一家传媒心急火燎地来电，要我尽快为他们写一篇评论，稿酬是千字千元。重赏之下必有“佣”夫，于是我连夜为他们打工，写了一篇《谁杀死了戴安娜?》传真过去。该文的结尾说：“我没见过戴安娜，但我见过她的婆婆——英国女王伊丽莎白二世，这也算是与英国王家有那么一点点缘分吧。因此我对戴安娜的不幸罹难深表哀悼。”

1986年秋英国女王伊丽莎白二世访问中国，所到之处，礼仪隆重，备受欢迎。10月中旬女王访问上海，我曾有幸作为她的宾客，上过她那条“大不列颠号”王家邮轮。这艘著名的邮轮当时停泊在黄浦江的国际码头。当我在王家乐队的奏乐声中缓缓走上甲板时，突然极不合时宜地想起二十年前北京红卫兵火烧英国代办处的事。我想，要是那时节我接受邀请走上这条船，那还了得？岂不是上了贼船？再说，在那义和团还魂的年代，又有谁能想到当时用怒火赶走的会在将来用鲜花迎来呢？细思之，才不过短短而又匆匆的二十年，是非之转换、曲直之变更何其速也；转换之快、变更之巨，使得应该是记忆犹新的事情竟成了公元前远古史似的那么遥远！列子说：“天下理无常是，事无常非。先日所用，今或弃之；今日所弃，后或用之。”昔日弃之的仇敌成了今日的朋友，而昔日的朋友呢？“老大哥”解体，“明灯”不复明。后盾变前矛，烽火霎时起，同志加兄弟，反目为仇敌。血肉凝成的，真的是友谊？

这暂不去说它了，还是回到王家邮轮上来。那天，二百多位中外宾客在甲板上排成长龙静候女王的接见。轮到我时，已等了半个多小时。英国的驻沪总领事将我的姓名和身份介绍给女王，女王很优雅地和我握手，并说："您好，欢迎您！"我说："谢谢！"就这么两句话，没了。疑惑之间，女王已将她那高贵的手伸向后面上来的人了。

或问，我和女王握手时是何样的感觉？是否眼里闪烁着激动的泪花？是否心中涌起幸福的暖流？我要老老实实地禀告诸位，我和女王握手时，那感觉就像和一张画像握手，心如止水，平静如常。何至于如此？一是中国早已推翻帝制，总觉得女王就如慈禧一样应是发黄的历史教科书中的人物，再加上当时对女王宣传得神乎其神，所以我和她握手时就失去了和真人握手的感觉，甚至感觉不到手温。二是自从崇拜了自己的伟大领袖而又有所觉悟之后，我就再也不会盲目地去崇拜其他伟人了。伟人之所以高大，是因为我们趴着；帝王要使自己神圣起来，就必须先让百姓愚昧起来。

上面不搞个人迷信，下面也不会迷信个人。个人迷信、个人崇拜定会走向反面。华国锋当主席时，凡提到他的名字，前边必定冠以"英明领袖"，否则便是重大政治错误。后来，非但"英明领袖"没有了，连"华国锋"这个名字也无影无踪了。当时某电视台重播一部旧的电视剧，剧中有个镜头，背景上出现了一张华国锋的画像，一闪而过。播放前并未注意，播放后才发现，这被当作极为严重的政治事故。导演诚惶诚恐，多次检讨，还被处分，停止工作。现在想来真是过于惊慌，毫无必要将这样一件并无政治企图的事情看得那么严重。当然如今好了，华国锋的名字又见报了，还再次以较高的票数当选为中央委员，一切似乎又开始正常起来了，但愿再继续正常下去。

1998年2月10日

让我们相吻吧

去年我策划拍摄了八集社会心理专题片《心理魔方》，承蒙观众厚爱，播放后倒也轰动一时。其中有一集叫《碰撞之后》，测试行人在被撞之后的反应，测试结果是令人欣慰的。绝大多数行人在被撞之后很少与碰撞者发生争吵。这说明上海人的文明程度提高了，不再为磕磕碰碰之类的小事与人争吵；还因为上海人忙得行色匆匆，也无时间与人争吵了。从行人碰撞之后的态度确实可以看出一个城市的文明程度。上海人在加速开放、改革奋进的今天已不再是“小市民”了，像个“大市民”了。我为此高兴。

万万没想到今年年初，我在大街上也和人发生了一次真正的碰撞！

那是一天的下午，我骑车从永福路向北行，路经复兴西路时，有辆自行车自西向东骑来，与我的车在十字路口相撞，他的车头撞上了我的后轮，结果是：我自岿然不动，他却跌倒在地，面部有擦伤，眼镜也跌破。我连忙将他扶起，并将他的车推到人行道上。此时我俩谁也没争吵，甚至连丝毫抱怨对方的情绪也没有。我看他绝对是个老实人，后来我才知道他是上海化工研究院的工程师；他看我也不像歹徒，此时他也不知道我是“何方神圣”。我没对他说“对不起”，他也没对我说“抱歉”，彼此似乎都认为这类于事无补的话是多余的。我说：“我送你到医院去检查一下吧！”他说：“不用了，擦破点皮，没关系的。”我问他：“家住哪里?”他答道：“浦东。”我说：“眼镜坏了，路这么远……”他说：“是呀，这里又没有修理的……”

我突然想起我家中还有两副眼镜，一副是金边的，法国名牌，可惜旧了；还有一副是新的，刚从香港买回来的。我于是从家里拿了来，供他挑选。他挑了一副，戴上后还比较合适。我们交换了名片，说声“再见”，就各自赶路了。

第二天一早他从家里打来电话，说：“沙老师呀，昨晚回家看了你的名片才知道你是谁。没想到我撞的是你呀，平时要想撞你一下还不容易哩!”我说：“那好呀，约好时间、地点我们再撞一下!”说得他笑了。

还有一次骑车撞人是发生在二十多年前，当事人不是我，是位女演员。那天她骑车要去华山医院看望一位生病的同事。当时她刚学会骑车才一两天，骑在路上胆小心慌、手忙脚乱，车龙头直打颤。骑至乌鲁木齐路、延安路交叉处，她因探病心切，也没看到红灯，便越过停车线径直骑去。交通警察发现后，立即叫她停车，她一听警察叫她，更是心慌，连人带车便往警察跟前冲来。她不会刹车，也不会下车，急得她在车上大叫：“警察同志，快让开，快让开!”警察连忙躲让，可警察往哪边让，女演员的车龙头就往哪边歪，好像她的车不是在让人，而是在瞄准目标。结果大水冲到龙王庙，自行车撞上了交通警察!

警察并没因为自己被撞而大发雷霆，相反却很耐心地告诫女演员要注意红绿灯，要遵守交通规则。女演员连连点头，虚心接受。最后警察说：“你可以走了。”女演员却为难地说：“警察同志，你是否可以帮个忙?”警察说：“为人民服务，请说吧!”女演员说：“我只会死上车，请帮我扶上去，再推我一把。”警察一愣之后，竟也一一遵命执行了。

这次“碰撞”也是处理得较好并极富人情味的。在现代社会中，生活节奏急速，人际交往频繁，各式各样的“碰撞”在所难免，只要不是故意碰撞，不是存心伤害，还是应该本着“和为贵”的精神，尽量化干戈为玉帛，大可不必动辄绳之以法或罚之以款。苏东坡有篇著名的文章《刑赏忠厚之至论》，其中有句名言“立法贵严而责人贵宽”，是可以作为处理日常生活中各种“碰撞”事件的准绳的。

突然想起前不久的“彗木相撞”，这是一次太空的“碰撞”事件。我一是感于彗星的勇敢，木星是“大大寰球”，伟大领袖曾教导我们：“大并不可怕。”小小彗星硬是撞了上去，宁愿撞它个鱼死网破，结果不是木星受了重重一击吗？二是大感于世人对这次太空灾难的美誉，说是什么“彗木之吻”。谁有胆量敢于接受这样的亲吻呢？谁大概也没有这种能耐亿万度高温的钢嘴铁唇！再想一想人世间还有多少灾难性的蓄意碰撞，如“彗木之吻”一样，也都假以美名而行之呢？如国与国之间的侵略战争，一国之内的民族压迫，以及一些捕风捉影的“斗争”、“阳谋”、“清除”、“横扫”等等，莫不如是。我们在回顾历史、总结经验时，是否也应该来一次“打假”，以正其名呢？

当然我希望宇宙间、人世间所有的相撞都能真正成为相吻，这是理想。

1994年8月3日高温中

出售"鼻子"

昨晚六时许，在淮海中路的沪港三联书店为读者签名售书。这家书店自成立以来我经常光顾。店堂不大，书种不多，但品位甚高。三联书店出版的"文化生活译丛"、"读书文丛"都是值得阅读并有保留价值的。其编辑出版的《读书》月刊更是冰壶秋月、良金美玉，自它创刊，我便是它的忠实读者。我常与人戏言："书可以不读，而《读书》不可不读!"每次捧读《读书》就像与一群博雅之士对话。这群中外智者茹古涵今、龙跃凤鸣，真使读者受益匪浅。我经常有一种形而上的寂寞："落日楼头，断鸿声里，江南游子。把吴钩看了，栏干拍遍，无人会，登临意。"总觉得茫茫人海里，似无太多可以晤谈之友；密密书林中，很少能有必读之书。然而《读书》是我智商最高的朋友。

爱屋及乌，所以对沪上的这家三联书店也有一种特殊的感情。三联书店能出售我的书，我当然高兴，可也有点"珠玉在侧，觉我形秽"的不安。该店的图书部经理范庆国先生早在几天前还专门为我布置了一个橱窗，陈列着我的一些著作，高悬着我的大幅照片，真是堂而皇之，煞有介事。我几次走过这扇橱窗都破帽遮颜，快速向前，不大好意思正视我的"尊容"。

前年，我也曾在这家书店签名售过书。那次是出售我的剧本，如《耶稣·孔子·披头士列侬》、《沙叶新剧作选》、《中国姑娘》等。我当时想，如今连戏都少有人看，谁还来买阁下的剧本？所以当范经理问我每种书带多少来出售时，我说多则十本少则五本。谁知我后来带去的几十本书居然供不应求，争购一空，着实让我感动了一番。记得上次与我一同签名售书的还有王安忆、王小鹰、洪丕谟诸位，他们的“销路”亦佳。

这次我是和吴正先生一起“展销”。吴正这个上海人“出卖”的是《上海人》，我只“出卖”我脸皮的一部分——《沙叶新的鼻子》。我们来到三联书店时，读者的队伍已排成长龙，已从店堂转向隔壁的弄堂里。范经理说，有的读者五点多钟就来排队了。我知道读者并非对我和吴正情有独钟，其他一些作家签名售书时也是如此盛况。所以我就更加感动了，感动的是上海的读书人对文学、对作家的深情。

签名售书伊始，店堂内比肩继踵，间有插队者，故而不得不派人维持秩序。嘉华和书友陈家虎帮我掀页和钤印，我只负责签名。有的读者还希望我能在扉页上写几句话。我多数写的是：“谢谢您买我的书!”“让您破费了!”“谢谢您的翻看!”等等，这最后一句像是节目主持人对电视观众说的。可有的读者并不以此为满足，还希望我多写些，写得不一般些。可是排队售书，如流水作业，速度很快，题词时无时间考虑，不容许斟酌，只能提笔就写，不假思索。有位读者说今天他们全家都来了，我于是信笔写道：“谢谢侬一家门!”有位读者说他是我的邻居，我立即写上白居易的两句诗：“明月好同三径夜，绿杨宜作两家春。”有位读者悄悄对我说他原来是排在后边的，怕买不到就插队到前边来了，我为他写道：“在生活中每个人都有自己的位置，请勿插队。被埋没的天才例外。”有位读者问能不能请我吃一顿饭，我写道：“精神变物质：我给你精神食粮，你给我物质食粮。谢谢!”有位读者说他是生意人，希望我有针对性地为他写几句，我写道：“要讲生意经，又不要太讲生意经。”有位读者和西汉出使西域的博望侯张骞同名，于是我写道：“迎东风，迈大步，惠然来沪买我书。”我说：“你是从西域来的，所以是迎东风。”他笑了。还有一位小姐芳名“何倚伏”，她希望我写句奇特而有趣的话，我给她写道：“三人行，可携一奇犬。打一小姐名——何倚伏。”其实她的名字是从《老子》中的“福兮祸所倚，祸兮福所伏”两句衍化而来。我喜读《老子》，如有时间从容构思，可以为她写出较好的题词，如今只好将她的名字制为灯谜以塞责了。我的题词都是即兴的、随意的，无豪言壮语，无道德箴言。我将读者当朋友，怕教训人。

一个多小时卖出二百多本，手也写酸了。九时许与吴正同去“三和”消夜。半夜十二时许归。

1994 年 1 月 9 日

抽象发言

昨天接L君电话，说他读了我前几天发表在《文汇报》上的文章《抽象发言》，其中有一处谈到他时与事实不符，给人一种错误的印象，好像他不懂装懂，显得很蠢。我解释说，我在文章中只是说了一件事实，对你并无所褒贬，假如我的文章伤害了你，那绝对是无意的，请你原谅。我还说如果你认为我说的与事实有出入，我以后设法予以补救。

《抽象发言》发表后反响较大。北京和上海都有人来信、来电，表示支持文章的观点。除此以外，人们对我在那次会上表达意见的方式感到吃惊，甚至不太相信我真是那样发言的。但那确实是事实，在一个严肃的国际性学术会议上，我用这样一种戏剧性方式发言，在世界上也许都是绝无仅有的。所以当我在会上作这种也许可以叫作“后现代主义”的“抽象发言”时，与会者面面相觑，莫名惊诧。起初以为我是存心调谑，又以为我是神经错乱，直到发言结束，图穷匕见，才明白我并非开玩笑，而是“暗藏杀机”。秋雨也怀疑我用这种惊人的方式发言，我想当时他若在场，那可能就是李贺的一句诗：“石破天惊逗秋雨。”我的“石破天惊”兴许真会引发（“逗”）秋雨的倾盆宏论。

20世纪有两大“幽灵”，一是政治领域中的共产主义运动，一是艺术领域中的现代主义思潮。它们在各自的领域中都曾树起造反大旗，冲决罗网，揭竿而起，革故鼎新，涤瑕荡秽。它们打倒神仙、推翻皇帝，它们也藐视传统、破坏规则。它们都是弄潮儿，都是勇敢者，都是先锋，都是左派。有趣的是某些社会革命的左派，同时又是艺术革命的先锋，如俄国的马雅可夫斯基，法国的艾吕雅、阿拉贡，德国的约翰尼斯·贝歇尔、布莱希特以及早期的一些印象派画家等，他们之中有的本身就是共产党员甚至是党的高级干部。共产主义革命运动和现代主义艺术思潮在发展过程中都经历了不同阶段，出现了很多派别，它们都从萌生、发展、鼎盛落入到今日的低谷。所以人们已把今日的共产主义称为“后共产主义”，把今日的现代主义称为“后现代主义”。共产主义运动中，所幸中国共产党尚能审时适变，不期修古，不法常可，因时立政，将人类改造社会、建立文明的共同经验纳入自己的改革开放中，而不再画地为牢，不再拘囿于“社”、“资”的门户，这才有了已见转机的中国式的社会主义。而已是强弩之末的现代主义艺术思潮，今后的命运将会如何呢？如果它仍旧一味的极端、一味的偏狭、一味的反叛、一味的破坏，不与悠久的艺术传统对话，不和人类的共同经验携手，那势必要走向自己的反面。

1994年1月12日

附录：

抽象发言

这次去香港参加当代华文戏剧国际研讨会，到会的有中国大陆、台湾、香港、澳门以及美国、法国、加拿大、新加坡等地的剧作家和戏剧理论家，可谓史无前例、盛况空前。在会上和会下有一个问题经常引起与会者的争论，即：戏剧要不要让观众看得懂。一种意见显然比较传统，比较陈旧，说起来也小心翼翼，不那么理直气壮。这种意见认为：戏剧是演员当众表演的故事，当然要使观众看得懂。另一种意见则比较先进，比较精深，论述起来也踔厉风发、义正词严。这种意见认为：懂与不懂是小学生提出的问题，艺术尤其是现代艺术根本就不存在懂与不懂的问题。你欣赏一朵花，只要觉得它美，无须要弄懂它是什么意思；你欣赏一首乐曲，只要觉得它动人，也无须要弄懂它的含义；你欣赏一幅抽象画，只要感觉到了它的内在精神，也不必去搞懂它的实际内容；欣赏戏剧，尤其现代戏剧更是如此。

有一次我们欣赏了香港一位著名戏剧家自编自导的一出戏，全剧有十几个不明身份、不明职业，也不明相互之间关系的男女，只见他们在舞台上或坐或立或来回走动，神情呆滞，动作僵硬，只有字幕上一些意义割裂的单词和画外奇特刺耳的音乐给予观众某种含糊的提示。整出戏看不出有什么情节，弄不懂有什么含义，全剧也没有一句台词，有的只是一些玄妙的音响。

澳门的一位老戏剧家看完之后，尽管知道不该提出懂与不懂的问题，免得遭到耻笑，但他还是诚恳地不耻下问："请问，在座的诸位，有谁看懂了，请举手！"结果只有一位剧作家举手说他看懂了，他说："这是一出表现特异功能的戏。"此言既出，举座哄堂，可这位剧作家决不是在逗乐，他说得极为认真；正因为极认真，大家笑得就更加厉害。会后内地某大学的一位前副校长私下对我说："我这次来香港，最大的收获是本以为有些新潮的戏只有我或者我们内地的一些保守的人看不懂，这次才明白原来香港和外国好多戏剧专家也看不懂。以后啊，再也不必像皇帝的新衣那样不懂装懂了！"

两天之后，在讨论另一个剧本的会议上，有位专家说语言越来越成为交流的障碍，在舞台上应该尽量减少语言的分量。还有的专家认为语言越是混乱模糊，越是能清晰明确地表现深层的精义。舞台上的语言也一样，可以不要逻辑，不要句子，不要词汇，只要表现一种特定的情绪、特定的感觉、特定的印象就可以了。这反而比千言万语更能传递复杂和细微的情感。这就叫我搞不懂了，不但舞台上有些戏看不懂，专家嘴里的有些话也听不懂了。

于是我憋不住了，要求发言。我接过话筒，说：“乌里乌呀、哈罗哈八、加加加、嘎嘎嘎、发发发、咋咋咋、呼啦呼啦、滴滴答答、噫噫噫噫噫噫噫噫、罗罗罗罗罗罗罗罗、莫莫莫莫莫莫莫莫、斯斯斯斯斯斯斯斯、洪罗洪罗洪罗洪罗洪罗、朱羔朱羔、数数数数、咳咳咳咳、嘻嘻嘻嘻……”说完之后，我问主席台上的一位专家，是否能听懂我的话。她惊奇极了，说她听不懂。在场的所有会议代表都面面相觑，惊诧莫名。

我解释说：“我刚才说的是一种极为独特、极为个性化的抽象语言，它们生动而形象地表现了我的一种特定的感觉、特定的情绪、特定的印象。诸位不必考虑懂与不懂我的这种语言，因为只有小学生才提出这样的问题。”在台下我还半开玩笑地建议本次大会每个人都用这种自己极为独特、极为个性化的抽象语言来发言，并将这种不需要弄懂的抽象语言作为本次大会的法定语言。这样我们会议的代表在发言时就更能表述更为精深的思想，相互讨论时也更能毫无障碍地沟通，彼此更能传递更为复杂和细微的情感了。

作完了抽象发言之后，晚上我回到住处，随手翻到香港刊物的两篇文章。一篇是《巴黎当代艺术国际博览会一瞥》。文章说：“现代艺术以变形去造型。将色彩、线条绝对化，这两个‘原理’导致垃圾组合、光怪陆离、杂乱无章、丑陋无比的‘反直觉’作品的大批涌现。现代人已对环境污染头痛无比，谁还愿意在自家的客厅里再放一个给视觉恶性刺激的垃圾组合的雕塑呢？”又说：“当谁也看不懂谁的作品时，所有作品都消解为零，消解成什么也不是的‘沙粒’，于是极度色彩缤纷的当代艺术反而消解成一片彩色的沙漠。”还有一篇文章是《突围表演——对先锋派小说的忧虑》，也和懂与不懂的问题有关。作者说到《纽约时报》刊登专文，批评美国学院派的文章朦胧如天书。如果你大胆去请教写这篇文章的教授，教授会不客气地说：“你看不懂是你读书未经训练，茅塞未开。你要是聪明的话，就会懂我所写的是什么了。”作者说他在读先锋派小说时也有这种困惑，总有慷慨赴义、上台接受智力测验的感觉，感到胆怯和自卑。可见读这样的小说是何等的受罪！评论家南帆在《再叙事——先锋小说的境地》一书中说：“始于马原的这批先锋派小说已临强弩之末，落幕的时候到了。”那么那些前卫派的戏剧呢？要么发些慈悲让人们最起码能看得懂，要么也会像法国现代派绘画、中国先锋派小说、美国学院派文章一样乌里乌呀、哈罗哈八、加加加、嘎嘎嘎、发发发、咋咋咋、呼啦呼啦、滴滴答答……

上帝也有隐私

下午去“前进”大厦参加《法苑》召开的座谈会，为的是讨论《心理魔方》是否侵犯隐私权的问题。到会者有我、邓伟志、金钟伟等。

《心理魔方》在上海东方电视台播放后，反响之强烈大大出乎我的意料。收视率高达44%，一时成为社会热点。由于我在该片中除担任策划外，还担任节目主持人，所以我也成了明星人物。走在街上常被路人指认：“喏，沙叶新！沙叶新！”此时我就如关在动物园笼子里的熊猫。

一件事若引起人们的注意，则必然毁誉俱来，所谓树大招风是也。对《心理魔方》的一点非议是出自某一“无冕皇帝”的文章，他说《心理魔方》侵犯了被采访者的隐私权。此事本可不必理会，因我在做此节目前，曾认真研究过隐私问题，并已在拍片时妥善处理，否则我怎敢率尔操“机”？不过这位老记的文章，本意在于提醒人们对隐私问题的注意，这我倒是赞同的。

其实谁都有隐私，写《耶稣·孔子·披头士列侬》时我曾研读《圣经》，发现上帝也不例外。有一次，耶稣和门徒来到耶路撒冷，显露了不少圣迹，祭司和长老问他：“你仗着什么权柄做这些事？”耶稣不答，门徒又问他，他说：“我也不告诉你们！”就最一般的意义而言，凡是不愿意告诉别人的事，都可叫作隐私。上帝都有隐私，你我之辈岂能没有？

可是封建专制和儒学传统使龙的传人无视自己的隐私，亦不尊重他人的隐私。在人际交往中喜欢标榜“君子坦荡荡”，崇尚“事无不可与人言”。清代文人张潮说“言妻子难言之情，乃为密友”，也是这一主张。解放之后，人们的隐私也愈加“解放”。平时的民主生活、定时的思想汇报要将自己最最隐秘的事情都坦白出来，否则便是对同志的欺骗、对组织的不忠！我认识一位艺术家，人非常善良，但有些迂诞，他是第二次结婚，爱人也是再婚，并和前夫生有两个孩子，他便以为别人的婚姻状况也和他完全一样。据说有一次他去纺织厂体验生活，和一个女工交谈。他极为热情地问这个女工：“你结过婚吗？结过婚吗？”女工说：“结过。”他继续问：“结过几次？第几次？”女工说：“第一次。”他又接着问：“有孩子吗？有孩子吗？”女工说：“有，有两个。”他再次追问：“都是自己的吗？都是自己的吗？”女工被他问得差点昏倒！能如此随便地询问别人的私事，可见当时人们隐私意识之淡薄！到了“文化大革命”十年，以“私”为耻，以“私”为敌，要在“灵魂深处爆发革命”，整个社会已将“隐私”理解为最见不得人的丑事，还遑论什么尊重人们的隐私权呢？那时有的人表面看来很坦诚，其实是十足的虚伪，是从未有过的虚伪！当然这虚伪是由恐怖造成的。

《心理魔方》中有一集叫《个人空间》，就是为了宣传隐私意识，呼吁保护隐私权。可长期以来我国在保护公民隐私权方面无法可依。1979 年修订的《辞海》中竟无“隐私”这一条目。1988 年我国才仅以司法解释的形式第一次对隐私权做了初步的法律规定。而美国、英国则有专门的隐私权法，日本刑法有泄露隐私罪，瑞士刑法有窃听和监录他人谈话罪。西方发达国家早就在法律上对隐私权有所认定，不过失之于宽泛，有时令人不可思议。比如美国有一真事，一对夫妻在公园里当众性交，法院未以有伤风化定罪，而判为侵犯游人（目击者）的隐私权。原来美国法律认为，公民的“清静权”也属于隐私权的范围，在公园当众性交的夫妻使其他游人的身心受到刺激，骚扰了游人的清静，因而构成对游人隐私权的侵犯。再如，美国有“家庭教育隐私法”，规定学校无权调查学生的家庭状况，家长也无权调查学生的在校表现。而我们的教育是学校、家庭、社会三结合，老师经常进行家庭访问，家长则到校参加家长会。学生的一举一动都被全方位地监督着，或是说关心着，谁也不会认为是侵权。这大概就是国情的不同，就是东西方文化的差异，这倒是不可全盘西化的。再如西方的国家元首和政府官员全属公众人物，他们的财产状况、收入来源、身体是否有隐疾、婚姻是否有污点等等，不属于他们的个人隐私，公民对此都有知情权。相对而言，我国老百姓的隐私权比西方小，官员的隐私权比西方大，这也很有中国特色。

1994 年 1 月 14 日

夜闯 KTV

22 日上午偕 P 君、H 君访 Y 君。返途中，P 君得知我想写一部有关上海的小说，便说："像阁下这样的知识分子对上海的另一面了解多少？你和流氓、妓女、大款、小蜜、黑社会、拆白党、包工头、人口犯……打过交道吗？不了解上海的这一面，怎能写上海？"我说我无从接触这些人。P 君说，明晚先带你到 KTV 包房开开眼。

23 日晚，我、Y、P、H 去市中心一家饭店吃饭。饭后，H 君有事先行离去。KTV 包房在二楼，共四间，装潢一般，灯光暗淡。P 君早已有所安排，坐定后即叫老板招来三位陪酒小姐。三人姿色平平，举止粗俗，令我避之唯恐不及。P 君是常客，与陪酒小姐厮混，颇有门道。我和 Y 君毕竟不是个中人，总是进入不了角色，寻找不到感觉。尤其是我，更是紧张，怕被别人认出，也怕警察前来扫黄。万一说不清楚，岂不成了明日晚报的新闻？陪我的小姐不停向我"进攻"，故意将手搁在我的膝上，进行试探，可我则始终装作中酒的样儿，闭着眼低着头，并在关键时刻反复在心中默诵"老婆语录"："路边的野花不要采。"所以我终能志如铁，意如钢，心如磐石，坐怀不乱。十一时半，H 君返回，又招一陪酒女，与 P 君轮流唱卡拉 OK。深夜一时半始归。一个晚上一顿饭，加上四个陪酒女，共花去两千三百元人民币！

这一晚我确实"开了眼界"，但 P 君说我袖手旁观，未能投入，尚缺乏亲身体验，明天再带我和 Y 君到更深入的地方去。

24 日晚九时许，我、Y、H、P 四人乘坐一辆加长的林肯牌豪华轿车，先去万航渡路一个弄堂口接一皮条客。上车后，他得意地说他向老婆请了假，谎称是出去和几个朋友做外汇生意，他还从口袋里掏出一叠美元让我们看。这个皮条客问怎么玩，要不要打炮？还说有套子，保险得很。我一听吓得一身冷汗，连连向 H 君摇手，Y 君也向 H 君摇头。H 君对皮条客说："陪着唱唱卡拉 OK，跳跳舞就可以了。"皮条客说："光洗洗手呀？难得的嘛，我找几个漂亮的，保你朋友满意！"H 君不答。车开到复兴中路一家娱乐中心停下，又接杨某，亦是一皮条客。杨某将我们带至南京西路一家俱乐部，找来两个小姐，H 君说不漂亮，于是又被杨某带至福建路附近的一家夜总会。坐定后，我对 H 君和 P 君说："千万别乱来，坐一会儿，看一看就走！"H 君笑道："咳，你们名人也挺苦，哪儿也不能去，哪儿也不能玩！"

来了四位小姐，环肥燕瘦，陪我们唱歌跳舞。我既不善歌，更不善舞，只和小姐们聊天。一位小姐说她是在外滩一家宾馆工作，晚上来此地陪客是第二职业，为的是赚一些买衣服、化妆品的钱。她说客人层次不一，有的文明，有的粗野。文明的，钱不多，小费给的少；粗野的，多是大款，出手大方，只要讨他欢喜，小费一给就是一千！另一位小姐说她是因为工厂效益不好，下岗了，所以跑到这里来上岗，而且这里的效益比工厂好得多。她说要是上海多开一些这样的夜总会，那大家不是都有饭吃了吗？

几乎所有的小姐都说她们刚来这里没几天，有一个还说她是昨天才来的。问她们的姓名，当然不会对你实说，全都是化名。我提了很多问题，她们也多是漫应之，并不认真回答。对我这位"动口不动手"的君子，她们显得莫测高深，因为怕我是卧底的老警察。

这至少是一家准色情场所，因为皮条客说如果我们看上哪位小姐要打炮，隔壁就有房间。以前只是听说上海也有这样的场所，今日亲眼目睹，甚是惊骇，据说广州、深圳、海南黄潮更为泛滥！有民谣说：“到了北京才知官小，到了广州才知钱少，到了海南才知身体不好！”难道今日之中国，在改革开放取得了巨大的社会进步之后，真的要繁荣“娼”盛，变成一片“黄”土地了吗？

有人认为对此不必大惊小怪，甚至建议像西方国家一样设立红灯区，使娼妓合法化。理由是：一、扫黄禁娼，没有一个开放的国家行之有效；既然久禁不绝，钱性交易就必然有它生存的合理性，符合情理，顺应人性。二、设立红灯区，便于对娼妓的管理，避免性病的滋生蔓延。三、凡是性开放的国家，性犯罪率反而降低。性的需要获取得容易，性的暴行自然就会减少。据说这还是一个什么代表的正式提案，这当然是不会通过的。

1994年1月26日

诸子语“怪力乱神”

前天下午在家翻阅旧报，白桦来电，说是画家F君夫妇返国归宁，今来沪上，想与旧友新朋一聚。我与白桦颇相投，与他是君子之交。我称他白大哥，他则叫我小沙。他的白发，独具魅力。他的诗文，情真意切。前几年在那风雨交加的一个寒冷的夜晚，我曾设宴庆祝他的六十大寿。所以他有所招，我必至。虽然我与画家F君素未谋面，但也欣然前往。这当然是白大哥的面子。走笔至此，突然想改李白诗一首：

吾爱白夫子，风流天下闻。
红颜戴帽子，白首脱戎衣。
椽笔千军扫，迷花不事君。
高山安可仰，徒此揖清芬。

饭局设在TW城。这是一家大型的娱乐中心，吃喝玩乐，样样俱全，还有健身房、桑拿浴、KTV包房等。设备奢华，装潢颇俗，有几处布置得不像健康的娱乐场所，而像是“那种”地方。

参加聚会的还有秦怡、陈钢、王培、赵凯、江迅、夏菁、周描坤等，极一时之盛，真可谓谈笑有鸿儒，除我无白丁。席间，聊起气功、特异功能，于是诸子谈兴大发。

F君说北京的张宝胜确有特异功能，他曾亲眼见到张发功后将纸团“搬运”到密封的药瓶里去，张还能把刀叉等餐具扭成麻花状，居然不折断，也无裂痕。F 君的夫人 N 女士说："这把麻花状的刀叉至今还在我这里。张宝胜还有其他一些惊人的特异功能，如果不是亲眼所见，无论如何也不会相信。"

秦怡说她特别相信意念的作用，她说："最近拍《城隍的后代》，要拍我几个打篮球的镜头。我几十年没摸过球了，能行吗？我跑步上篮，意念集中在篮圈，第一个球就投中了！后来又接连投了三个，个个进网。我想意念的作用也就是气功吧。"

白桦说："我前不久去听一气功大师的带功报告，气功大师也是要大家集中意念，他然后发功，说是能马上让在场的所有的胖子变瘦、瘦子变胖。结果呢？你和严励都在场，严励不仍然是骨瘦如柴，而阁下你不也还是肥胖如初吗？"

我是国际气功康复协会的顾问，又是中国 UFO 协会的顾问，对气功、特异功能等等神秘文化多少有些了解。我就介绍了我做气功四次辟谷、四十二天没吃饭的事。大家听了惊叹不已，但又将信将疑。我补充说："四十二天里，我在外面只参加过两次宴会……"话还没说完，诸子大笑，F 君说："你在家里绝食，在外面大快朵颐，倒省了不少开销，这叫什么辟谷？"白桦说："没吃完的还打包带回去吃夜宵吧？"我的坦白被他们这一笑，变成十足的笑料。

饭后，TW 城的一位小姐给我们看相。先看我，继而看陈钢。我对这类事并不认真，只作为一种心理游戏玩玩而已。我突然心血来潮，给《文学报》的江迅看手相，我说他身体一直不太好，最近开过两次刀。江迅惊呼："神了！神了！我最近是开过两次刀！"诸子大为骇异，连连称我为"沙半仙"。我于是拂袖而去，飘飘然似有仙气……

F 君于 28 日为此次聚会赋诗一首：

> 三年睽违又重逢，万古愁消酒一盅。
> 谑谓荒江金发女，长吟野陌白头翁。

魔琴岂有陈钢指，妙笔今存赵凯风。
最是痴迷沙叶子，虚称辟谷亦神功。

后两句有小注："沪上剧作家沙叶新天性幽默，博闻广识，故作痴迷气功之道，友朋传为笑谈。辟谷气功者，为不食粮米而生气犹在。沙公如法忍饥，持之者六七四十二天，友朋惊叹不已。然其坦告众人曰：'余谨遵功规，不食粮粟，唯每周偶有一二宴会应赴耳。'听罢众人恍然，继而俯仰捧腹。"

生活不光是庄严伟大，不能每时每刻都充满着创造，饱含着意义。有时还需要有点闲适，有点悠然，甚至还可以有点怪诞和伧俗，这才是真实的生活，人的生活。如果每时每刻都那么道貌岸然、一本正经，那不活得太累了吗？

1994 年 1 月 29 日

深圳历险记

已是夜半时分，想想昨天来深圳的一路以及到了深圳之后的晚上，真是又多了一番人生经验。

我是为去香港写电视剧《香港游》而路过深圳的。旅游系统称这条去香港的路线为 E 线，这条线原是特为内地驻港人员的家属开辟的，手续简便，只要深圳公安局担保即可。我便是走的这条捷径，从填表到审批到出发只一周时间，这也可以叫作“深圳速度”吧？但费用较贵，深圳还有一句话，叫“时间就是金钱”，这也是这句话的具体体现，况且这本身也确实是一桩生意，当然要谋利。据说很多因公的代表团、考察团也走这条“胡志明小道”，钱无所谓，反正是公家的，只要能出去、快出去就行。

中午在深圳机场下飞机，香港方面有 Y 先生来接，开车的是 Y 先生在深圳公安部门的朋友 X 先生。路过宝安，各种车辆拥挤阻塞，万笛争鸣，竞相抢道，一有空隙，便风驰电掣，尘土飞扬，其景象煞似电影中的越南战场。我们乘的是军用吉普，车头上还有公安局的盾牌，尽管可以有恃无恐，但也不敢横冲直撞，一路上还是小心谨慎。没想到还是闯了红灯，被交通警察拦住。这位警察年轻，横眉竖眼，不敬礼，不说请，也不让我们这开车的朋友解释，他一来就先将车头的公安盾牌没收，又将 X 先生的证件夺去，然后转身就走，只丢下一句话，叫 X 先生跟他走一趟，“到局子里说话”。

强龙碰到地头蛇，只得到局子里走一趟，说好话，装笑脸，赔不是，递香烟……也不知X先生最后是怎么通了人情，搞了什么交易，反正等了好长一段时间，才算了结。这是我第一次见到如此可爱的警察，据说宝安一带治安不好，使得警察不得不如此。

在车上X先生大骂，说这狗日的要是到深圳落到我手里，哼！

过关时，X先生问我有没有办边境通行证，我说没办。他说："没关系，你在车上不要说话。"我想糟了，有点紧张。可是他们主意已定，让我蒙混过关，我也只得与之狼狈为奸。过关时，我们的车停在关口，一个战士走了过来，先看了X先生的证件，又看了香港Y先生的证件，然后把眼光朝向坐在后排的我，用下巴向我抬了抬，意思是说："你的通行证？"我幸亏演过戏，面不改色心不跳，也用下巴很有风度地向前边开车的X先生抬了抬，意思是说："你去问他。"战士见我肥头大耳，气概不凡，也不知我是中央哪一级的首长，结果没敢检查我的通行证，就很礼貌地摆摆手放行了。

事后虽然觉得这样的经历很刺激，但多少还是有些负疚感，总像偷越国境似的。

哇，一点多了，该睡了。

昨日下午到了深圳，住在富临酒店。晚上，Y先生问我要不要消遣消遣，我说可以，他神秘地笑了笑，肯定把我当作了好色之徒。他打了一个电话，过了一会儿他的一个朋友就派人来接我们到一家夜总会。好家伙，这个夜总会整个是一个大"鸡窝"，门口、大堂、楼梯上、舞厅里……全部簇拥着"黄色娘子军"！数量之多，令人咋舌！

我们进了舞厅，Y先生的朋友早已在这里玩了多时，他见我们来就又叫了两个小姐陪我们。这两个小姐一个是东北人，一个是四川人，年龄都在二十以上。我和她们跳了几次舞，边跳边聊。她们和我2月份在上海"夜闯KTV"所遇到的上海小姐大不一样，她们并不隐瞒自己的真实身份，甚至可以和你大方地谈价钱，一炮多少钱，一夜多少钱，包一个星期、包一个月多少钱。起先她们这样的明目张胆叫我大吃一惊，后来一想这也是我的少见多怪，她们已是“老吃老做”了，说这类事，就如同一般人说衣服多少钱一件、鞋子多少钱一双一样。她们还说：“做我们这一行，也是讲职业道德的。客人付了钱就是来玩、来享受的。我们就要服务得好，尽量满足他们。”这已经好像是在向我做广告，来推销她们了。我这时才真正意识到我这是在和卖淫女跳舞。我有点不自在，我想走。Y 先生玩兴正浓，说：“再玩一会儿嘛！”

我继续和这两位烟花女聊天。我问：“你们在这里的情况父母知道吗？”她们说：“家里只知道我们在深圳打工。”我问：“你们想不想家？”她们说：“哪有不想家的？金窝银窝不如家里的草窝。”我问：“你们寄钱回去吗？”她们说：“怎么不寄？我们在这里这么辛苦就是为了家嘛！”我问：“这里香港人常来，你们今后有没有打算在这里找个港商结婚？”四川的那位说：“人家怎么能看上我们？他们是来玩玩的，而且跟他们在一起今后生活也不习惯。找丈夫还是回家去找，有了钱不愁找不到合适的。”东北的那位说：“我在老家已经有男朋友了。”我问她：“你男朋友知道你在这里干这个吗？”她说：“可能知道。知道也没什么，我还不是为了他！”我问：“他来看过你吗？”她说：“我寄钱让他来过一次。”我问：“他觉得怎么样？”她笑了，这是我第一次见她真诚并有些羞涩的笑。她说：“我男朋友说我变漂亮了，还问我那一套是哪里学来的。”我问：“什么‘那一套’？”她们两人大笑，我这才明白所谓“那一套”指的是什么。

突然那位四川的小姐对我说：“你这位先生我好像在哪儿见过。”我暗暗一惊，心想，要是她看过电视剧《围城》或其他什么有我镜头的电视节目，把我认出来就糟了。我说：“你在哪儿见过？”她说：“想不起来了。”那位东北的小姐问我：“你这位先生是记者吧？”我说：“怎么是记者呢？”她说：“因为你老是问我们问题，问了那么多，人又挺老实的。”四川的说：

“记者才不老实哩！”

我真的想走了。Y先生的朋友怂恿我们将这两位小姐带走，我连连向Y先生示意千万不能。可是在我去洗手间的时候，Y先生已将她们带了出来，并坐在车里等我了。我回到车里，他们正在商量到哪里去干那事。Y先生要把她们带到富临饭店我们住的地方。两位小姐说目前饭店里查得很紧，不能去，要是查到了，你们客人最多罚几个钱，可我们是要被抓进去的。两个小姐说她们现在住的地方是一个机关招待所，非常安全，从来没出过事，可以到她们那里去。我对Y先生说：“不是我扫你的兴，要去你去，我要回饭店休息。”两位小姐一再地请我一同去，几乎是哀求，她们非常想做成这笔生意，可我怎么能做这种事！

车开到富临饭店门口，我下车前，付了两位小姐的陪舞钱，一人一百。小姐们说：“大老板，再给点吧！”我又一人给了一百。她们收下后说：“还有我们两人的舞厅门票钱。”哦，这也归我付？她们说是的，这是规矩。我又付了一百。

回到房间，洗澡。洗了一半，有人按门铃，我披了一件浴衣开门，原来是Y先生将那位东北小姐带回房间里来了，我继续洗澡，心里犯嘀咕，要是他们在房间里干那事，我可怎么办？什么时候才能出去？我洗了一遍又一遍，实在忍不住了，故意将浴室里的东西弄得很响，使他们及早准备收场。开启浴室门时，我又故意将把手不停地转动好多次，以便使他们知道我马上就要出来了，免得出现尴尬的场面。

我很紧张地出来，东北小姐已不见，我问Y先生：“怎么？走了？”他说：“早就走了。”我说：“这么快？”他说：“她要我一千，没谈成。”我说：“那你应该敲敲浴室的门，也免得我在浴室里憋这么久啊！”他说：“是呀，我也奇怪，你这个澡怎么洗了一个半小时！”

1994年4月12日

性笑话

昨天中午到洛杉矶，在住处放下行李，即由道极陪同去一家粤菜馆吃早茶，填饱肚子回住处休息。

我们住的地方是道极和上海的一家公司合买的房子，坐落在小山坡上，两层，四间卧室，一间大客厅，一间餐厅，一间厨房，一间车库，一个一百多平方米的花园。这里是很好的住宅区，一家一栋别墅，每栋别墅的造型都不一样，家家门口种有花草，环境幽美，在美国能有这样的住房已很不错。可道极说这只是一般工薪阶层的house，不能称之为别墅；还有更加好的山庄庭院，豪华得如帝王之家。我和守成在周围散步时，感叹不已，不知我们何时才有这样的住房，更不知中国广大寒士和寒民何时才有此广厦万间。在住房的水平上，我们和美国相比要落后半个世纪！

昨天下午去拜访这里的《Q报》，据说这是国内某部门支持的报纸，当然是属于左派的。拜访的目的是要和他们联合组织一次《我的美国梦》的征文活动，为了给我们的创作提供素材。在这里居然见到原在《WH报》的徐某，他如今在《Q报》工作。我问他怎么样，他说从没有这样的累过。我想广厦之类的种种进步都是人家美国几代人累出来的，而我们不是累在建设，而是累在了别处，所以活该三代同堂。

昨晚和这里的一些“漂泊者”在一家名字很怪的韩国餐厅吃烧烤。该店的老板为台湾电影明星，年约四十，颇有风韵。“漂泊者”们都是道极的朋友，年龄较大，都已在国内工作多年。来美后他们每个人都有一番辛酸史、奋斗史，他们如今有的已在这里立住脚，有的还在“继续革命”中。

道极安排这次会餐是为了请他们谈谈来美之后的经历和感受，可不知怎么酒一下肚，诸位先生便谈起性笑话来。其中一位说，先喝酒，再谈色，继而说怎么赚钱发财，最后骂骂人出出气。这就是酒色财气。我想他们来美后，除了生活的压力之外，还有性的苦闷，从他们所说的性笑话中也可看出他们在美国生活的一个侧面，当认真一听。他们中的另一位怕我见怪，解释说，他们这些男性新移民凑到一起，很少不说性笑话的。我问女性新移民呢？他说："女的不说，她们只做。"众人大笑，于是他们轮流说性笑话，说了一个又一个。有些性笑话颇具水平，并非诲淫诲盗。

好像弗洛伊德说过，两性间的事最容易产生笑料。可性事何以能招笑？我不知他有无专门研究。我倒有一浅见，因为性事最隐秘，不论是做爱还是婚外情都不足为外人道也，总是遮遮掩掩，藏影匿形，诸如逾墙钻穴、窃玉偷香、目挑心招、打情骂俏、争风吃醋、厌故喜新以至颠鸾倒凤、云雨巫山等等，都有真假的两面，一旦揭去假象，示以真情，便突现了矛盾，产生了不协调，这便是笑的基础。民间笑话中有大量的性笑话，一方面是种意淫，乐于宣泄，同时也是因为性确有很多可笑处。这也是一种文化现象，应当研究，不可简单地因"黄"而"扫"之。

我光听不说，太像个正人君子，他们硬要我说，我就即兴编了一个，开讲前，我先说了一句俏皮话，也是即兴创作，我说："男子汉不要谈虎变色，要谈色变虎！"他们拍掌大笑，说此话从未听人讲过，有创作水平，不愧人艺院长、国家一级编剧。继而转入正题，我说：有一个电工，专门给人修理家用电器，他和老婆结婚多年，没孩子，于是去找医生看看他本人是不是有什么地方也要修理一下。医生检查后，一切正常，经询问这个电工方知他和妻子做爱时体位不对，不能充分交合。回家后，妻子问他检查结果，电工说："零件是好的，就是接触不良。"

1994 年 5 月 22 日

喜欢你，才和你开玩笑

我见到有好感的人，总是不由自主地和他开玩笑，由衷地表示一种亲昵、一种喜欢。我读过介绍牛群夫妇的文章，是牛群的妻子刘肃自己写的，写得朴质感人，至情至性，感动得我流泪。这不是套话，是真的感动得流了眼泪。因此我虽然与他们素未谋面，但我对这对恩爱夫妻早已有了好感。去年他们来我家拍《牛眼看家》，来之前打电话问我家地址。我告诉了他们，然后又补充说："我家很好找，楼下的弄堂口一边是花店，一边是证券交易所。你们来的时候，买束鲜花，再到交易所给我买十万元股票，一同带上楼作为见面礼就行了。"连人还没见就跟他们开上玩笑了，为什么？就是打心眼里喜欢这对恩爱夫妻。这次他们在上海举行《牛眼看家》的摄影展，刘肃和一个助手到我家，请我为影集签名。签好名，她们离去，十分钟后，她们又心急火燎地跑上楼来，站在门口，说有一张写有很多地址、电话的字条落在我家了。我找了一找，没找到。她们又匆匆离去。又过了十分钟，她们又满头大汗地跑上楼，仍是站在门口，气喘吁吁地请我再仔细找一找。一仔细找就找到了，原来那张字条落在沙发的扶手旁。我非常抱歉，说："真对不起，让你们多跑了一趟。我的眼睛不好，我不是'牛眼'，我是'沙眼'。"她们"扑哧"一笑，挥手而去。

这是最近的事，还能记得，就随手写下了；平时还有许许多多和自己所喜爱的朋友说说笑笑的事，都忘了。后来有个爱凑热闹的朋友把我的这些“轶闻趣事”写出来发表，我一看吓一跳，我很怀疑我真的说过那么多没有主旋律的笑话。也许自己说的时候还不觉得有什么不妥，让人写了下来瞪大眼睛一瞧，白纸黑字，就感到自己的言谈太不注意导向了。有时也真想改掉这个毛病，让自己严肃起来，可积习难改，怎么也正经不起来——这就好比硬让水仙不开花，岂不是存心装蒜吗？于是只得我行我素，由它去了。

糟糕的是我不但在生活中如此，在写戏时也一样，自己无法上台露面，便让我喜欢的剧中人代我在舞台上说笑。十年前，我写了个话剧《寻找男子汉》，其中有段戏，女主角舒欢问男主角江毅为何至今还没对象，江毅说他的身材较矮，不合标准，所以姑娘们看不上他。紧接着下面有这么一段对白：

舒欢　你为此苦恼？

江毅　不。贝多芬1.63米，康德1.52米，拿破仑也是矮子。

舒欢　那你自豪？

江毅　我自豪我和中央高度保持一致！

十年之前，胡耀邦还是党中央总书记，邓小平也还健在，他们两位身材都很矮小。所以导演看到这段戏，大吃一惊，说：“沙老师，你这个玩笑开得太大了，开到中央首长身上了！”我说：“没关系的，邓小平从不讳言他的个子不高，毛泽东就曾当他的面向苏联人介绍过‘这个小个子’；他本人也曾向德国的前总理科尔说过‘个子矮，天塌下来有长个子顶着’，也拿自己的身材开玩笑。”但导演还是不放心，删掉了，我很心痛。后来这出戏越演越红，演了近两百场，我有了些底气，便建议恢复被删掉的这段戏。没想到恢复之后大受欢迎，每演到这里，观众都捧腹大笑，并报以经久不息的掌声，成了全剧效果最为强烈的地方。

观众之所以能够理解和喜欢这一段戏，我想：一是因为新鲜，史无前例，从未有过。以前对领导特别是对中央领导，都是崇拜无限、敬爱永远。

有幸朝见，也必定色勃如也，足躩如也，紧张得说不出话，激动得泪往下流，怎敢像我在戏中这样的造次？若在“文化大革命”时，更是罪莫大焉，行同“现行”，罪如“恶攻”，至少要判个死缓。如今在戏中竟然也可以和领导幽默几句了，让领导也能“与民逗乐”了，观众能不高兴？二是因为这是善意的、友好的玩笑，因此观众很能接受。观众已经懂得，在大家不再狂呼“万岁”、不再高歌“救星”、不再把公仆造成“神”的今天，一次普通的握手，一回平常的问候，一抹由衷的微笑，一句轻松的趣语，不是更能显出公仆和主人之间在关系上的民主、平等、和谐吗？就如朴实的一声“小平，你好”，不是比千万声“万寿无疆”更加自然、更加亲切、更加出自肺腑、更加能体现“我是人民的儿子”这句自白的精神吗？

中国的很多领导人都是很有幽默感的，担任过上海市市长的陈毅就是其中最突出的一个。他很爱开玩笑，也不介意别人开他的玩笑，使人感到极为可敬可亲。这当然和他本人的文化素养有关，心胸坦荡，无私无畏，才能谈笑风生，饶有风趣。倒是一些本应热情开朗的宣传干部反倒严肃有余，活泼不足，甚至语言无味，面目可畏，口中尽是套语，脸上从无笑容，使人敬而远之，避之唯恐不及，对这样的宣传干部我们并不陌生。

一个不能与之玩笑的人，是可怕的。当然玩笑也不可乱开，更不可开恶意的玩笑。即便是善意的玩笑，也不能只由得自己喜欢，而不问对方是否接受，否则也是自讨没趣。总之，不能一厢情愿，不能爱你没商量，是不？

1997 年 8 月 10 日

艺术家的笑话

在美国，住女儿家。每天早晨慢跑，经常能碰到一些也在晨练或在遛狗的美国人。美国人很客气，见到我总是很主动地打招呼："How do you do?"或者"Good morning"。我当然也向他们问好。可这样的情境会话，总使我抑制不住地"扑哧"一笑，总让我想起黄佐临先生对我说过的一个笑话。

这个笑话说的是大指挥家李德伦。李德伦有一次去日本，住在日本友人家。清晨，李德伦在主人家的花园里慢跑，一个日本老花匠在扫地，见到李德伦就恭恭敬敬地鞠了一躬，用日语向他问好："おはようございます!"这句日语是"早晨好"的意思。李德伦来日本之前曾死记硬背了几句日语的日常用语。可他记错了，以为"おはようございます"是"贵姓"的意思，把人家向他问好误认为是向他请教尊姓大名，于是他连忙用《地道战》里的那种日本腔调回答说："我的，李德伦!"第二天清晨，李德伦又在花园里慢跑，又遇到这个日本老花匠，老花匠又是90度的一鞠躬，又用日语向他问好："おはようございます!"李德伦心想，昨天我不是告诉过你我姓甚名谁了吗？怎么忘了？好，再说一遍："我的，李德伦!"第三天，李德伦还是在老地方慢跑，还是遇到了这个老花匠，老花匠仍然向他深深一鞠躬，仍然恭敬地向他问好："おはようございます!"李德伦笑了，心想这个老花匠真的是老了，没记性了，于是放开喉咙一字

一句地回答说："我——的，李——德——伦！"到了第四天，在老地方又遇到了老花匠，李德伦想，不能总是让他老花匠问我，我也要主动地问问他尊姓大名，于是还没等老花匠开口，李德伦就赶紧用日语说："おはようございます!"日本老花匠毕恭毕敬地一鞠躬，笑嘻嘻地说："我的，李德伦！"

由此还想到另一艺术家WAN的笑话，也是听之于佐临大师。WAN从小生活在外国，英语说得比汉语好。有一年在农村参加土改，腿上被狗咬了一口，来到卫生站就诊。医生问怎么回事，WAN的汉语不够用，结结巴巴说了半天，又辅之动作和手势，也没把意思完全表达清楚。她说："一个……大大的……汪汪（她学狗叫）。"医生明白了，知道她说的是狗，就问："狗怎么了？"WAN继续说："Yes，Yes，狗，我的中文不好，请你不要客气。"医生笑了，说："我不客气，也不生气。"WAN说："Yes，Yes，不是客气，是生气。"医生问："狗究竟怎么了？"WAN指了指自己的腿，说："狗没有粮食了，狗把我这里当成了午餐！"医生终于明白了，她的腿给狗咬伤了。

这两则笑话也不知是真是假，想必是事出有因，查无实据，如今佐临大师已归道山，也死无对证了。其实佐临大师自己也有很多笑话，也很有趣，他本人就是一位出色的幽默大师。有关艺术家的笑话，不论是真是假，即便是编造的，也大都是友善的，无损于他们的形象，反而使这些老辈艺术家益发可爱。

政治家就不一样了。政治家也有很多笑话，哪个国家都有。中国当然也不例外。但一是这类笑话中的政治家形象大都不可爱，比如有关美国总统克林顿的笑话，二是这类笑话在有些国家不宜公开说，所以我也就不说了。

1998年11月4日

我以笑声悼阿朱

阿朱是我们剧院的演员，她诚挚热情，是个好人，可她死了，阿朱的丈夫是我们剧院的灯光设计师，他忠厚善良，也是好人，也早于阿朱死了。

阿朱的丈夫姓庄，是乒乓球世界男子单打冠军庄则栋的二哥，我们都叫他庄老二。他们夫妇都有严重的哮喘病，发作时，大口大口喘气，十分怕人。如果庄老二哮喘发作，阿朱也常被诱发，反之亦然。他们夫妇俩同病，服的是同一味药，看病只要一个人去，配来的药相互都能吃。我们曾为他们的病和药写了副对联，后经我大大地加工修改了，上联是："夫也喘，妻也喘，夫妻同呼吸，彼此和气搏斗"。下联是："公此药，婆此药，公婆共甘苦，始终一味相投"。

后来这丧气的哮喘还是夺去了这对艺术家夫妇的宝贵生命。

庄老二去世时，我曾给阿朱写过一封慰问信，信上说："老二是好人，一辈子忠厚善良，绝无坏心，只知有益于人，从不向人索取，是谓古之君子也。想起他就像想起一本朴素的书，想起一条做人的原则，想起一颗无杂质的心。他真实，自然，可信，可亲。这样的人不多。我会像你一样地常想起他。"去年阿朱也去世了，我去参加她的追悼会，我哭得很伤心，总想写篇文章纪念她，可越想越伤心，始终未能成篇。

阿朱乐观开朗，是个很有喜剧性格的人，她曾在我写的喜剧《约会》、《假如我是真的》、《寻找男子汉》里担任过喜剧角色。她一生都希望给剧场里的观众和生活里的观众带来欢乐。她天生地拒绝眼泪。在她哮喘发作得最最厉害的时候，我没看她哭过，我只听她说过她想死；她想死，那也是为了免得别人看她痛苦的样子为她难过。所以我想阿朱也并不希望别人为她的去世而悲伤，她总是希望别人因她而欢乐。于是我想起阿朱夫妇生前的一些笑话，写出来作为对他们的纪念。

50年代，苏联的一个艺术团来上海演出，演出地点在福州路市人委大礼堂。阿朱去看演出，她那时年轻，打扮得漂漂亮亮。她熟人多，又热情，在剧场里和人招呼不断。演出中途休息十分钟，阿朱去洗手间。上完厕所出来，她发现过道两边的观众都对她笑，她以为这些观众都认识她，看过她的话剧演出，笑是对她的欣赏。所以她顾盼神飞，很是得意，并不停地向过道两边的观众点头致意。当她坐回到自己的座位，腰一弯，头一低，这才发现刚才上厕所时解下的裤带还挂在脖子上哩！

第二个笑话说的是阿朱结婚，阿朱人缘好，大家喜欢她，特爱跟她这个新娘闹。新郎庄老二老实，别人闹新娘，他袖手旁观，还跟着别人一块儿笑。客人散后，阿朱就半嗔半嗲地埋怨庄老二："人家那么闹我，你怎么也不帮帮我？"庄老二说不出话来，只是憨厚地笑着。阿朱说："你说呀！"庄老二还是"嘻嘻"地笑着。阿朱说："你笑什么呀，刚才你还没笑够呀！"庄老二仍然傻乎乎地笑着。阿朱说："你再笑！"庄老二还是笑。阿朱顺手就把地上的一个新痰盂套在了庄老二的头上，说："我让你笑！"没想到庄老二套上了痰盂笑得更厉害，还发出了共鸣，像山谷里的回声，"哈——哈——哈——哈"，笑得很滑稽。

更糟糕的是庄老二有外国血统，骨骼大，鼻子高，痰盂套下去容易，要拔出来鼻子就阻碍了交通，卡住了。阿朱帮他拔，使了很大劲，也拔不出。新婚第一夜，新郎套着个痰盂怎么上床呀？没办法，去医院挂急诊吧。那也不能这样去呀，半夜三更，套个痰盂走在街上不把人吓死？阿朱用条毯子把庄老二盖得严严实实，叫了辆三轮车。

三轮车工人看裹了条毯子的“病人”，以为是传染病，就踩得飞快。到了医院，三轮车工人也很热心，要替阿朱挂号，便问：“挂哪一科呀？”阿朱想，痰盂套在头上拔不出来，这属于哪一科呢？三轮车工人问：“是不是内科？”阿朱想了一想，说：“不，不，是套在外面的，外科。”到了急诊室，大夫要掀开毯子量体温。阿朱说：“大夫，你可不要笑呀！”大夫严肃地说：“医生救死扶伤，发扬革命的人道主义精神，怎么会笑病人呢？”阿朱把毯子一掀，大夫先是一愣，再听阿朱一说，就再也忍不住地大笑起来。大夫说：“这个病呀，不是外科，也不是内科，去看神经科吧！”后来还是叫来了花匠，用大剪刀把痰盂剪开了。

后一则笑话流传甚广，甚至还被一位作家写成小说发表了。但我敢肯定，我说的是“原版”。

阿朱真有这样的笑话吗？尽管我们剧院的人谁都知道即便是真有也早已经过了艺术加工，可大家还是宁信其真，照传不误。

我想，用亲昵的笑话来纪念逝去的友人，也许暗合乐感文化这样一个中国传统。在中国，红白都是喜事。庄子的夫人死了，他就没哭，反而“鼓盆而歌”。毛泽东表扬庄子，说庄子是“欢呼辩证法的胜利”。曹操祭桥玄、苏轼怀念逝去的文与可，都写下了逝者“畴昔戏笑之言”，以见“亲厚无间”。如今一些农家出殡，不是吹奏哀乐，而是吹奏欢快的《真是乐死人》，这更是将丧事当作喜事办了。尤可喜者，这一新风已发扬光大，如今不论有什么天灾人祸，人们再也不垂头丧气，而是视灾难为考验，以牺牲为光荣；灾难过后，各地也都能不失时机地召开庆功会、表彰会，彩旗飘舞，锣鼓喧天，化悲痛为力量，将白事当红事，以昭示中国人民是不可战胜的。即便再有天灾人祸，中国人民也仍然是不可战胜的！

1998 年 12 月 20 日

我喜欢高晓声

我正在用电脑写回忆刚辞世的著名作家高晓声的文章。电脑的中文输入软件都有自造词组的功能，以提高写作速度。我自造“高晓声”为词组，当我按了“GXS”三个声母时，显示的竟是词组“盥洗室”三个字，方知“高晓声”和“盥洗室”同码，真叫我哭笑不得。

我本想写一篇悼念文章，以寄托我对高晓声这位好兄长、好作家的哀思，可突然冒出了这个无厘头的“盥洗室”，竟将我的哀思盥洗而尽，以至破涕为笑，并让我想起了高晓声家盥洗室的故事。

十年以前，好友古剑先生从香港来内地，我陪他去常州拜访高晓声。虽然高晓声的声望高，但高府大门的门槛并不高，晚上在他家酒足饭饱之后，他还盛情地邀请我们住在他家。高晓声家住桃园新村，是工房，很一般，可在十多年前的常州，这已算是不错的居住条件了，所以曾被打成“右派”、做了二十多年农民的高晓声很是心满意足。他自己住一间大一点的，居然还铺了不知什么质地的地毯，在那个年头，也算是高档。但他家过于……咳，过于脏乱，地毯本是红的，已经发黑，还很潮湿，走在上面就像踏着又黑又湿的海绵。最让我掩鼻的是他家的盥洗室，非但脏乱，还很臊腥，白瓷的便池上面布满厚厚一层黄垢，是经年累月的尿粪之渍，蹲在上面我无论如何也大便不出，即便腹泻也会马上变成便秘。

当晚，主客分别安睡，我便趁夜深人静、月黑风高之际，独自在高府内部悄悄地掀起一场伟大的革命运动：爱国卫生运动，给他家大扫除！我先清洗厕所，力尽所能地去污除臭，铲、刮、冲、刷，使之面目一清；又打扫他家客厅，将当晚吃得满地的瓜子壳、花生皮、水果核、香烟头彻底扫尽；然后又拖地板，擦桌椅，揩门窗……这种专管他人瓦上霜的毫不利己专门利人的精神，感天动地，也感动了好友古剑，可高晓声却全无感觉。第二天当我和古剑离开他家时，他笑着对我说："我家被子还没洗，欢迎你下次再来。"嗯?

我是回族，有洁癖，怕脏，不独在高晓声家如是，某次到同事李守成家做客，边和他聊天，边将他写字台上积满灰尘的文具和小摆设擦拭干净，我到其他人家去也如此，看见地脏就想扫，看见有灰就想揩，不过对不太熟的人我不太好意思这么做，怕人家见怪。记得我为白杨写的电影剧本《宋庆龄》中，有一个情节是写宋庆龄为援救被捕的七君子发起"爱国入狱运动"。我写她在苏州高等法院等待法官接见时，看到身边的窗玻璃上有一块泥，便忍不住地站起用纸擦去。白杨说这是神来之笔，表现了宋庆龄的精神高洁，容不得污秽肮脏。这一细节是我虚构的，它来自我自己的生活。当然宋庆龄的境界要比我高，她是扫除天下，我只是扫除一己。

有点跑题，还是回过来说说高晓声。

高晓声还常常丢三落四。80年代初，我和他、艾芜、邵燕祥等十余人组成内地作家代表团访问香港。他常常是一会儿这样东西找不到了，一会儿那样东西不见了，所以有人建议他每样东西都需准备两份，万一丢了，还有备用的。比如护照，那是无论如何都要他复印一份的，以防万一。有一次他什么东西也没丢，殊为难得，可他却把自己丢了！同志们怎么也找不到他，他也找不到革命队伍。于是有人说，高晓声也应该把自己复印一份。

高晓声到美国讲学，讲的是一口常州土话，美国人根本听不懂。高晓声说，我才不管他们美国人听懂听不懂哩，他们讲的我不是也听不懂吗?

他在美国住在一个美籍华人家里，进屋要脱鞋。有一次他去某大学讲学，出门时，左脚穿了自己的一只鞋，右脚穿了主人的一只鞋，两只鞋颜色不一样，大小不一样，而且两只鞋都是左脚的，他竟然能穿得出去，也竟然能穿着它们堂而皇之地走上美国大学的讲台！他穿得出去，主人出门时却穿不出去了。高晓声回来时，主人说他把鞋穿错了。高晓声一拍大腿，说："怪不得我今天觉得右脚这只鞋夹脚，那么痛，原来是你的鞋跑到我的脚上来了！"

高晓声写过一篇著名的小说《陈奂生进城》，主人公陈奂生进城好似刘姥姥进大观园，笑话百出。高晓声进中国香港、进美国，也好比陈奂生进城。很多作家都是依据自己的生活经验来进行创作的，高晓声又是一例。高晓声善良、忠厚，就如刘姥姥和陈奂生。作家中善良、忠厚的人不多，大多数都过于聪明、精于算计。高晓声身上的笑话都是善良、忠厚者的笑话。过于聪明、善于算计的人，是不可能出这种洋相的。我喜欢高晓声的作品，也喜欢他这个人。

上海善作剧楼

我不敢写的文章

王汝刚的《戏话连篇》将出版，要我为他写一序言。我答应过，与朋友交，信乎？不得不写。昨天已写就，题为《滑稽天下闻》，已寄晚报先发表。

这个月大忙特忙，这篇序言可真是在百忙中赶写出来的。平时约稿不断，有朋友约的，有编辑部约的。一些报纸杂志以为你是三头六臂，以为你是百科全书，什么都能写，什么都能吹。有约我写青年问题的，有约我写妇女问题的，有约我写教育的，有约我写卫生的，有约我写金融的，有约我写交通的，有约我写火灾的……前几天又接到约稿信，要我写一篇关于自己健康的文章，题目为《我的强身之道》。

《我的强身之道》——我一向不敢写这个题目，怕死。因为我所看到的写过这个题目来显示自己身体如何老当益壮、如何神采奕奕的人，不久都呜呼哀哉了。如我敬仰的大作家吴强就是如此。他八十高龄，远涉重洋，访美省亲，毫无倦意。返回上海，仍兴致勃勃，给《文汇月刊》写了篇文章，题目好像就叫《我的强身之道》。他不写还好，写了一发表，没多久，好，就给他老人家开追悼会了！这就像写影视明星的婚姻如何美满、夫妻如何相爱的文章一样，发表没多久，肯定离婚。所以这类文章写不得。这正是：身体好，夫妻好；好就好，不要“炒”！只要自己知道就好了，不要写了文章去发表；若发表，肯定糟，不是离婚就是阎王召！切记！切记！

可是一些报刊编辑看我活得很好，竟然不顾我的死活，硬要我写这类折寿的文章。他们说我年过半百，面无皱纹，气色红润，精力过人，肯定有强身之道、养生之方，希望我公之于世，造福万民。似乎我的文章一发表，定能让鸠形鹄面者立即心宽体胖，必将使行将就木者马上起死回生。他们还说我沙先生一向大慈大悲，一副菩萨心肠，绝不会置千百万读者的呼声于不顾，绝不会让千百万患者的期望变失望。救人一命胜造十级浮屠，你沙老师的文章一发表，必然会拯救千人性命、万人健康，那等于建造了多少级浮屠？比摩天大厦、东方明珠还要雄伟壮观吧！你们说，这篇文章我能不写吗？即使发表之后也像吴强一样地玉楼赴召，我也在所不惜了！请准备好花圈，这笔钱应让编辑部报销，写！

我不敢说我身体好，反正多少年来很少生病。1953 年，得过一次脑炎，经抢救，没死掉。从此以后，便注意身体锻炼。1957 年开始进行冷水浴，寒冬腊月从不间断，至今已有三十七年。1964 年还开始操作八段锦，自我按摩，兼作气功，于今也有三十年。几十年来，我有三个“不知道”：一、不知道什么叫睡不着觉，脑袋一碰上枕头就呼呼入睡。二、不知道什么叫胃口不好，能吃精饲料，也能吃粗饲料，吃什么都香。三、不知道什么叫生气。生气往往是为别人的错误来惩罚自己，很不值得，所以我不大生气。可我常常使别人生气，比如我的文章、我的戏，一不小心就得罪人，使人恼怒，让人光火。为此我感到十分抱歉。

这三个“不知道”最不容易做到的是不生气。凡是心理比较健康的人，是不太容易生气的。一般来说，生气除了是别人的缺点和错误引起的外，还因为自己在社会交往中有所失，这失无非是失名、失利。如果一个人不计得失，名利两忘，宠辱不惊，超然物外，那也就不会生气，不会损伤自己的身心健康了……这样议论下去有点近似谈禅说佛，宣扬唯心，就此打住！

可有没有我敢写而编辑部不敢发的文章呢？也有。不让你发表，是对你的关心和爱护，也不必生气，气死不值得。只能“等待时机，以求一逞”，留得青山在，不怕不发表，对不？

1994 年 7 月 8 日

几位“腕儿”

24日上午在中央电视台召开全国话剧小品电视比赛研讨会，我就小品创作问题谈了一些意见，鄙之无甚高论。下午二时许搭乘方鞠芬的车去王府井外文书店的三楼看书，可惜新华书店的书尚未搬到此地，白跑了一趟。又想去琉璃厂，犹疑了一下，没去。

下午在走出电视台时，遇见叶主持，他说：“正要找你，参加我们上海台和中央台联合搞的一台节目。你做嘉宾，只要说一句话。”我答应了，为的是在北京多留几天，好安静地继续写作，免得回到上海受干扰。

昨天上午我从京西宾馆搬到梅地亚，“安居”后即刻“乐业”，拿出电脑就打将起来。中午和倪萍、陈燮阳、叶主持一起吃饭。和倪萍还是十年前请她来拍《中国姑娘》时认识的。那时还没什么“腕儿”，影、视、歌、舞各界星辰也没像如今这样耀目刺眼。倪萍当时很朴质，这不足奇，奇的是今日朴质依旧。她没化妆，也没展览时装，神态一如她在荧屏前，亲切自然。她说：“沙老帅，你倒没变。”我说：“还没变？这么胖！”她说我像一个谁，我说，别逗了，人家没我这么丑。讲起我们共同的一个熟人的近况，她有所感慨，说：“咳，女人就怕吃这种亏……”

陈燮阳高傲而神秘，他不说话，只是用手指放在桌面上，像放在钢琴的键盘上，轻轻地做击键的动作。我说：“你怎么始终给人一种你是神圣不可接近的感觉？”他说：“我就那么可怕？我只是给人第一眼的印象是严肃的。”我说：“我看你何止一眼？你能笑一个吗？”他一愣，马上就笑给我看，可那笑也是严肃的，这倒把我们大家都逗笑了。

倪萍不知怎么说起一件事，好像是说到一座山，光秃秃的。陈燮阳突然插话：“在我面前不准说到光，说到秃！”大家又乐了，这不是因为他的严肃，而是因为他的自我调侃。倪萍见他并非全秃，秃的只是头顶，四周还是有较密集的长发，便说：“陈指挥，你呀，地方应该支援中央。”好幽默，诸位忍俊不禁。

我问陈指挥，像他这样的大音乐家，如果他听音乐也会像常人那样激动吗？他的回答很出乎我的意料。他说我们搞音乐的听音乐，已经不像当初做学生学音乐的时候那样地用心、用情感去听了。那时候是把自己的灵魂全放在每一个音符、每一个旋律里，所以听音乐常常激动，有时激动得哭。现在不一样了，现在听音乐，常常是专业性的，听的是它的配器怎么样，它的结构怎么样，它的调式怎么样。我说，这已不是在欣赏音乐，而是在研究音乐。音乐已不作用于他的感情，而是注入他的理性。我是搞戏的，我如今看戏仍会动情，会哭也会笑。这和陈指挥不一样。他是大指挥，我是小编剧。

隔几张饭桌看见周洁。我走了过去，她惊喜，说：“我们在同一个弄堂里做了五年的邻居，只在弄堂里见过两次，没想到在这里见了面。”她约我晚上一道吃饭。

晚上吃饭时，还有中央电视台春节联欢晚会节目的导演赵凯，他已连续五年任此要职。周洁是为了参加春晚节目而来的，她说：“我喜欢北京。北京有艺术气氛，有人能和你谈构思、谈想法，也有人能帮你，绝对的哥儿们义气。在上海总觉得孤单一人，很寂寞，不是生活上的寂寞，是艺术上的寂寞，没有人谈。”我说：“怎么没有人谈，你眼前不就是一个？现在就可以谈起来。”我看过她的舞蹈《拾玉镯》，极好，我建议她系列化，再继续将《醉酒》、《别姬》、《秋江》编成舞蹈。她一听高兴地说：“哎呀，我已经有这样的想法了，也是想的这几出戏!”我说：“你看，要是你早找我谈，我就可以抢头功了。”

今天晚上现场直播上海电视台和中央电视台联合制作的介绍上海发展现状的节目。侯耀华也有节目，候场时他见到我，说：“我真感谢上海人艺给我提供的那次机会，让我在《日出》里扮演胡四，这真锻炼人。我希望我还有这样的机会，只要有我的角色，我一个子儿也不要!”他这不是在说相声，他说得很真诚，我说我一定将他的愿望带给绍林。我问他今天怎么穿了一身军装，他说：“我已经‘混’入我党我军。”我以为他又在说相声了，他给了我一张名片，在他的名字下面有一行字：“一个普通的中国人，一个普通的中国军人，他极想成为大家的朋友。”一问，才知他果然已“‘混’入军内”，“混”到北京军区战友文工团去了。

侯耀华突然想起苏叔阳，他说苏是他的铁哥儿们，现患癌症，在家休息，他说他们几乎每次聊天都要谈起我。侯马上拿出手提电话拨打苏叔阳，让我与他通话，可总是占线。侯说：“苏在家无事，所以不停地给朋友打电话聊天解闷，电话就老是占线。”我听了很是难过，我和苏已有多年未见，非常想和他在电话里说几句……

1994年11月26日

活得有趣

话说川沙城南有位凡人、趣人。此人姓邱，名光绵，后被人误呼为光明，遂以光明名之。邱光明今年六十有六，发花白，背微曲，身材偏矮，精神矍铄，爱眯眼侧目视人，但心术极正，性耿直，重情谊，有江湖侠义之风。

新中国成立前邱光明在饭店学徒。县卫生署巡警来店检查卫生，明明已无可挑剔，巡警硬要蛋里挑骨，敲诈勒索。邱光明血气方刚，一怒之下便与巡警大打出手。邱光明擅太极拳法，打得巡警七窍流血，差点闹出人命，邱光明为此躲在棉花地里三天三夜。新中国成立后，邱光明在国营的川沙人民饭店任杂务工。某次遇到县爱卫会干部来店检查卫生，干部因与饭店经理熟稔，碍于情面，便盛赞饭店卫生能评第一。邱光明戆头戆脑，实事求是，说："还有不少死角无空打扫，不能评为第一。"他还领着爱卫会干部看了这些卫生死角，气得饭店经理对他勃然变色。

邱光明智珠在握，极有悟性，任何事一学即会，一会便精。譬如杀鸡，虽是小技，但谁也不及他的手艺高强。某年，饮食业举行杀鸡比赛，他是参赛选手。比赛像体育运动会一样，几十名选手身着白大褂，一手举着菜刀，一手提着一只活鸡，在《运动员进行曲》的乐声中整队进入比赛场地。比赛哨笛一响，其他选手都迫不及待地操刀杀鸡，而他故意按兵不动，他说这就如同下象棋一样，叫"让先"。等别的选手已在提着鸡颈放血时，他才飞速地举刀杀鸡，然后放血、烫鸡、煺毛、开膛、清理杂碎，动作纯熟，干净利落，以 2 分 15 秒的最快速度完成全部工序。此时，他见别的选手还在手忙脚乱地紧追慢赶，就顾盼自雄，神气活现，骄傲地点起一根烟，还得意地将菜刀高高抛起再接住。他万万没想到他的忘乎所以违反了比赛规则，影响了他的得分，使他屈居第二。

邱光明善于杀鸡，也精于烹饪，在饭店二十余年，看也看会了各种菜肴的烧法。回得家来，便如法炮制，自烧自吃，掌握了煎、炒、烹、炸等各种方法，烧得一手好菜。某次他来浦西，路过虬江路，见有一家饭店也叫人民饭店，便走了进去，有心将上海的这家人民饭店与川沙的人民饭店比一比。他坐下，不要饭，不要酒，只叫了一盘炒三丝。当炒三丝炒好端上后，他将经理请来，问道："炒三丝吃什么？"经理说："吃的是肉丝、火腿丝、冬笋丝。"他说："不对！"经理问："怎么不对？"他说："炒三丝吃的是刀工！三种丝要三种不同切法。"于是他便向经理详细示范了三种切法以及其他的种种切法，说得经理佩服得五体投地，以为他定是锦江饭店的名厨。不过经这位业余名厨教出来的学生如今倒真有不少成了名厨，有的还是希尔顿等五星级酒店的一级厨师。可他自己在饭店干了二十多年，仍然是一名杂务工，没给他评过任何职称。他想不通，闹情绪，终于脱离了饭店，在家种草养花，还当上了川沙县花卉盆景协会副主席，在川沙县破天荒地举办过花卉盆景展，轰动一时。

但邱副主席仍想当名真正的厨师。改革开放后，其子开了一家饭店，叫晋隆酒楼，请他去掌勺。他高兴得不讲任何条件便走马上任。在熊熊的炉火前，他用锅铲敲得铁勺铛铛响，像在演奏人生最美的乐章。顾客表扬他的服务态度，称赞他的烹调技艺，可儿子——他的老板——却从未夸奖过他一句。不发工资、不给香烟倒还罢了，他也并不稀罕；不说一句好话，他受不了。儿子说："不是有言在先，不讲任何条件嘛！"邱光明火了："滚侬娘的蛋，老子不干了！"回到家里，他生闷气，气了几天突发奇想，何不写部长篇小说来骂骂儿子！邱光明虽然只上过小学，但数十年来坚持自学，已很有些文化底子，还能吟诗作对子。他写的是章回体的谴责小说，开头是楔子：

> 话说上海之左，有一小小县城，旧名铁沙，现名川沙。明万历年为小小村廓，清康熙年设为县治。民初，城内有中市街、北市街及乔家平三条主要商业街。解放初，居民约八千。现今国家改革开放，百业俱兴，一片繁荣。据说时下最时兴之行业为开饭店，因最易扒分，最易逃税。顾客来自四面八方，吃的多为公款。多则三四百元一桌，少则也一百有余。政府虽有规定四菜一汤，然亦有法变通，此固开饭店有利可图之主要因素也。且说有一家饭店，叫晋隆酒楼，店主姓邱，乃在下之孽子也……

邱光明的长篇章回小说写完了楔子，又接着写第一回，写着写着他哑然失笑，心想，何必跟儿子怄气？想想儿子也并非不孝顺，只是像他一样脾气倔，不善于表达情感罢了，他老邱对自己的父亲不也是如此吗？他又想，与其怄气还不如自己开饭店，自己当老板，自己表扬自己，免得再麻烦别人说好话。他说干就干，招集了以前的老同事当伙计，终于在他家门前开了一家桃园饭店。

开张那天，他要为自己的桃园饭店写副对联。以往他常为别人写，比如他赠税务员的对联："一身廉政为公，两袖清风唯民。"赠旅社的："笑脸门迎千里客，挥手惜别四方人。"他甚至还为厕所送过对子："进来三步急，出去一轻松。"横批是："先拉后提。"谐谑之至，令人捧腹。这次他为自己的桃园饭店写对联动足脑筋，终得佳构："有米三升开饭店，无花一朵号桃园。"对仗工整，平仄合律，语虽平淡，但雄心自见。桃园饭店开张后，食客盈门，生意兴旺。他烧的菜不但色香味俱佳，而且讲究艺术造型。他用马兰头、豆腐干丝、土豆、核桃肉为原料垒成的假山盆景（冷盆菜），青山绿水，可以乱真，使人不忍下箸。他每天最爱做的一件事是翻看顾客意见簿，意见簿上几乎都是表彰他的语句，他笑了，心满意足地笑了。看到高兴处，他还提笔在意见簿上真的表扬自己，说自己如何精于烹调，可称川沙第一，等等；或者在顾客留言上加上批语，如：“诚如先生所说，敝人的桂鱼烧得确实堪称一绝，欢迎下次再来品尝，可八折优待。”又如：“人生得一知己足矣，厨师得千万知味亦足矣!”

最近邱光明又出新招，他在饭店门前征联：他贴出自撰的上联，征答下联，优胜者免费招待四菜一汤加一壶好酒。他每周出一上联，计有“此地虽名桃园无刘关张结义”、“园内秋色醉墨客”、“桃园徒名无树无花无果”等等，可惜至今无人对出他满意的下联，为此他常常叹气，说：“唉，川沙无才子，邱翁当状元!”

善作剧楼主人曰：邱先生并非名流，也非英模，只是普通百姓。他既无宏愿，也无功勋，他一生孜孜以求者，不过是想当一名自认为不错的厨师而已。但邱先生却活得有那么一点与众不同，活得有那么一点独特个性，因而就活出了情趣，活出了味道，活得风流自赏，活得潇洒脱俗。在芸芸众生之中，有如此活法者，不多矣!

1992 年 6 月

我当嘉宾，鼓噪吹竽

3 月 27 日上午，我应邀参加在科学会堂举行的《科幻世界》征文发奖大会。主办方还让我坐主席台，让我做嘉宾。我这个“宾”是科盲，我真不知我“嘉”在何处。其实我不是《诗经·鹿鸣》中歌咏的那类嘉宾：“我有嘉宾，鼓瑟吹笙。”他们知音习乐，那才是真正的嘉宾。我是另一种“嘉宾”，即晋时崔豹《古今注·鸟兽》中所说的那种“雀”，那种“雀”又名“嘉宾”，它们常栖于人家，集于杏梁，但它们不会“鼓瑟”，只会“鼓噪”；不会“吹笙”，只会“滥竽”。当今这种常栖集于各种场所鼓噪吹竽的“嘉宾”实在不少，惭愧的是我也常是其中的一员。

我当嘉宾最怕说话。但《科幻世界》副主编谭楷先生这次突然袭击，定要我即席发言。我只得老老实实地说像我这样的科盲根本就没有资格来参加这样的会议和给获奖作者发奖。我说，我很缺乏科学常识，我曾将体温计放在开水里，想看看水有几度，结果一放下“噗”就爆了。我还将电熨斗放在湿鞋里，想烘干鞋底，结果那只鞋成了烧焦了的“火烤咸鱼”。我是典型的“功能性文盲”。我还说，我平时也几乎不看自然科学方面的幻想小说，只看过社会科学方面的幻想小说，如《1984》、《美丽的新世界》等等。至于幻想，我当然有，就是不知是否科学。1958 年“大跃进”时，伟大领袖幻想的是赶超英美，一天等于二十年；我那时幻想的都是小事，记得有三件：一是幻想有女子足球；二是幻想用英语唱京剧；三是幻想能在眼镜片上装一对像汽车挡风玻璃上的划水刷一样的刷子，下起雨来，就可以造福广大镜友，不致眼前一片雾水了。没想到我的这三个幻想如今都实现了，英国早已有了女子足球队，美国夏威夷也有了英语京剧团，至于装上划水刷的眼镜也在80年代发明出来了，我真高兴。但在《科幻世界》的发奖会上我没说我的这三个幻想，怕的是班门弄斧，不好意思。

多年以来，就像在《科幻世界》发奖会上这样的忝列嘉宾，次数多多。举凡杂志笔会、报社座谈、画展揭幕、书展剪彩、新戏首演、影视开机等等诸种庆典、各类会议，都时时邀我出席。起先，我是有请必到，并将参加此类活动看作和到大学演讲、给别人写序一样的重要，看作一种文化责任，是你对社会的回报。后来不对了，连饭店开张、商厦挂牌也要我“大驾光临”，甚至朋友的朋友的朋友的朋友的婚礼喜宴也寄来帖子，也要请我“惠莅指导”。这我就看不懂了，你们结婚，我“指导”什么？现在的年轻人还要你指导？他们早就无师自通，比你经验丰富多了！当然这是书生的诘问。人家那是客气，希望你这个“名人”来“惠莅”，增加一些喜庆气氛。这类活动已经纯属应酬，全无一点文化上的意义了。不过人总还是要有点社会交往活动的，我们毕竟都是凡人，偶尔一两次这样应酬应酬也属正常，不必执拗，否则就显得过于矫情了。再后来，便真的有点不对了，不论出席什么样的活动，都有一袋礼物，都有百元车资。最早还不习惯，有点难以为情，以后便习以为常、心安理得了。于是才明白，“嘉宾”原来已经从橱窗里的一种耀眼摆设，变成可以在柜台里出售的高档商品了。而且“嘉宾”这类高档商品也确实是有明码实价的。在南方某地，若请得一位高干，如副省长、省人大副主任、省政协副主席作为嘉宾剪彩，这一剪刀下去，至少一万，多则五万。若该高干已离退休，价格可适当下调。若是有亨通之望的现任，且是名牌，为其今后大有使用价值，则可以加码至十万！以前只听说演员有出场费，如今官员也有了出场费，真是官民一致了。真是……不知说什么好了。

1998年4月9日

从两则笑话看德国

虽然我去德国之前对德国知之甚少，可有两则关于德国人的笑话我却记忆甚深。

一则是说，若是在大街上遗失一元钱，英国人决不惊慌，至多耸一下肩就依然很绅士地往前走去，好像什么事也没发生一样。美国人则很可能唤来警察，报案之后留下电话，然后嚼着口香糖扬长而去。日本人一定很痛恨自己的粗心大意，回到家中反复检讨，决不让自己再遗失第二次。唯独德国人与众不同，会立即在遗失地点的一百平方米之内，划上坐标和方格，一格一格地用放大镜去寻找。

还有一则笑话是说，如果啤酒里有一只苍蝇，美国人会马上找律师，法国人会拒不付钱，英国人会幽默几句，而德国人则会用镊子夹出苍蝇，并郑重其事地化验啤酒里是否已经有了细菌。

我本以为在这两则笑话中德国人的严谨认真态度和科学求实精神被大大地漫画化了，可我到了德国之后，以我的所见所闻相印证，才觉得这两则笑话对德国人的性格刻画虽然有所夸张，但也并不太失真，而且还很传神。

我这次是作为剧作者随《东京的月亮》剧组到德国去参加演出的。演出的地点是在汉堡的塔丽雅剧院，这是汉堡的三大剧院之一。装台期间，我们的灯光设计师和德国技师发生过一次小小的“国际冲突”。我们的灯光设计师在爬吊杆装吊灯时，用的是从国内带去的人字梯，可德国技师认为不安全，坚持要用德国制造的有调节平衡装置的人字梯。他们架好了“Made in Germany”的人字梯后，精细地调节四只梯脚，使之不差分毫地保持在一个水平面上，以保证梯子的绝对垂直和平稳。调试过后，德国技师还不放心，又用手反复摇试，使之无一点晃动。经过这样严格的检验，确信百分之百的平稳后，才允许我们的灯光设计师爬上去。其实我们带去的梯子，也十分坚固，使用十多年，爬上爬下数千次，也从未出现过问题，而且人字梯并不高，即使有些晃动也不致有危险。可德国技师硬是要用他们的梯子，似乎过于顶真，过于刻板，其实细思之，这其中却体现出日耳曼民族的一种极为可贵的精神。

首先是对劳动者极大的尊重和保护。德国不但有条目繁多、内容广泛的“劳动安全法”，而且还有非常细致和独特的“工作场所法”。比如有些法律规定工作场所的室内高度不得低于2.75米，室内必须有窗可以看见室外（严禁在封闭的工作场所劳作），必须提供每个工作岗位以足够空间（不得在拥挤的环境中工作），等等。最令人感动的是它甚至还规定工作场所必须有新鲜清洁的空气，必须有与工作人员的健康相适应的正常温度，否则便是违法，工作人员可以控告业主。连对工作场所中的空气和温度都有严格规定，更何况是梯子呢？

其次，有法就必须严格遵守，这又体现了德国人认认真真、一丝不苟的优良作风。中国驻汉堡的副总领事曾对我讲过他刚来汉堡时的一个故事。有一次他在限速的公路上超速了几秒钟，为的是越过前面德国人开的一辆车去转弯。转弯后，他发现被越过的这辆车在他后面紧追不舍，一直追了一个半小时。到了总领事馆下车后，他问这个德国人为何一直跟着他。这个德国人说，我追了你一个半小时就是想问你一句话：你为什么要超速！

世界上怕就怕认真二字，德国人就是如此认真。一个认真的民族是最有希望的民族。今年是东西德统一五周年，在这短短的五年里，这两个政治实体并没有因为原有的血型不同而产生“异体排斥”，发生社会动乱，相反原东西德地区的经济都有不同程度的增长，而且原东德地区的经济增长率今年已达到9%，居整个欧洲之冠，这不能不说是奇迹。这奇迹的产生，大概和德国民族的认真不无关系吧？

这次我去柏林旅游时，花了七马克买了一块巴掌大的柏林墙作为纪念，带回上海后，我拿给朋友们观看。可几乎所有的朋友都问过一个问题：这块花了近四十元人民币从德国买来的水泥块，真的是柏林墙上的一块吗？会不会是假的？我感到悲哀。悲哀的是只有我们的同胞才会提出这样的问题。我们自己被席卷全国的、无孔不入的造假吓坏了。在德国什么东西都可能买到，可你想买假的东西却很难、很难！知假买假的“刁民”王海，只有在当今中国才会应运而生；四川技术监督局为打假居然成为造假者的被告，这大概也具有浓厚的中国特色。这些极具戏剧性的事情，在德国绝无可能发生。德国人认真，中国人认假——虽然我也知道这不可“一概而论”。

假如是一个中国人，他在本文开头讲的两则笑话中会是什么态度呢？其实在原笑话中是有我们中国人的角色的。但为了中国人的面子，我故意隐去了。可是将真事隐去也是一种假，为了打假，我……我就说出来吧！在第一则笑话中，是这么挖苦咱们中国人的，说咱中国人在大街上遗失一元钱，不会像英国人那样若无其事，不会像美国人那样唤来警察，不会像日本人那样自我反省，也不会像德国人那样认真寻找，而是狠狠地在地上吐口唾沫，然后大骂一句：“哼，谁拾到谁就去买药吃！”于是心理上就平衡了。这种阿Q主义曾被鲁迅先生深刻地批判过，我们周围就有这样的人，不算丑化。在第二则笑话中，对啤酒里出现苍蝇一事，中国人不会像美国人那样去找律师，不会像法国人那样拒不付钱，不会像英国人那样幽默几句，也不会像德国人那样进行化验，而是……而是……而是将苍蝇从啤酒里捞起，喝它一半，要求赔偿，并且再到第二家啤酒店，如法炮制，将苍蝇偷偷放在啤酒里，继续要求赔偿。这……这……这不是太损我们中国人了吗？岂有此理！可遗憾的是我在前年访问日本时确实听说有个中国就读生将蟑螂故意放在面条里要求日本老板赔偿的事——虽然我也知道这是极个别的现象。

可在有的地方就硬是没有这种“个别”！

不是说要提高国民的素质吗？我看就先从最简单也最难的要“认真”而不要“认假”做起，如何？就是打假不要假打，更不要假人来打假，而要真人真打，如何？

1995 年 11 月

“工程”现象

以前有首歌，风行一时，其中有句歌词：“什么阶级说什么话。”这句歌词其实说的是不同的阶级有不同的立场，并不是说不同的阶级说不同的语言。语言本身是没有阶级性的。影响语言发展变化的是社会生活。时代变化了，社会生活内容变化了，语言尤其是语言中的最敏感、最活跃的因素——语汇，也会相应起变化。

“文化大革命”前，使用频率最多的是军事词汇，搞一个什么社会性的大运动，就常说“打一场什么人民战争”、“进行一场什么会战”；一件事分几个阶段进行，就说“打几个战役”；克服一个困难，就说攻克一个“堡垒”；各行各业都叫“战线”，如教育战线、文艺战线、新闻战线、体育战线；带着病伤坚持工作或劳动，就说“轻伤不下火线”。“文化大革命”中，就更军事化了，各种群众组织的领导机构都叫“司令部”，所属成员都一律称为“战士”……从这些语汇中，可以嗅出在“以阶级斗争为纲”的那个年代里的火药味和血腥气，同时也可以看出领导阶层的思想意识、生活经历、语言习惯对公众语言的深刻影响。那个年代的各级领导干部，大都有过戎马生涯，带过兵，打过仗，所以他们既习惯于用指挥战争的办法来领导一切，也喜欢用军事语言来概括一切。

改革开放之后，以经济建设为中心了，于是以上那些军事词汇的使用频率大为减少，大都代之以“工程”了。“工程”原是将自然科学的原理应用到工农业生产部门中而形成的各种学科的总称，如土木工程、水利工程、冶金工程、机电工程等，有时也指具体的建设项目，如京九铁路工程、南浦大桥工程。可如今一些和工程毫不相干的事情也称之为“工程”，如文化的“五个一工程”、科普的“六个一工程”、教育部门的“希望工程”、劳动部门的“再就业工程”、组织工作的“素质重塑工程”等等，数不胜数。北方某个城市除了拥有全国性的各大“工程”之外，还有他们自己的八个“工程”。“工程”之所以大受欢迎，一是因为全国大搞经济建设，热火朝天，光上海就有两万个建设工地，工程之多可以想见，“工程”也因而成了使用频率最高的词语，成了时髦，成了流行。二是和如今各级领导人的学历有关。《老子》说：“治大国，若烹小鲜。”老子那个时候的领导人肯定是钓鱼的或者烧菜的出身。如今的各级领导大都有大专学历，而且多数毕业于自然科学学科，有的是硕士、博士，参加过很多工程建设，有的还是中国工程院、科学院院士，所以如今是“治大国，若搞工程”。各项“工程”越多，越说明我们确实是在以经济建设为中心，民富国强，长治久安了。

任何事都是利弊互见。如果有个小孩总忘了便后洗手，父母为了养成孩子的卫生习惯，也给孩子制定一个“便后洗手工程”，这就把“工程”用得太滥了。再如，某报说如今新出现了一个“性别工程”，以矫治变性癖。可是这也叫“工程”，就容易使人从字面上产生误解，以为要制定一个很大的“工程”来为人变性，好像如今变性大流行，有那么多人要女变男，男变女，阴阳变换。最后，说说“希望工程”，这很名副其实，确实“工程”巨大，我也曾为这“工程”参与过上海地区的捐款助学工作。有的小学生把压岁钱拿出来，有的低收入的家庭把牙缝里省下的钱捐出来，极为感人。可是费了那么大力气，动员了那么多人，上海也不过捐了二十多万，与全国需要帮助的失学儿童相比，仍是杯水车薪。可想到一些官员的贪污受贿，动辄几十万、几百万，那么多人省吃俭用捐献出来的，没有他们一个人贪污得多。每念及此，就痛心疾首，愤愤不平，真不知希望何在！当然，“希望工程”还是要坚持下去，但更重要的还是要加大国家对教育的投资，加大对贪污腐败的打击力度，切切不能让一点一滴捐献来的钱从小民百姓的手里落到贪官污吏的口袋里。

1997年1月

签名题词的喜剧

我最怕签名和题词，无他，字太丑劣，让人看了恐怖。从小学到大学，我一直没好好练过字。记得大学一年级时，老师林祥楣先生（也许是史存直先生）看了我作业上的字大皱眉头，说我的字像藏文，没法认。我是回族，写的是汉字，怎么像藏文？三位一体民族大团结呀？我至今也没搞懂！

人家总以为作家的字一定写得好，作家作家，一天到晚坐在家里，干吗？不就是写字吗？能写得不好？肯定写得飘若浮云，矫若惊龙，刚则铁画，媚则银钩，字字皆是墨宝。可我是个例外，我这个作家的字，实实在在是其貌不扬。杜甫说："书贵瘦硬方通神。"我相反，"我书肥软鬼画符"，我长得矮胖，字如其人，没筋没骨，肥软，恶俗。所以凡是让我签名的事，我是能躲则躲，可也有躲不了的时候。有一次，一部选集上收了我一篇文章，有人拿了这部选集上门来要我签名，我怎么躲？我接过这部选集一看，扉页上已经签满了许多作家的大名，欧虞颜柳，苏黄米蔡，各体咸备，或清丽，或庄重，或洒脱，或飘逸，美不胜收。我如此丑字，怎有脸面厕身其间？于是，我便微型其我，将我的名字小小地签在扉页和封面之间的缝隙里，自惭形秽地躲在里面不肯出来，这真的是藏拙了！

前几天，某大学一位女教师也来要我签名，我实在是怕。苏东坡说"心正则笔正"，我当时心有旁骛，于是就把字写错了：在题上款时将这位女教师名字里的一个"岚"字错写成了"澜"。这可如何是好？我只得在"澜"

字后面再补写了个“岚”，并以符号提示。在“澜”字上面打了个“×”，在“岚”字上面打了个“√”。在题下款时，我想我也应该将自己的名字写错才是。光写错别人，不写错自己，不公平。于是我就把我的名字错写成“沙业新”，然后再补写一个“叶”字，也同样在“业”字上面打个“×”，在“叶”字上面打个“√”。这样我就和伊“挞皮”（沪语，扯平之意）了。

虽然我的字不行，但题词时想个句子倒还差强人意。1996 年上海市静安区领导敬老尊贤，将区内一些文化名人如柯灵先生等请到清河宾馆吃饭，我也有幸附骥被邀。照例，吃饭前要为宾馆题词留念。工作人员在一旁笔墨侍候，一些文化前辈书兴大发，挥毫题词，笔走龙蛇，气势灵动。我有意去了几次厕所，想躲没躲掉，只得硬着头皮出来献丑。写什么呢？有了，“河清有日，味美无双”。词意倒还凑合，可是一旦我把这八个字写在那缎面烫金的纪念册上时，我就觉得每个字都面目可憎，实在是糟蹋了精美的簿页。上海人民广播电台的郭在精先生也曾请我题过词，当时我几乎不假思索，提笔便写：“山不在高，人不在精；斯是郭氏，有才则行!”他连声说好。好什么呢？肯定不是说字好。1997 年 5 月底，上海的电视节目主持人曹可凡先生和殷文献小姐结婚，在婚礼上，我送了个“秀才人情”——一副流水对、嵌名对：“遍征文献居仙界，可算今朝下凡来。”横批：“天作之合。”平仄略有不协，对仗也欠工稳，不去管它了；最可恼的还是我的载体不行，实在不敢写下，等以后临池学书，练个十年，再写下裱好送去吧。

我的字不好，只是表明我个人的文化素养有所欠缺；签名给人留念，题词持赠友人，也都是私事，无关宏旨，没有社会影响，更没什么政治后果。如果一个领导干部而且是相当负责的领导干部到处签名题词就应慎重了，特别是字不好的领导干部就更要慎之又慎，如果不但字不好，而且还写错了，那后果就更是不堪设想。二十年前，一个负责干部到某企业视察，在题词时，将“工业学大庆”的“庆”字写得像“废”字，于是就成了“工业学大废”。还有一位更大的领导去一个生物制品研究所参观，也被要求题词，他却将“造福人类”错写成“造福人粪”。“工业学大废”，“造福人粪”，中国还怎么搞四化？嗯？

或问：领导题词写错字，怎么没人给提个醒？不敢哪！旅顺某公司有个叫于坤升的干部，专门咬文嚼字，一位领导将“家庭和睦”写成了“家庭和陆”，被他指出之后，领导大为不满，竟因此将他调离干部岗位。今后谁还敢为领导纠错？

早几年，中央曾经专门发过文件，希望领导干部不要轻易题词，因为领导的题词往往被认为是一种表态，是对某个部门、某种工作的支持。下面就有些人拉大旗作虎皮，拿领导的题词当令箭，为本部门、本单位甚至为个人牟利。近日，某省汤副省长也因此呼吁领导干部不要随便给楼盘题词。从文化上说，字不好的领导也要尽量避免这种题词的纠缠，否则实在是影响市容，有碍观瞻。

1997年6月7日

闲话秘书

某县级市的一位副局长，与局内一位女处长有染。一天，副局长得知他即将升迁的喜讯，一时兴起亦性起，下班后便去女处长家幽会。子夜时分，忽听得有人敲门，副局长以为是女处长的丈夫出差回来，其实是四楼的邻居敲错了门，吓得副局长从三楼阳台用绳索垂吊而下，没想到绳中断于半途，人坠落于楼外，跌得半死，送进医院。

此事轰动全市。分管该局的副市长不得不找这位风流的副局长谈话。副局长因事关自己的仕途，绝口否认和女处长有苟合之举，一再表明那天晚上他在女处长家是商谈工作，讨论精神文明建设事宜。女处长的回答亦如是，都说得理直气壮，面不改色心不跳，弄得副市长很不好处理此事。若要处理，查无实据；若不处理，物议喧腾。副市长依违两可，计无从出，便让张秘书拿个意见，代为裁处。张秘书应付裕如，眉头一皱，便想出三条。副市长一听，会心而笑。于是张秘书便以此三条作为组织结论向副局长宣布。张秘书先说，市领导对副局长下班后去女处长家商谈工作一事给予充分肯定：

“这说明你们工作勤奋，见缝插针，日以继夜，有只争朝夕的精神。但是……”

副局长诚惶诚恐，不知“但是”之后会怎样。

“但是，”张秘书不紧不慢地向副局长说道，“市领导认为，一、你们面谈工作的地点不妥，二、两人讨论的时间过长，三、你出去的方式不当。下次应予注意!”

这三条举重若轻，路转峰回，绝妙如清县令陆稼书的判牍。张秘书理应有赏，为断偷情一案，宜酬美酒三盏。副局长听此三条，也大喜过望，唯唯称是，谨诺而退。

副局长风流案便如此了断。

且慢！试问：此事如此办理，副市长是否玩忽轻慢，失职渎权？而张秘书又是否权力越位，手长于臂？答案是不言而喻的。

秘书本是领导的助手，处理的是机要性的工作，其日常事务主要是收发文件、管理文书档案或办理领导交办的一些事情。中国自秦汉以来，封建王朝也都设有秘书监、秘书令、秘书郎、秘书丞等官职，其职权也不过是掌管官员呈上的奏章、宣布皇帝发布的命令、管理宫禁的图书等等，权限也并不大。当然我们的秘书和封建社会的胥吏、师爷性质迥异，我们的秘书应当是为人民服务的国家干部，不是帝王的家臣。虽然我们的秘书大部分都能够廉洁奉公、严以律己，可是也有不少“大秘书”谄上欺下、违法乱纪、权欲熏灼、炙手可热，势焰扩张到自古以来从未有过的程度。这些“大秘书”们自有一套“厚黑学”、“秘书经”，相互传授对付领导的四大秘诀——“先斩后奏”、“先奏后斩”、“奏而不斩”、“斩而不奏”，可见他们确实握有“斩”——生杀予夺的大权。更有甚者，他们还拉帮结派、植党营私，为攫取更大的权力而朋比为奸。最近几年全国各地所发生的令人震惊的大案、要案，很多都牵涉领导干部的这些“大秘书”。某个直辖市，市领导们的七个“大秘书”纷纷落网，一个主要领导的三个秘书全被立案审查。有鉴于此，不少报刊大声疾呼，呼吁领导干部要警惕自己身边秘书的贪赃枉法，越权干政；党政领导部门也多次发文，责成各级领导干部要管好自己的秘书。

有人说，领导的形象是秘书塑造出来的。这有些本末倒置。其实秘书是领导的影子，身正影必正，身斜影必歪。试看那些出问题的“大秘书”，他们的领导也很少有不出问题的；如果秘书出的问题很大，领导出的问题可能更大。贪婪的老鼠背后往往有只胃口更大的老虎。所以要管好秘书，首先要管好领导自己。孟子说：“上有好者，下必有甚焉者矣。”孔子说：“政者，正也。子帅以正，孰敢不正?”这都是两千多年以前的老话了，如今还具有如此强烈的现实针对性，但我们真不希望此话还要说到下一世纪。

1997 年 7 月 7 日

请别误读，谢谢了！

1983年，为纪念马克思逝世一百周年，我写了部话剧《马克思“秘史”》，先是这个剧名受到一家报纸的批评，认为光明正大的马克思怎么可能有“秘史”？其实这个剧名源自马克思自己的一段话。上演后，恩格斯又受到批评，问题出在最后一场结尾关于如何理解“幸福”的一段对白。马克思的女儿劳拉说：“我以为幸福就是意识到有人在爱我。”马克思的夫人燕妮说：“我对幸福的理解是健康，特别是卡尔的健康！”马克思家的女仆琳蘅说：“要是哪一天我能吃上别人为我烧的饭，我就算是幸福了。”恩格斯说：“我对幸福的理解就是饮一杯1848年的沙托·马尔高葡萄酒！”马克思说的则是那句大家所熟知的名言：“幸福就是斗争！”

一位领导在审查该剧时说：“其他人物对幸福的理解关系不大，可恩格斯的理解与马克思相比就显得思想境界太低，把幸福仅仅理解为喝一杯陈年的洋葡萄酒，这有损革命导师的形象。”

其实恩格斯的这句话不是我造出来的，是恩格斯自己说的，是见诸文献的，亦即这不是我的幽默，这是恩格斯自己的幽默。如果我要擅自让他不幽默，让他正儿八经，把他“拔高”，甚至让他和马克思来个对句，马克思说“幸福就是斗争”，恩格斯就说“幸福就是革命”，那不是篡改恩格斯语录吗？谁敢哪！而这位领导批评我，其实是批评了恩格斯，要是较真起来，这不是“炮打马列主义老祖宗”吗？

问题还是出在幽默。因为自己不太懂幽默，就错把恩格斯的幽默当作了革命誓言。有些人以为革命导师的每一句话都是闪光的真理，都是指路的明灯，都是一以当万的最高指示。假如导师硬和常人不一样，言必革命，语皆斗争，说话如社论，交谈似文件，开口即豪言，张嘴乃壮语，这不累吗？还像人在说话吗？

1985 年，上海《文汇报》约我写幽默小说，我写了一篇《有奖阅读小说——〈他和她〉》。在小说的各个段落中，我存心分别插入香水、牙膏、眼镜的商业广告，我还在结尾写道："《他和她》集当今流行的言情小说、惊险故事、武林传奇、法制文学、广告文艺于一身，可谓五美齐全。本报将分百期连载，并实行有奖阅读竞赛，凡在六十秒钟之内，将每一期连载部分过目成诵、一字不错、一点（标点）不漏，且能倒背如流者，分别给予头奖、二奖、三奖。……有奖阅读得到皇后香水厂、八面钢牙膏厂、强力眼镜厂的大力资助，特此鸣谢！"

明眼人一看便知这是讽刺，意在批评恶性的商业化文学，可万万没想到北京一家报纸竟以为我真的是在提倡有奖阅读，还在头版著文批评。此事惊动了当时尚在《文汇报》主事的史中兴先生，他特地去电话向那家报纸解释。那家报纸倒也不错，承认了误读并表示歉意，这很使我感动。

1993 年，鬼才魏明伦财迷心窍，开办公司，要我在公司开张之日发一贺电捧场。我对文人下海，特别是对像魏鬼才这样的好文人下海，一直持保留态度，认为不值得庆贺，但在脑体倒挂、文化已商化之日，这又是很无奈的事。魏明伦当时催索贺电甚急，于是我便随手在电报纸上即兴写道："起来，不愿做奴隶的人们/把我们的血肉/筑成我们新的商城/中华民族到了最为钱的时候/每个人被迫着发出最后的吼声/拿来，拿来，拿来！"

说实话，我也不知道怎么会冒出这些词句，但我决不认为这是贺词，这是我对当时席卷全国的"工农兵学商"（工农兵都学商）的狂潮发出的讥讽。这不是戏改国歌而是痛改国歌，以使国人醒悟！

可这又惹了麻烦，有两位先生在年初同时对我提出批评，一说我戏改国歌太不严肃，倘竞相效尤，恐国歌则不国矣。另一位则上了一点纲，认为我违背了一个公民的起码准则。可魏明伦本人却没误读，他在 1994 年春节前夕曾来信，说我电文“妙语应和，几句‘不严肃’之词，点破很严肃之题”。他读懂了，而且悟出了“很严肃之题”！尽管如此，我还是衷心感谢那两位先生的批评。因为中国毕竟不是美国，美国人可以用国旗的星条图案做短裤，美国国歌也曾多次被歌星改编演唱，但美国人并不因此而不爱国。中国国情不一样，“文化大革命”中，无意碰碎领袖宝像，无心读错一句语录，都会有杀身之祸；庄严之如中国国歌，如被秽亵，也不会轻饶的。可惜那时庄严的国歌歌词被认为是“大毒草”，被禁止了，否则便会有类似的案例可以援引。一想到不久前的历史，我真应该牢记国情，汲取教训，因此我衷心地感谢那两位先生的批评。不过，请允许我解释一下，我很爱国；我还想说，真正的幽默者是思想严肃的，也是宅心仁厚的。我是善作剧，不是恶作剧，谢谢！

1997 年 8 月 31 日

假如都是徐虎

我家抽水马桶的水箱总是坏，像患了慢性肠炎，泄漏不止。住在这里八年，不知请人修了多少次，也没修好，于是索性不用水箱，每次方便之后，只好很不方便地另放一桶水冲洗。1996 年初，妻子看电视，看到徐虎的事迹，就写了封信向他求救。过了几天，徐虎果真上门来了。

那时候徐虎还没像现在这样誉满全国，我对他毫无所知。他进门后，不喝水，不抽烟，话不多，极质朴，丝毫没有他们行业中所习见的那种腔调。他一声不响地修了一个小时，修好后又叫我自己放水试一试。我非常满意，由衷地说："徐师傅，你真是技术高超，几年的老毛病，你一来就修好了!"他说："这不要什么高超的技术，谁都会修，问题是修得到位不到位。"他要走了，我说："多少钱，你千万不要客气。"他说："不要钱。"我说："不可能。"他说："真的。"我说："材料钱总要算的。"他说："材料是旧的，不值钱。"我说："那我给你车钱。"他说："我是骑自行车来的。"我真被感动了。后来我送他一本我写的书，他收下了。

没多久，徐虎上北京介绍他的先进事迹，看了报纸和电视，我才知道他是个劳动模范，十几年如一日地利用业余时间为人义务修理水电，精神确实感人。从那以后，全国都在学习徐虎，报纸和电视天天都有他的模范事迹报道，我也接受过中央电视台的采访，谈我对徐虎的印象。以后上海又有人根据他的事迹写成两台话剧和拍成多集电视剧，一时形成"徐虎热"。

我既为徐虎高兴，又为他担心。高兴的是如此大张旗鼓地宣扬徐虎，有利于精神文明的建设；担心的是他白天上班，晚上加班，已经超负荷，如今还要让他参加如此频繁的社会活动，岂不累上加累？报上说，徐虎每次在外活动，回家虽然很晚，仍然坚持去开“报修箱”。我读后，心中极为不忍。徐虎不是机器，即便是机器，如此运转，也要磨损，人何以堪！这是在爱护徐虎？这是在学习徐虎？

徐虎出名了，我不希望他也有名人之累。徐虎是朴质的，他本来就是一个默默无闻的人，他从没想到过出名。他的奉献是出自真诚的愿望，付出时丝毫没期望得到什么。如今他不止一次地说：“党和人民给我的太多了!”这不是套话，他是诚恳的，我完全相信他是真的不希望获得这么多的掌声、鲜花和荣誉。他仍希望默默无闻，默默地奉献，默默地生活。我接触过其他一些先进人物，他们也大致有此想法，认为这样生活才自然，才真实，才是原来的自己。

可是大张旗鼓地树先进、长年累月地学英雄是我们的传统，从雷锋、焦裕禄到今日的孔繁森、徐虎，每个历史时期都要树立一些模范人物，如今更是不得了，每个月都隆重推出一个模范人物，这……这来得及学吗？当然，学习英雄模范对人们的精神面貌、道德情操以至社会风气都可能起些积极的作用。可这作用究竟有多大？能否从根本上、从总体上提高国民素质，长久而巩固地转变社会风气呢？环顾宇内，世界各国都没有像我们中国这样重视思想教育，有过那么多的政治学习，有过那么多的主管精神文明的机构（如“五四三二一办公室”——五讲四美三热爱两个文明一起抓办公室），有过那么多的英雄模范、先进人物，按理说，我国的精神文明、道德水准应该是全世界最高的，可遗憾的是并非如此，令人发指的恶性犯罪、巨大数额的贪污受贿、无所不在的缺德现象，从没有像今天这样疯狂地泛滥过！原因当然很复杂，但至少说明几十年来大张旗鼓地学习英雄模范并没起到应有的作用。

榜样的力量虽然巨大，但并不是力大无穷。榜样毕竟是少数，能效法榜样的也是少数，任何一个社会的绝大部分成员都始终是处于中间状态的。对这绝大部分社会成员提出他们力所能及的思想行为规范，至关重要。在中国目前的社会经济条件下，只要敬业乐业、遵纪守法就是好公民。今天之所以有徐虎出现，就是因为很多人不是徐虎，就是因为很多人“拆烂污”，或者像徐虎说的干什么都“不到位”。那些人连起码的责任都没尽到，你怎么还能要求他们像榜样人物那样地去无私地奉献呢？所以，与其要求他们毫不利己，不如鼓励他们正当谋利；与其号召他们专门利人，不如告诫他们莫损他人。假如不恰当地提出过高的要求，比如号召人人都学习徐虎，或者号召人人都成为徐虎，愿望虽好，但一是做不到，二是真的做到了也很麻烦。比如徐虎连春节都到别人家去修水电，大家为了学习徐虎，或为了成为徐虎第二，也都去效法，都在除夕之夜和大年初一你到我家修厕所，我到你家修煤气，自己家的人都统统跑到别人家里去了，这个春节还能过吗？嗯？当然这是极而言之。我们不可能人人都是徐虎，即便有一半人是徐虎，也很可怕，因为这半数的“徐虎”定是另外半数的“刁民”所养成的；或者相反，是半数“刁民”养成于另外半数的“徐虎”。

关键在于我们以什么治国，是以道德治国，还是以法制治国？道德是软手段，法制是硬手段，可我们该软的不软，该硬的不硬；应该软的却硬似铁，应该硬的却软如绵。如果不能以法制治国，该硬的硬不起来，就是有千万个徐虎，也无法从根本上改变目前人们的精神面貌和社会风气。

1997 年 11 月 10 日

编辑们，别上课了！

友人陈村因强直性脊柱炎，成天弯着个腰，歪着个头，眯着个眼，如果手上再紧握着一杆枪，那绝对是个瞄准的姿势。陈村陈村，鬼子进村，前不久他没瞄准鬼子，却瞄准了报刊编辑，写了篇文章《给编辑上课》，使得一些挨了枪子儿的报刊编辑有些委屈。我曾劝过被射中的一位编辑，叫他切勿在意。我说陈村始终弯腰曲背，虚怀若谷，从不挺胸凸肚，趾高气扬。况且他自称“弯人”，定会自动转弯，不会耿耿于怀的。我又想，我既为弯人的直友，也该批评一下陈村才对，亲者严嘛。我说陈村哪陈村，你不是说弯人好比天上月吗？多么温柔，多么慈祥，把他们编辑心儿照亮。假如月亮也要生气，以致气得脸色发紫、发黑，那不是“月全食”了吗？不是有损你皎洁明亮的形象吗？人与人，作者与编辑，难免有碰撞，还是相互谅解为好。我且篡改贾谊《过秦论》中的一句话：“弯人不弯弓，报人不报怨。”奉送弯人和报人，一洗芥蒂，握手言欢，如何？

当编辑是很辛苦的，组千家稿，阅万篇文，东托西求，千筛万选，才组织成一期稿件或一版文章。若在一期或一版之内，既有组来的名家精品，又有刚发现的新人力作，则是老编们最大的快慰。无奈编辑无终审权，甚至编辑室的主任和某一版的主编也不能最后定夺，所以有时已经拼版待印的文稿会突然撤下，或者已经印好了的报刊被迫停止发行。这当然往往是领导们的英明决定，编辑对此也无不欣然从命。可如何向作者解释呢？既不便透露“编辑部的故事”，也不宜捅出“本报内部消息”，编辑往往宁可自己挨骂。陈村呀陈村，沙叶新呀沙叶新，我们的文章、著作都是编辑们这样辛辛苦苦、任劳任怨地编辑出来的，不容易呀，真不忍心再给他们上课了。下课了吧，好吗？

编辑对作家，大多是尊重的，不太会轻慢无礼。尤其是目前报刊泛滥，竞争激烈，谁还敢得罪作家？我在某编辑部看到一张公约，可以管窥如今编辑们的精神素养之一斑，兹抄录如下：

> 大家均是知书达理之人，没有必要专设主管三令五申。在赋予个人最大自由的基础上，我们订立此约，以协调各自的行为，以营造坦诚、温馨、体谅、幽默的环境。
>
> 我们的办公桌上堆满了稿子和报刊，虽然很像编辑部，也有自然之美，但显然还是摆得整整齐齐更适于我们的整体氛围。稿子务必当天处理，及时回复作者；来信来函归类存档，妥善保管，便于查找。
>
> 文明的言辞给予的是尊重，回报也定然是尊重，因而接听作者、读者的电话时，先说一声："您好!"相信你听到的大半是好消息。同事间借用物品时说声"请"也并不费事，归还时再说声"谢谢"，这会给我们的空间创造一份和谐。
>
> 资料是我们共享的营养，请注意给他人以吸取营养的机会。看完报后需装夹放回报架。借阅书籍，从速归还。
>
> 在编辑部里谈笑风生，吃零食，嗑瓜子，自然其乐融融。但别忘了效率即是生命的延长。要想干得出色，8小时是绝对不够用的。
>
> 我们自愿恪守本公约，以理智、自尊、默契、沟通的心灵迎接每一天的工作，将庸俗和陋习拒之室外。

这样一个敬业乐业、井然有序、严于律己、互相友爱的编辑部，不但工作效率会高，刊物质量会好，对作者也一定会和蔼友善的。

1998年1月20日

观众们，别上当！

舞台上的东西都是假的。布景就是假的，无论台上的琼楼玉阁如何逼真，高山流水如何酷似，那都是让观众在台下看的；要是上台来从背面看一看，那就要戳穿西洋镜了。嗬！全都是用布料画出来的，用木头做出来的！而且画的和做的都是前面观众看得见的那一部分，后面的那一部分是没有的。我一直在想，要是台上的演员不转身，始终对着观众，为了节省衣料，那演员的服装也可以只做前面的那一半：前面看看是西装、旗袍、晚礼服、百褶裙，后面就是露着背、露着腰、露着后跟，甚至露着屁股也是不要紧的，反正观众是看不见的。

舞台上的道具也是假的。有时道具虽是真的，可里面装的东西是假的，比如碗里的饭菜、瓶里的酒；还有时道具里面干脆什么也没有，假装着有。50年代，剧团经常下厂慰问。有一次在钢厂演出，厂里有个工会委员，极热情，不停地在化妆间给演员送水递烟。戏开演了，他就在侧幕边看戏，看得很入神。这出戏带有当时时代的印记，说的是总务科长要用新的铁壳水瓶去换党委办公室的旧竹壳水瓶，党委书记为了节约，不让换，还给总务科长倒了一杯水，说明水很烫，旧的水瓶也很保暖，一样能用。台上放着的水瓶是真的，可里面没有水，是空的，演员只要做个倒水的动作就行了。站在侧幕边看戏的工会委员这时看到演员拿起水瓶却倒不出水，他急了，大腿一拍就跑上了台，大声说："对不起，对不起，忘了灌水了。我去灌，我去灌！”说着抱起水瓶就要走，台下不认识他的观众还以为他是戏里的一个角色，可台上的演员却傻了，工会委员怎么也上台了？于是赶紧夺过水瓶，低声地对他说：“快下去，这是演戏！”工会委员说：“我知道，水瓶里没水，怎么演戏？”他还是把水瓶抢走了，这出戏也就没法演下去了。这是真事，不是我编造出来的。

舞台上的效果声也是假的，或者是录制的，比如汽车声、飞机声等等。50年代的舞台条件差，没有先进的录音设备，效果声大都是手工操作，比如用筛黄豆模仿雨声，用抖铅皮模仿雷声。枪声也是如此，那是用竹片击打桌子所发出的声音。有一次演抗日的戏，日本军官审讯游击队员，逼他说出八路军的下落。游击队员不说，日本军官就举起枪：“八格牙路，你不说，老子就毙了你！”日本军官扣动扳机的时候，后台管效果的师傅思想开小差，忘了发出枪声。台上的日本军官可傻眼了，心里在琢磨：我开枪了呀，怎么没枪声呀？演游击队员的演员也愣了，心想：枪没响，我就没被打死呀？那我也不能自己倒下呀？他只好还是那么挺着胸、仰着头站在日本军官面前，仍然作出视死如归的英雄状。幸亏演日本军官的演员有些舞台经验，为了不致冷场，他就装模作样地瞧了瞧枪口，还带解释地说：“他妈的，老子的枪卡壳了！”正当他把枪对着自己看枪口的时候，后台管效果的师傅回过神来了，“砰”的一声，枪响了！游击队员没倒，日本鬼子给吓倒了！

那么演员的感情呢？他们在舞台上所表现出来的那些眼泪和笑容呢？可惜也不是真的。有一对演员夫妇，自结婚起感情就没好过，不是吵就是骂，可在舞台上他们却扮演一对热恋中的情人。有一次，他们俩在后台大吵，还没吵完，就上场了。在舞台上他们又不得不装扮出另一副面孔，表现这对情人之间的伟大爱情，缠绵悱恻，感人至深，赢得了许多观众的眼泪和掌声。你说他们在舞台上的感情是真的还是假的？全是表演，全是做戏！这当然是个极端的例子。其实不光是戏剧舞台，在其他的舞台上，也有表演者，也有做戏人。越是重大的舞台，越是有戏可看；越是显赫的人物，越是擅长表演。观众们，别上当！

1998年2月10日

管好这张嘴

食，性也，人之大欲存焉。所以伽利略在地牢里大啖肥鹅，瞿秋白就义前还想到中国的豆腐真好吃。虽然口之于味也，有同嗜焉，但如将这两位中外名人作一比较，还是有所高低。前者只是在监牢里想到吃，而后者死到临头还念念不忘吃，可见食欲之强，好吃之甚！由此可推知，论经济中国虽是发展中国家，论吃喝中国则是发达……不，是超发达的国家。中国的足球冲不出亚洲，中国的菜肴却走向了世界；踢不过你，可吃得过你，一样能为国争光！

中国确实是吃的大国、吃的王国。中国人的“mouth”是“冒死”，冒着死亡的危险什么都敢吃；中国人的胃是“大无畏”，金银铜铁什么都能消化。大到黑熊之掌、鲨鱼之翅、骆驼之峰、金猴之脑，皆可果腹；小到蝎子、蝗虫、蚯蚓、蚂蚁，甚至蛆蝇也尽能下咽。举凡地上跑的，四条腿的，除了凳子不吃，什么都吃；天上飞的，带翅膀的，除了飞机不吃，哪样不吃？假如凳子和飞机也能让中国无所不能的烹调大师切成丝、剁成块、烧成一道菜的话，也一定会有“冒死吃河豚”那样的敢死队去品尝的。

中国人的这张嘴真厉害，中国某些干部的嘴还要厉害，不但特能吃，还特能自我解嘲，举箸时说：“党出钱，我出胃，能吃不吃也不对，吃来吃去还是为了本单位。”碰杯时说：“能喝半斤喝二两，这样的干部不培养；能喝二两喝半斤，党和人民才放心！”从古到今，也没像今日有过这么多、这么生动的讽刺公款吃喝的饭歌酒谣；从东到西，也没有哪个国家的政府像中国这样发过那么多、那么详细的禁止超常宴请的文件和条令。这是因为中国某些干部的嘴实在特别大，胃实在能消化。而且上有政策，下有对策：上面规定“四菜一汤”，下面就“四盆一缸”；条文上说一次宴请不得超过三百元，那就多开几张发票，每张都是二百九十九。正因为此风久禁不绝，某一穷县的干部，从县长到科员，一年吃掉公款一百多万元；某省一年招待上下各方干部的宴请费高达一个亿。1988 年那年最厉害，全国吃掉了二十一个亿，也就是说吃掉了许多座长江大桥，吃掉了整整一支最先进的航空母舰的舰队！这张嘴大不大？这个胃可怕不可怕？

最近，尉健行同志在中纪委的会议上，重提党员干部廉洁从政的《关于党内政治生活的若干准则》，以及党政机关制止腐败的《关于党政机关厉行节约制止奢侈浪费行为的若干规定》两个重要文件，再次强调要“严禁用公款大吃大喝”。这使人既为中央加大反腐倡廉的工作力度所鼓舞，又为这么多年来下了这么大的决心、发了这么多文件还管不好干部的一张嘴感到有些悲哀。尉健行同志坚决表示一定要“在今后五年内使党政机关和干部队伍中腐败现象蔓延的势头得到遏制”，人们都期望这一目标能实现。

具有中国特色的这种吃喝之风之所以如此猖獗，除了中国百姓的食欲不败、中国干部的嘴巴腐败等内因之外，中国菜肴的实在好吃、实在诱人是否也是一种外因呢？龙虎斗、佛跳墙、美人肝、西施舌，光听这些菜名，就让人胃口大开，馋涎欲滴。茅台酒、五粮液、泸州老窖、洋河大曲，打开瓶盖只要闻上一闻，就能让人醺醺欲醉，玉山自倒。如果中国的饭菜不那么精美、中国的美酒不那么香醇，大概也不会有那么多人大吃大喝了吧？外国有腐败，但很少有嘴巴腐败；洋人有歪风，但很少吃喝成风。为什么？除了节俭和廉政之外，可能与西餐不及中餐味美有关。窃以为“食不厌精，脍不厌细”，中国这种自古以来的美食传统，在客观上也助长了而今的吃喝风。所以我但凡见到介绍烹饪技术、美食经验的书籍都无太大兴趣。更怕那些动辄就将饮食扣上文化桂冠的言论，似乎饮食只要披上文化的外衣，就能为酒池肉林、烹龙煮凤找到理论根据，使得豪饮狂吃、羽觞琼宴也名正言顺、理直气壮起来。饮食要文化，首先必须文明；不文明，何来文化？饮食文明总离不开吃得健康、吃得节俭吧？林苛步先生的《能吃是福》一书虽也是美食家之言，但所谈并非龙肝凤胆、琼浆玉液，而大都是经济实惠的布衣点心、家常菜肴，是普通百姓的最普通食物，如大饼、油条、豆浆、粢饭等“四大金刚”，或青菜、萝卜、香椿、豆腐等等。晋陶潜有云：“菽麦实所羡，孰敢慕甘肥？”汉枚乘亦云：“甘脆肥浓，命曰腐肠之药。”都说吃的要简单，才是养生之道。宋罗大经有言：“醉浓饱鲜，昏人神智。若蔬食菜羹，则肠胃清虚，无渣无秽，是可以养神也。”林先生在该书中亦是这样的主张，并且以自身的经验告知人们，不一定非要玉馔珍馐，吃得简单、吃得经济也同样可以疗饥果腹，同样可以吃得有滋有味。这样的吃，才谓能吃，才能获得真正的口福。再者，人人吃得清爽，宴席上也会少了许多肮脏。所以节饮食非但是个人之福，亦为国家民族之福也！

1998 年 2 月 28 日

回归之后

1996 年 7 月，我和妻子从美国回来，飞抵香港。吴正兄接机、留宿、赏饭、伴游，解衣推食，盛情可感。26 日夜晚又请我们夫妇在丽晶酒店喝咖啡。

丽晶酒店在维多利亚海湾的九龙一侧，我透过咖啡厅的巨型玻璃幕墙，欣赏对岸的香港夜景，火树银花，辉煌灿烂，如仙境，似梦幻，如此良夜，美得令人心醉。但最让我眷注的还是对岸正在加紧施工的香港会议展览中心的新翼，那可是举世瞩目的地方，1997 年 7 月 1 日香港回归时的政权交接仪式便要在那里举行。可回归之后的香港将会怎样呢？能否真的五十年不变呢？这是那晚我和吴正兄的中心话题。这个话题在当时并不轻松。吴正兄在香港已定居二十年，他是成功的经济人，也是不错的文化人，因此除了关心回归之后的香港经济能否长期繁荣稳定之外，还特别关注 1997 年以后香港的新闻言论自由是否也能一如既往。我们坐在典雅的咖啡厅里，享受着香浓的咖啡和温馨的气氛，不时地凝望着对岸一年之后将成为历史胜地的观礼台，交谈着，思索着，揣度着，辩论着，心情甚为复杂，既兴奋也有点担忧。

1997 年 12 月，我又来到香港。这是香港回归之后我首次赴港。我惊喜这颗东方之珠风华依旧，朱颜未改，美丽如昔。香港仍然是马照跑，舞照跳，股照炒。经济除了因受国际金融危机之累有所波动之外，别无变化。

而我们知识分子最为关心的新闻言论自由的情况又如何呢？正好在我这次来港的前几天，广州的一家报纸刊登了政务司司长陈方安生的一番讲话，她说，在香港政权回归前，很多人忧虑《基本法》保障的自由条文不能落实，怀疑一国两制是否可行，市民能否享受以往的生活方式。回归至今已一百五十三天，香港确实没有什么大变化，舆论对政府的监督丝毫没有松懈，示威游行并没有减少。新闻界也依然生气勃勃，百花齐放的程度与7月1日前并无分别。她还说，表达和资讯的自由应被视为有用资产。新闻界对某些事件的负面报道可协助政府部门和商业机构在事态转趋严重前及早地纠正错失。

事实也确如陈方安生所言，香港的电视和报纸依然享有充分的新闻言论自由，尽可报道在内地被视为敏感的消息，披露在内地需要保密的事件；尽可对一些重大事态、一些公众人物发表独立的评论；即使在报道香港回归、政要出访等正面新闻时，也从不漏过负面的反映，也不乏针砭的言论。各种媒体对新闻背景和内幕的揭示，真实和尖锐得常令我们这些来港的内地受众有一种“不该知而知”的惶恐感，使我们真正体会到一国两制和一国两“知”的伟大；香港的知识分子草根阶级对此也是十分满意的。

我这次来港访问了《亚洲周刊》，该刊属《明报》系统。所谓香港舆论，在很大程度上就是《明报》的舆论，他们经常发表一些和北京不相一致的言论，影响甚大。我开门见山地询问该刊老总邱立本先生，问他所主持的报刊在回归之后有没有受到过什么政治压力。邱先生坦诚地回答说，迄今为止，他们从未受到来自任何方面的政治压力，办报办刊的方针一以贯之，并无改变。

离开香港的前一天晚上，我参加了庆祝香港作家协会成立十周年的联欢会。到会的香港作家大都在香港各种倾向和色彩的报纸上写有专栏文章。我问一些专栏作家朋友，他们如今写专栏是否还像以前那样“放肆”，是否有所自律？他们的回答是和以前一样，无须自律。有一位香港作家说：“我们相信中央政府的承诺，香港五十年不变，那我们作家有什么必要变呢?”我再追问：“新闻言论自由真的和以前一样没变?”答复仍然是肯定的：“没有变!”接着他们也很关心地问我：“内地的新闻言论自由呢?”我充满信心地说：“我们也没有变!”香港朋友们都会心地笑了。

1997 年 12 月 20 日

点菜的洋相

这几年，多有借考察为名到国外公费旅游之事。能成其事者，当然都是有权有势的领导干部。又因为这些人大都不是技术干部，不会外语，所以他们在国外离开了翻译就寸步难行。

某县商业局的一个“消费结构、消费方式考察团”，到了法国后特地聘请了一个翻译，陪他们尽情地用各种方式消费了半个月，又在回国途中绕道俄罗斯继续消费。这些在中国领导消费新潮流的领导同志第一次到俄国餐馆消费，又来不及请俄文翻译，小姐拿来菜单，他们看不懂，面面相觑，心想随便点吧，吃饭就行。一看菜单上的第一行俄文字最粗最大，估计是餐厅特别推荐的美食佳肴，大家就以级别大小为序依次在菜单上的这第一行点了点，决定消费这个。小姐一愣，很快就将一个大胖子领了过来。大胖子问发生了什么事，诸位消费专家听不懂，又依次将菜单上的第一行大字点了一遍。每点一次，大胖子就点头一次，并用手指着自己。幸亏该消费团的团长级别高，水平也高，马上就明白过来，原来菜单上的这第一行大字是这个大胖子经理的名字。消费团却把他当作特别推荐的美食佳肴给点来消费，这么胖谁敢吃呢？

还有某市的一个考察团到日本，也是到餐厅吃饭，不懂日语，也是点了菜单上的第一行字，也以为这是餐厅隆重推出的好菜。这一次小姐倒没诧异，而是微笑着深深地一鞠躬表示知道了。可是等了很久，不见小姐把菜送来。考察团的同志们又把小姐叫了过来，又把菜单上的第一行日本字点了一次。小姐又是微笑着深深地一鞠躬表示知道了。可同志们又是等了很久仍不见小姐送菜上来。最后不得不请邻桌的一位中国留学生去问。小姐说，早已送过了。代表团的领队说，没有呀，我们点了两次你都没送来呀。小姐说，两次都送了。留学生便问领队点了什么菜。领队指着菜单上的第一行字说，喏，就这个。留学生哈哈大笑，原来第一行字是餐厅播送音乐的曲名。考察团的同志们倒是两次都听到了，就是没吃到。

又有几个不懂英语的领导同志组成的考察团到美国餐馆就餐，也许他们都听到过以上的笑话，所以就没乱点菜单，而是决定用手势来表示他们要吃什么。他们想喝酸奶，于是大家就用手拍了拍自己的胸脯，表示“我”，然后又都伸出食指，表示“一”，又同时做了个握杯的手势，以此表示“我要一杯”，这都很准确，小姐看了也明白无误。可是“酸奶”怎么用手势来表示呢？大家就想当然地皱起眉头，咧着嘴，像喝了醋似的，表示“酸”。其实在英语中的“酸奶”（yoghurt）毫无“酸”的意思。接着他们又学了一声牛叫“哞”，然后两手握拳，放在胸部两边，一紧一松，做挤奶状。小姐看了半天，不明白。他们又表演了一遍：皱眉、咧嘴、“哞”……这下小姐恍然大悟，连连说：“OK！OK!”于是大家松了一口气，坐等酸奶。过了一会儿，只见小姐送来的是开水和止痛片，原来她以为诸位先生皱眉、咧嘴并发出根本不像牛叫的痛苦呻吟，准是牙痛。可她始终不明白这些中国男人把两只拳头放在胸前一紧一松、挤来挤去是什么意思。难怪后来有人说，要是团里有几位女同志就好了，男人在胸前能挤出个什么奶呢！

唉，不会外语，不会听，不会说，像聋子，像哑巴，连吃饭点菜都出洋相，这些人出国能考察出个什么来呢？花掉的都是民脂民膏哟！

1999 年 11 月 28 日

有车阶级

1985 年我担任了上海人民艺术剧院的院长，于是有了坐小车的待遇。在中国有车无车，是官民的分界；车好车坏，是级别的象征。所以齐国的会计师冯谖在孟尝君门下做食客时，因为“出无车”，就弹铗高唱“归来兮”，闹待遇了。我没闹过这样的待遇。我以前一直是老百姓，想闹也闹不起来，没人睬你。可只要你一当上官，各种相应的和不相应的超常待遇便不闹自来，这就是“官本位”的好处。

当时我家住曹杨新村，要过两条铁路，离单位较远，以往我都是骑自行车上下班，当了院长之后，就“出有车”，就有小车来接我上下班，我就成了“有车阶级”了。每天清晨八点半，小车准时停在我家门口，我也准时从四楼下来，夹着公文包，在左邻右舍各种不同温度的目光注视下，一头钻进小车里。从自家房门到小车车门前后不过一分钟，可在这六十秒内我总找不到感觉，或者说感觉总有点别扭。刚坐小车时，两只脚也会不由自主地在车内作踏自行车状。真是骑自行车骑惯了，没有坐小车的福分。日子越久，越不习惯，心想，不行，我当院长只答应当一届（后来“被迫”当了两届），若是今后我离任了，连自行车也不会骑了，或者说不习惯骑了，那就糟了。能骑车对我来说，是幸福，如果我活到六十岁、七十岁，甚至到八十岁还能骑自行车，那不让世上所有的老头、老太们羡慕死了！况且骑自行车也是和国际接轨，美国前总统布什在北京当驻华大使的时候，不也常和他的夫人在天安门广场骑车吗?

因此我决定，上下班不要小车来接送，我仍然骑我的自行车。只是在有外事活动和到机场接送公家客人时才偶尔用车。

我所乘的那辆小车大约是70年代东欧出产的，司机小沈刚开这辆车的时候非常兴奋，因为尽管东欧车不如西欧车，但也算是进口车。为了保证这辆车的畅通无阻，小沈将剧院的戏票分送给沿途的一些交警，先缴上“买路钱”。所以头几个月，这辆车确实是一路顺风——即便违章，交警也高抬贵手，大开绿灯。可是这辆车不争气，设备和性能极差，一会儿离合器坏了，一会儿引擎失灵了，经常抛锚。不到半年，这辆车已经百孔千疮，成了老弱病残。人家问小沈这辆车是什么牌子的，小沈说是“海迪拉克”。听的人很奇怪，又问:“只有卡迪拉克，哪来的海迪拉克?”小沈说:“张海迪坐的残疾人车子就是海迪拉克。”

有一年，英国女王伊丽莎白二世访问上海，我有幸接受她的邀请前往停泊在国际码头的王家邮轮做客。这当然是非常体面的事情，所以小沈很希望能换辆好车送我去，我没答应，照样坐我们那辆“残疾车”。酒会结束，在送我回家的路上，小沈叹了一口气，我问怎么了，他说:“刚才在国际码头下车，警察势利眼，看到好车特别客气，让他们停在又近、出入又方便的广场；看到我们这辆破车就让我靠边站，要我停在后面的垃圾场边上，又远又脏。说否则就有碍观瞻，造成不好的国际影响。更气人的是警察对开车的人有不同的称呼，开好车的就叫‘驾驶员同志’，开破车的就叫‘喂，开车的!’你听气人不气人!后来我到前面和那些开好车的驾驶员聊天，他们也有势利眼，爱理不理。我火了，我说，你们知道我给谁开车?嗯?沙叶新!知道吗?我开的虽然不是名车，但我是给名人开车，你们有这资格吗?”他这番话让我哭笑不得。我对他说，名人都是吹出来的，一钱不值，我也从不以名人自居，我要他今后千万不要这么说。

自此以后小沈一直在我耳边嘀咕，要我换部好车，至少要换部桑塔纳。

我总是不答应，我说：“只要能开，下雨不漏就行了，况且我一个月也坐不上一两次，换什么好车?”1988年底，加拿大的一个剧团演出我的《耶稣·孔子·披头士列侬》，他们邀请我出席首演式。在那里我认识了一个已在加拿大定居的中国人。他听我说起上面的故事，就一定要送我一部名牌奔驰车。我回国后，他很快就寄了馈赠书和奔驰车的照片。我事先已和剧院说好，车子一运来，就转赠给剧院。小沈既为我可惜，又为剧院高兴。正当剧院为我办理接受馈赠的种种手续时，北京陡起风波，把人家吓坏了，于是就……就……算了。

我当了八年院长，虽然有小车，但我基本上不坐。所以当我辞去院长职务时，并不觉得痛苦和失落，照样骑我的自行车。当官的时候如果你不想捞到什么，不当官的时候你也就不会觉得失去什么。至于有些人一当上官就不肯下来，到了年龄也不肯退位；即使退了，又千方百计地到人大、政协去“发挥余热”，那是因为当官对他们来说是大有好处的哟!

上海善作剧楼

小说

假如那天没下雨……

咳，又跟她吵了一架……

刚才，她跑出门槛前，突然一个停顿，急速一转身，啊，那逼视我的双眼，再也不像以前那样秋波撩人，而是怒目圆睁。她拼足力气，大喝一声："我再也不回来了！"便掉头而去。那轰然作响的关门声音，把天花板的灰尘震落了，把挂在床头的结婚照震歪了，其威力大大超过娜拉出走时那令人警醒的一声关门。

她真的走了？

桌上放着那杯她还没喝完的开水，在冒着热气。阳台上晒着她刚洗好的一竹竿衣服，我那件咖啡色的新猎装还在滴着水。

窗外多好的太阳。家里阴有小雨。

究竟为什么？

性格不合，还是在一起待腻了？才结婚五年，难道彼此都变了吗？说不清楚。最初和她相爱的时候，说不清楚；如今爱情有了点隙缝的时候，也说不清楚。爱情的缠绵与纠葛，都像乱麻，很难理出头绪，很难知其所以然。

就如方才的口角，谁能说得清是与非？星期天，大家忙家务，她洗衣服，我烧菜，分工明确，各自承包。可后来却为用水发生小小矛盾。她的洗衣机一直占用着水龙头，使我无法洗带鱼。好不容易等她洗完了十几件衣服，她又拿出四五件，说今日难得天好，多洗一些。我说快吃午饭了，不洗带鱼就没菜吃了。于是两人半真半假地斗起嘴来：

“我要提供你一个信息，再不洗带鱼，中午只好吃忆苦饭了！”

“根据联合国的天气预报，下午有雨，得赶快多洗一些抢太阳！”

“咳，为什么我总是要听你的?”

“户口簿上户主是我，不听我的听谁的?”

“当初你硬要填户主，你是自封的！”

“你举手了，完全符合民主程序。”

“户主不能实行终身制，可以改选了！”

“改选也是我，我比你年轻化，小四岁！”

“我比你知识化，大专毕业！”

在言来语去之间，我一不小心，手中的带鱼全都掉进了正在开动的洗衣机里。

“啊！”她大吃一惊，“你用洗衣机洗带鱼?!”

我赶紧拔掉插头，将带鱼一条一条捞起，存心逗她说：

“咦，洗衣机还真能洗带鱼，瞧，洗得真干净！这是一大发明，可以申请专利！”

“衣服上全都沾上了鱼腥气，你还开心？你是故意的！”她真的生气了。

“不不，就像牛顿看到苹果从树上落下，发现了万有引力定律一样，我也是无意的。”

她更火了，一把夺过我手中的带鱼，跑到房门外，扔到垃圾箱里。这使我的自尊心大受损伤，索性跟她真的吵上了。

“你干吗扔了?!”

“还能吃？烧出来都是洗衣粉味儿！不扔干吗？让你做标本?!”

“你给我捡回来！”

“你八辈子甭想！”

“你太专横！”

“你太野蛮！”

“你变了！”

“你才变了！”

“早知道这样，我当初……就……”

“就什么？”

“就……就不该跟你……”

“跟我怎么？”

“跟你共打一把伞！”

“啊？！”她一听我这话，像针戳了一般，脸都气白了，浑身颤抖着，半晌说不出一句话，然后一甩手，就这么走了。

“我再也不回来了！”

是吗？

桌上放着那杯她没喝完的开水，还在冒着最后一点热气。阳台上我那件咖啡色的新猎装仍旧在滴水，只是滴得越来越慢了。

当初我认识她，纯属偶然；跟她结婚，更是阴差阳错……

五年前，我原是和一位护士交朋友的。介绍人安排我和这护士见了面，我对她印象不错，端庄秀丽，沉静少言。那次见面后，我们就自行约会了。

第一次约会是在南园路的第一盏路灯下，我已开始爱上她。第二次约会是在南园路的第二盏路灯下，我对她已初步表露了我的感情。第三次约会我期待着她的答复。当然，这第三次约会是安排在第三盏路灯下。南园路是全市最长的一条路，我们依次在每盏路灯下相会，象征着我和她的爱情地久天长。可万万没想到这第三次约会风云突变。

那天，原本风和日丽，春意盎然，整个一上午天气好极了。我着意打扮了一番，理了发，吹了风，笔挺的毛料衣裤，锃亮的新皮鞋。下午两点我走出家门，可半路上突然下起雨来，我连忙躲进就近的一幢工房里，在楼道口避雨。

雨越下越大，似乎存心与我作难。如果冒雨前行，势必淋得像落汤鸡一般，那这光彩夺目的一身就全完了。如果等雨停了再走，又不知等到什么时候，而约会的时间快要到了，我心急如焚。

“同志，你……”背后传来一个女子的声音。

我掉头一看，是个年轻姑娘，身穿浅绿色的立领衫，手里拿着一把樱桃红自动折叠雨伞。她刚从楼上下来，显然是要出门去，而我挡住了她的路。

“哦，对不起！”我连忙侧身给她让路。

“真讨厌！”

“啊？！”

“你别误会，我说的是天气，这么大的雨，像发疯似的！”

“哦……是呀，真急人……”

她走到门口，打开了那把樱桃红的折叠雨伞，突然又回过头来问我：

“你有急事？”

“是的。”

“到哪儿？”

“南园路。”

“一块儿走吧。顺路。”

她毫不迟疑地在她伞下让出一个位置，要我过去。我喜出望外，又有点犹豫，可为了准时赴约，也就不再顾忌了。

我和陌生的姑娘共伞，有些拘束，不大习惯。雨下得很大，没走多久，我的肩膀、手臂都湿了。

“你过来一点。”

“没关系。”

她一笑。

我只好挨得她近一点。

“什么时代了！电脑那么发达，人脑还那么保守。”她又一笑。

一路上我很少说话，只盼着早点赶到约会地点，而这位陌生的姑娘却爱说爱笑，但我无心搭理。

转弯便是南园路。我们停在交叉口上。

“谢谢!”

“她在哪儿?”

“谁?”

“她呀！早就看出你是来约会的。”

“嗯……她在前边，转弯……”

“送佛送到西天。”

“不不，不麻烦你了!”

“还在下雨!”

“没关系的!”

“哦，你怕误会……”

“再见!”

我离开这爽直热情的姑娘，冒雨奔到南园路上，当我来到第三盏路灯下边的时候，已经是三点整了，我竟迟到了半小时。但还好，我的女友还未来。

雨，不停地下着。路灯下，无处可避雨。透过雨帘，我向四处张望。路上行人很少。我焦急地等着。

又等了十分钟，我的衣服全湿了。我感到冷，打了个喷嚏。

她来了！我兴奋地想快步迎上去。不，不是她；是她——穿着浅绿色立领衫，撑着樱桃红折叠伞的那个陌生姑娘。我赶紧收回脚步，转过身去。我怕再给她添麻烦，也怕……也怕她给我带来麻烦。

雨停了？天空怎么像樱桃一样的红？哦，不，一把折叠雨伞正举在我的头顶上。

“她还没来？”

“对！”我转过身来，心想，关你什么事？

两人沉默着。

雨继续下着……

伞继续撑着……

“她不会来了。我要走了。”

“再等等。雨大，也许她像你一样，在路上给耽搁了。”她恳切地望着我，显得比我着急，好像是她在约会，而不是我。

“你真热心……”我被感动了。

“我是高兴。”她坦诚地说，“看到别人约会、恋爱，我就高兴。别人高兴，我也高兴。”

“哦……”我好像一下子跟她亲近许多。

第二天，我得知我的女友是准时到达约会地点的。我的迟到，已经使她生气，后来她又看到我和陌生女子在伞下依偎在一起，就更加生气，于是悄悄地走开了。我曾几次写信向她解释，也未得到她的谅解，最后，只得分手。

这场大雨，让我失去了她。

这场大雨，却让我得到了另一个她，就是现在的她。

桌上她没喝完的那杯开水，全凉了。阳台上我那件咖啡色新猎装已不再滴水，全干了。

天气真好，衣服干得这么快。这么好的太阳，不会再下雨。

假如那天也没下雨？

是呀，假如那天没下雨……

……风和日丽，春意盎然，整个一上午天气好极了。我着意打扮了一番，理了发，吹了风，笔挺的毛料衣裤，锃亮的新皮鞋。下午两点我走出家门，可半路上突然下起雨来……哦，不，没下雨！半路上，路过一幢工房，从里面走出一个年轻的姑娘，身穿浅绿色的立领衫，手里拿着一把樱桃红的折叠雨伞。我正好走到工房门口，她正好出来，我挡住了她的路。

“同志，你……”

“哦，对不起！”我连忙侧身给她让路。

“真讨厌！”

“啊？！”

“你别误会，我说的是天气。天气预报说有雨，我带了伞。你瞧，这么好的太阳，还带伞，发疯了！”

我没搭理她，也无必要搭理她，径直往前走去，她也走她自己的路，就像两条小河，各自流淌，没有汇合在一起。

我准时到达约会地点，在南园路第三盏路灯下，我和女友欢快地见了面。

“你真准时。”她说。

“你也一样。”

“迟到会延误幸福。”

“我没迟到，你会给我幸福吗？”

她坚定地点点头。我幸福极了，情不自禁地拉着她的手。有人过来了。

我们立刻松开手，转过身去。

“真好笑！”她悄悄地在我耳边说。

“谁？”

“这个穿浅绿色立领衫的，这么好的天气，还带雨伞。”

我侧眼望了望，穿浅绿色立领衫的姑娘，手里拿着一把樱桃红的折叠雨伞，从我们背后走过去了。从此，她在我的生活里，在我的记忆中，永远、永远地消逝了。在茫茫人海里，芸芸众生中，我再也不会记起那浅绿色的立领衫，那樱桃红的折叠雨伞……

……假如那天没下雨，我的生活就完全变了样。会变成什么样呢？也会夫妻吵架吗？也会发生“带鱼事件”吗？不知道。是这场阵雨改变了我的命运，还是我的命运中本来就有这场阵雨？也不知道。

突然，“砰”的一声，门开了，她像一阵风似的闯了进来，直奔阳台。急急忙忙地将我那件已经晒干了的咖啡色新猎装收进屋来。

哦，下雨了。

这雨多像五年前的那场雨！

她换上那件已经褪了色的浅绿色立领衫，拿起那把已经破了的樱桃红折叠伞，向外走去。

“去哪儿？”

“买带鱼去！”

1984年12月14日

捡到的和失去的

半夜里，吉生做了个梦，梦见在路上捡到一个金戒指，一高兴，就醒了。他揉揉眼，呆望着天花板，一片漆黑。虽是梦，他也并不遗憾。试问：这会儿，成千上万的人都在呼呼大睡，而能做像他一样的美梦者又有几人呢？想到此，吉生欣慰地笑了，还笑出了声，声音很大。

“疯了？半夜三更的!”妻子给吵醒了。

“嘻，捡到一个金戒指，足有三两重，纯金的，还镶着红宝石，闪闪发光。”

“真的?”妻子连忙坐起，睡意全消。

“做梦。”

“咳！瞧你说得有滋有味，我还当是真的。”妻子又躺下了。

“几点了?”吉生问。

“还早。再睡吧。”

“睡不着了。”

“睡嘛！再做个美梦，去捡它个半斤重的金戒指。”妻子一笑，侧过身去，睡了。

可吉生确实睡不着，梦见捡到金戒指，是个好兆头，此时此刻能不心潮澎湃？因此他辗转反侧，难以入睡。突然一想，何不就此起床，上街走走，专程去捡，兴许梦境真的会成为现实。卧而思，不如起而行，吉生果断地披衣上街。

此时已晨光熹微，路上渐有行人。吉生背着手，弓着腰，低着头，缓步而行，两眼像扫描器一般地探视着路面；不但用眼细察，还用脚摸寻，总希望能捡到一些什么，当然最好是金戒指，否则半夜里的梦岂不是白做了？

走到十字路口，他往西去，折进一条小巷。巷内是一条石板路，洁净无尘。突然他感觉到脚下踩到一个小物件，他不再往前走了，脚也未抬起，只是轻轻地踩着那个小物件。

“是什么？”他紧张地思忖着，“小石子？不像！瓶盖子？太小了，也不像。会不会真的是金戒指？对，看看，看看。慢慢抬起脚，再慢一点。咦？有点像！是像！啊，是戒指，金戒指！”

他移开了脚，俯下身去，捡起再一看，真的，是金戒指！他狂喜，要叫，要跳。一想，不行，不可声张。他奇怪，世上真有这等巧事，梦见了什么，就实现了什么。他突然又想，现在会不会也是梦？想到这儿，他慌乱了，心急跳，血涌到头顶。他连忙用牙齿咬住自己的舌头，痛，好，不是梦！

此时天已大亮，他将金戒指攥在手心里，激动地摩挲着，手心都出了汗。摩挲良久，他又突然感觉到不对，怎么金戒指的表面不那么光滑，坑坑洼洼的。他张开手指，再仔细一看，咳，不是金戒指，是个铜顶针！

他气得发抖，手指冰凉。他觉得这是对他的嘲弄，对他的侮辱。他狠命地将铜顶针扔得远远的，扔进了一条小河沟，好像把他的怒气也扔了进去。

路上的行人越来越多。他不敢正视迎面而来的路人，他觉得每个人都对他做出一副讪笑的面容，他受不了。他垂头丧气，脚步拖曳，疲惫地往回走。路过家门，他也没进去，怕妻子的讥讽。他径直往前走，低垂着头，目光恍惚，游移不定。突然，眼睛一亮，瞥见路中间有一折叠成“又”字形的花纸，上面印着的好像是钞票的图案。他弯腰捡起，避过行人，躲在树后，拆开一看，哦，果然是张十元钱的钞票。不，再看看，看仔细些。是的，是十元钞票。正面看了，再看背面，仍然是十元钞票。这次还会假吗？还会看错吗？虽然已确实无误，可他还是有点不敢相信，怕又是一个铜顶针。

前面有个菜场，有人在吆喝卖鸡。

“能买东西，就是真钞票。”他想。

他走到卖鸡的前面，递上捡到的十元钱，买了两只鸡。没还价，也没要找头，拎起就走。

回到家里，心还怦怦跳。等坐定下来，喝了几口热茶，抽了一根烟，看了看“喔喔”直叫的两只鸡，这才真的相信刚才他确实捡到了十元钱。

他居然捡到了十元钱！他深感这是他人生道路上的一件具有里程碑性质的伟大事件，他还预感到这件事对他的后半生也将产生重大影响。他想，今后只要多往街上走走，多往路面看看，什么捡不着？大街小巷是露天宝库，成千上万的行人穿梭往来，什么都会丢失；只要去捡，什么都会捡到。他坚信。

从此以后，他果真这么做了。每天一早起来便上街，低垂着头，睁大着眼，在路面搜寻失物，直到深夜才返回。当然并不是每天都可以满载而归，更经常的倒是一无所获。可越是无所获，就越是要去捡。这就像赌徒一样，输了钱还是想去赌，即使输得倾家荡产，也仍然再想去赌场碰碰运气。吉生也是如此，他捡得上了瘾，捡得成了癖。不论刮风下雨，他都要上街；不论酷暑严寒，他都要去捡。上街捡失物，已经成了他的心理需要，成了他的生活方式。日复一日，年复一年，吉生一共捡了三十个春秋。

据统计，这三十年吉生共捡得：

二百一十一元四角七分钞票；

六块手表（其中两块是坏的）；

三十三支钢笔（其中七支都是一个牌子的）；

九十五条手绢；

二十五只童鞋（都不成对）；

一千〇七十七根发夹；

四百五十六根橡皮圈；

六个铜顶针（最早捡到的一个扔了）。

这三十年吉生还发生如下一些事：

老婆跑了。因为吉生只顾上街捡失物，不谋生计，不持家务，妻子无法与他共同生活。在一次大吵之后，妻子趁吉生上街捡物之际，将家中什物席卷一空，不告而辞了。

亲友散了。因为吉生在街上总是低头弯腰，注视地面，亲朋好友迎面而来，擦肩而过，他也不知招呼。即使亲友们主动向他问好，他也因注意路面而未听见。长此以往，亲友们以为吉生故意疏远大家，大家也就与吉生断绝了往来。

在这喧腾、拥挤的世界上，吉生成了孤家寡人。

还有一件事，是昨天发生的：

吉生在南大街的马路中央去捡一个金戒指（这次他没看错，确实是纯金的、镶着红宝石的、足有三两重的金戒指），因未听见喇叭声，结果被殡仪馆的一辆运尸车撞倒，脑浆迸裂，血流如注，当场死去；两只眼倒还睁得大大的，似乎还未忘情于路面的那个金戒指。这次事故发生在上午八时十一分。今天的晚报登了这一消息。

1985 年 5 月 13 日　上海

饱学之士

观念更新，姑娘们的婚恋观最善于更新。新中国成立前别提了，那时候姑娘们没自主权，“全凭父母一句话，屎壳郎、癞蛤蟆都要嫁”。新中国成立了，姑娘们才开始有权选择意中人。50 年代那会儿，当兵最光荣，姑娘们“不爱金，不爱银，最爱肩上有星星”，大都爱找当军官的。到了“文化大革命”，又不一样了，“只要成分好，别的不计较”，所以当时的国营企业工人、三代贫下中农最容易娶到如花似玉的老婆。80 年代初，又一变，有那么一阵子是“姑娘找老公，专找海陆空”，凡是有海外关系的、落实政策补还一大笔钱的、家有空房的，姑娘们都趋之若鹜，你争我夺。这几年，随着改革开放，姑娘们的心也搞活了，找港商，找洋人，找什么样的人的都有。还有一些“华籍美人”，专找那“美籍华人”。但也有许多不同流俗的姑娘，由于“尊重知识，尊重人才”的社会风气使然，别具眼光，爱才若命，“只要学问高，就把彩球抛”，专找那有真才实学的郎君。

绝代佳人黄娅便是不同流俗的姑娘。

黄娅今年二十七，不算小了，之所以至今尚未婚配，就是想找一个饱学之士。找呀找呀找，还真让她找到了。

那天，黄娅在书店，面对浩瀚的书海，她深感自己的浅陋无知。

“有没有《美学入门》?”黄娅不那么自信地问营业员。

“有。”营业员说。可他找了很多书架，一层一层地找，也没找到这本书。

一个男子不知何时来到黄娅的身边，他突然用一种似乎转速不对的声音一口气说道：

“浅表层次信息载体积淀于框架深层之书的群落耗散无序之网络淡化视象之走向致使文化消费呈现危机氛围。”

他说什么？黄娅不知其所云。但从这男子的语气和态度上推断，黄娅似乎感到他是在说书摆得不好，所以找不到。但他干吗不直说呢？而且说得又没标点。黄娅想也许有学问的人都是这么说话的，假如说得平淡如水，那还有什么学问可言？黄娅侧身看了看这个男子，只见他高挑的身材，清瘦的面孔，戴副金丝边眼镜，头微仰，下巴前伸，目光居高临下。没学问的人是不可能有这种架势的。黄娅顿时肃然起敬，男子又说道：

“种姓符号余非社会角色诗人。”

黄娅似懂非懂，心想他大概是在作自我介绍：他叫余非，是个诗人。不，也许他是说我不是个诗人。说话没标点，真难断句。

此时这个可能叫余非的诗人或者不叫余非的也不是诗人的男子又向黄娅伸出手来：

“一个角色期待使用非语言的重音姿态符号期待与另一角色系统的沟通and反馈。”

这下黄娅可懂了，她的懂并不是听懂了，而是看懂了。谁都能看得出一个人向你伸出手来意味着什么。黄娅很高兴地也伸出手去，她想这可能就是对方期待的反馈。

他们就这么认识了，而且很快就进行了约会。

他是余非，也确实是个诗人。第一次约会，余非就向黄娅出示了他的诗作，标题为《熵与性的倒错及孤独的碎变》，全诗有四句：

> 绿色的乳房挂在透明的树枝上
> 在厕所尽量把蓝色的屁放响
> 叫春的猫排泄出一碗酒刺

负面超越人生学赳忞

黄娅怀着崇敬之心将这首诗反复吟诵了三遍，她不敢说不懂，这倒不是担心会显露自己的无知，而是害怕伤害诗人的自尊，所以她尽力做出充分理解并被感动的样子。但最后一行的两个字她实在不解其意，还是忍不住问了："最后两个字是不是缺了几笔?"诗人摇了摇头，不屑一答。

"您这是什么诗派?"

诗人拿出一张宣纸，递给黄娅，上面写道：

"超前意识诗派主张诗歌是诗人超前意识的排泄是诗人边缘意识的错乱是诗人人格分裂的击撞是诗人孤独情感的呼吸是他妈的滚动他娘的闹着玩。"

越是不懂，黄娅越是崇拜诗人。经过和诗人的几次接触之后，她深感自己才疏学浅。为了缩短她与诗人的差距，她要诗人介绍几本高层次的书籍供她学习。诗人开列了一个长长的书单，并一一指示快速阅读的门径。于是黄娅沉下心来，闭门谢客，发愤攻读。不出半年，她便自觉学有所成，为了感激她的启蒙者，也为了向诗人表达自己的爱慕之心，请诗人来家中一叙。诗人来后刚一坐下，黄娅便激动地说道：

"为了拓展你我之间的情感张力为了构建新的角色组合为了使我们两性之间的亚稳结构嬗变为超稳定系统特通过语言媒介向您传播爱的代码请求您多元的多层次的多视角的全方位的对我观照反思我多么期望我的爱能化释你被压抑的伊特能涵盖你的心能通过原发过程在你的口唇区获得心灵的对应物。"

据说不久黄娅就与诗人结合了，而且也成了一位诗人。

1987 年 11 月

告　状

会议室在走廊的最尽头，此刻室门紧闭，门上挂着一块棕红色的小木牌，上面端端正正地写着四个字："非公莫入"。

室内，厂长和工会干部们在严肃认真地审定"五好"职工的名单。在讨论到总务科会计杨庆是否可以当选时，大家意见比较一致。

"我认为，"厂长说话沉稳有力，"杨庆可以当选，他工作踏实，作风正派，群众关系也不错。"

"他对领导也很尊重，"工会主席喜欢插话，"他始终和领导保持一致。"

"笃！笃！笃！"轻轻的敲门声，敲得很小心、很犹豫。

会议给打断了。是谁？工会主席离开座位，开门去看，没人，怪了！讨论继续进行。

"杨庆在厂里的各方面表现一直都很好，还真挑不出什么毛病。"好几个工会干部都这么说。看来杨庆当选"五好"职工是毫无疑义的了。

"笃！笃！笃！"又响起了敲门声，仍然是那样轻轻的、轻轻的。

会议再次被打断，大家皱起眉头。

工会主席只得再去开门，咦，还是没人！

工会主席觉得蹊跷，他将门关上，守在门后，右手握着门把手，左手向背后摇了摇，示意会议暂停片刻，看看究竟谁在捣乱。

气氛突然变得紧张了。

所有的目光立即集中在门上，大家凝神屏气等待着第三次敲门。足足等了三分钟。

“笃……”刚敲了第一下，工会主席连忙拧动把手，急速将门打开，咳……是个八九岁的小男孩！

“小鬼，你捣蛋！”工会主席一把抓住小男孩的手。

“不，我有事！”小男孩急切地说。

“你没看门上挂了牌子：非公莫入！”

“看了，不是公的不能进来，我是男孩，是公的，可以进来。”

哗，大家都乐了。

“进来吧！”厂长招呼小男孩，“可是你不能这样解释‘非公莫入’。”

“解释错了？那不怪我。《成语词典》上没有。”小男孩显得很认真，不像是个小调皮。

“你叫什么名字？”

“敝姓杨，木易杨，叫杨鲁，鲁迅的鲁。我……我有贵干！”小男孩说得一本正经。

大家又乐了。这孩子怎么了？才八九岁，硬充大人，人小嘴老，太有趣了。

“杨鲁同志，那您有什么‘贵干’？”工会主席故意逗小男孩。

“我要找厂长，告状！”

“哦？我就是厂长。你告谁的状？”

“我爸爸。”

“你父亲？谁？”

“杨庆。我爸爸叫杨庆，我叫杨鲁，庆父不死，鲁难未已！”

厂长和工会干部们又忍不住地笑开了，可又觉得孩子来告状也许并非儿戏，倒应该认真地听一听。

“杨鲁，你的‘庆父’怎么了？”

“放寒假了，他不让我游戏人间，说是会玩物丧志，硬要我天天背《成语词典》。”

“让你背《成语词典》?”

“那么厚，889 页，叫人惨不忍睹，我一看见它，就多愁善感了。你要不背，他就入室操戈。你要跑，他就要打断我的腿，要削足适履。爸爸力气大，打起我来重于泰山，不像妈妈打我轻于鸿毛。爸爸一个耳光能把我打得犬牙交错。我只好背，背得我肝脑涂地，满脑子都是成语。”

“你妈妈对你什么态度?”厂长边笑边问。

“我妈妈和我爸爸是一丘之貉。爸爸不在家，换妈妈看着我，也是换汤不换药。有时妈妈还帮爸爸打我，让我腹背受敌。我真希望妈妈站在我一边，让爸爸赔了夫人又折兵。”

小男孩食古不化地乱用成语，成了这次会议的余兴节目，有的人笑出了眼泪，有的人笑疼了肚皮。

“你爸爸打你，找我们干什么呢?”

“我爸爸说，在家要服从父母，在学校要服从老师，在单位要服从领导。你们是爸爸的领导，可以管他，叫他不要打孩子，让他束手待毙。”

“我们正要选你爸爸当‘五好’职工哩!”

“他在厂里先进，在家里落后。”小男孩生气地说，“在厂里是好职工，在家里不是好爸爸。你们不能只看厂里，不管家里……我人小，你们不要以为我以小人之心，度君子之腹。”

厂长和工会干部们突然不笑了。

1985 年 2 月

有奖阅读小说——《他和她》

深秋。月夜。公园幽静的小径。

万籁俱寂。一片落叶飘下，寂静得可以听见落叶与空气的摩擦声。

他和她从林中深处走来，沐着月光，踏着落叶。公园早已关门，这对年轻的恋人是尚未出去，还是刚从围墙缺口处进来？他们忘了。他们忘了一切，忘了时间，也忘了空间，此时此刻，他心里只有她，她心里也只有他。

他们沿着林中小径款款而来，在一株玉兰树下站定。值此良夜，他满怀柔情，她充盈蜜意，他们幸福地依偎在一起。他听见她慌乱的心跳，她感觉到他急促的呼吸。他们终于相吻了。他冲动地捧着她美丽、洁白的面颊吻着，热烈地吻着。突然，他从她的面颊上闻到一股沁人心脾的香气，香得那样文雅，那样恬静。啊，这原来是她半年前喷洒在脸上的皇后牌香水的香味。

“皇后”香水，物美价廉，洒上一滴，保香三年。

皇后牌香水是轻工部名牌产品，曾荣获国家银质奖章。厂址：贵星路 17 号。电话 693287。电报挂号 4415。

“鲁科，我要回家了。”她说。

“倩倩，再待一会儿吧。”他实在舍不得离开她。

“回去太晚了，路上有坏人。”倩倩有些害怕。

“我保护你，我有武功!”鲁科立即表现出他的骑士风度。

倩倩笑了，她不相信这个文质彬彬、戴着眼镜的鲁科真的会武功。

突然，从林中窜出一条汉子，獐头鼠目，虎背熊腰，身长八尺，声如洪钟，鲁科和倩倩吓了一跳，原以为来人是公园管理员，再一细察，方知是一歹徒。看情形，此歹徒许是越狱外逃，无处藏身，躲入公园过夜的。

“识相点儿，把钱包交出来!”歹徒亮出匕首。

“当心!”倩倩大惊失色。

鲁科却异常沉着。原来他确有武功，插队四川时，山灯法师曾亲自向他传授双龙剑、赤虎刀、八卦拳、太极掌。此时，只见他纵身一跃，拔地而起，左腿如弓，右腿如矢，直朝歹徒右手腕心踢去。歹徒暗暗一惊，未料到这白面书生果然武艺超群、身手不凡，于是连忙侧身，以虚避实，用其“黑蛇归洞”之势化解鲁科“蛟龙探海”之招。两三回合之后，歹徒突然“回首望月”，将匕首直往鲁科胸间掷去。鲁科微微曲身，来了个“燕子衔泥”，用嘴将匕首稳稳衔住，再一咬牙，匕首裂成两半，落地有声。读者诸君或许有问：鲁科之牙何其硬也？此乃鲁科常用“八面钢”药物牙膏之故。

> “八面钢”药物牙膏，防治牙病有奇效。常用“八面钢”牙膏，可使牙床坚如车床，牙齿硬如齿轮。购买十支，八折优惠，另赠奖券一张。

歹徒见鲁科咬断匕首，惊恐万状，连忙掏出越狱时偷来的左轮手枪，对准鲁科，冷笑道：“谅你不是刀枪不入之身!”

倩倩惊呼：“鲁科，当心!”

鲁科却道：“别怕，他开枪，我就跑!”

歹徒扣动手枪扳机，一粒子弹直向鲁科眉间射来。

说时迟，那时快，鲁科一听枪响，转身便跑，速度惊人，风驰电掣。只见那粒子弹在鲁科脑后穷追不舍，可总也追他不上，仅差一寸之遥。鲁科为避开子弹，跑出三里之后，便绕树而跑，不想子弹也绕树而飞，紧跟鲁科，始终不离须臾。跑至湖边，鲁科想转身往回跑，谁料刚一转身，那粒子弹便射中鲁科的眼镜。但鲁科并无性命之虞，双目亦未受伤，连镜片也完好无损，因为鲁科戴的是强力牌防弹眼镜。

眼睛是灵魂的窗户，眼镜是最迫切的“目前”问题。为了保护您的灵魂，请在“目前”为您的灵魂之窗配上强力牌防弹玻璃眼镜。强力牌防弹眼镜全国各大百货公司均有出售，欢迎选购。

一副眼镜救了性命，鲁科暗自庆幸。他捡起落在地面的子弹，用手绢小心包好，放入袋中，作为歹徒行凶的罪证，然后在暗中飞一般地跑回那条林中小径。可是一个令人惊骇的景象在他眼前出现了：月光下，只见歹徒被绑在一棵大树上，头顶开花，血流满面，不知被谁打死了！鲁科高声叫唤倩倩，可是只听见回声，而无人回答。鲁科在林中四处寻找，亦不见倩倩的踪迹。

是谁打死了歹徒？倩倩又去往何处？欲知后事如何，请看下期连载。

《他和她》集当今流行的言情小说、惊险故事、武林传奇、法制文学、广告文艺于一身，可谓五美齐全。本报将分百期连载，并实行有奖阅读竞赛，凡在六十秒钟之内，将每一期连载部分过目成诵、一字不错、一点（标点）不漏，且能倒背如流者，分别给予头奖、二奖、三奖。

头奖，一名，家用万能机器人一个。该机器人外形逼真，动作灵活，可包揽一切家务，举凡买菜、烧饭、洗衣、守门、清扫，无所不能。出门还可当车，背负一人，行走如飞，时速可达100公里。

二奖，十名，五十八平方米住宅一套，三室一厅，煤卫齐全。而且地处市中心，交通方便，附近有9路、88路、194路、5001路汽车停靠，前门可通轮船码头，后门直达机场。

三奖，一百名，五千元。(注意：并非人民币，而是兑换券!)

有奖阅读得到皇后香水厂、八面钢牙膏厂、强力眼镜厂的大力资助，特此鸣谢!

为推销《马克·吐温幽默演说集》所作的严肃的演说

女士们、先生们：

我郑重地向诸位推荐《马克·吐温幽默演说集》。

这是一本非常精彩而实用的关于如何发财致富的宝典。包玉刚、李嘉诚、希腊的船王、美国的汽车大王在年轻的时候都看过这本书，这本书使他们终生受益，成为亿万富翁。书中自有黄金屋，指的就是这本书。我不瞒诸位说，这本书我才读了一半，我做股票就赚了 24 万元，炒外汇赚了 160 万元。最难得的是这本书还会指导你如何合法地逃避营业税、所得税，能让你在商场上路路亨通，无往不利。

什么，什么？马克·吐温是美国作家？这本书也不是什么商业经济方面的书？谁说的？请站起来！谁？请站起来说！（全场鸦雀无声）

这使我非常惊讶，竟然有人说马克·吐温是个美国作家，这真是滑天下之大稽！马克是什么？难道这也不知道？马克是德国货币，听好，是德国货币！美国货币是美元，法国货币是法郎，英国货币是英镑，德国货币是马克，这难道也不知道？

马克是德国货币，那么吐温呢？什么？连吐温也不知道？真的不知道？吐温是英语，吐是二，温是一。所谓马克·吐温就是 21 个德国马克，按照现在官方的汇率，也就是 110 多元人民币。这本书就是 21 个德国马克的演说。

马克怎么会演说呢？我想大家都知道，马克是货币，货币就是钱。以前是说谁有权就听谁的，如今是说谁有钱就听谁的；钱如果不会说话，那怎么能叫别人来听呢？钱非常能说话，不但会说中国话，还会说英语、法语、德语、日语、世界语……在当今世界上，钱是最会说话、最有发言权的！既然钱最会说话、最有发言权，当然也就最会演说了；不但会演说，还会发号施令！钱的神通实在是广大：钱能通天，钱能通仙，钱能通权，钱能通奸。有钱能使鬼推磨，有钱的王八朝南坐，有钱的能把死的说成活的，有钱的不问有理无理都没错。开店的为钱卖假货，当官的为钱卖印戳，教授为钱卖馍馍，姑娘为钱把衣服脱。面对这种全民钻钱眼儿的伟大景象，我不禁引吭高歌："起来，不愿做奴隶的人们，把我们的血肉筑成我们新的商城。中华民族到了最为钱的时候，每个人被迫着发出最后的吼声：拿来，拿来，拿来……"拿什么来？当然是拿钱来，是从别人的口袋里把钱拿到自己的口袋里来！

哦，对不起，一说到钱我就万分兴奋、亿分激动，不由自主地就唱开了。

言归正传。总之，这本书是21个马克的演说，是一本教人们如何利用21个马克作为资本，立即获利、马上发财、早成大款、终成巨富的宝书；不是"文化大革命"时期的红宝书，而是市场经济时期的金宝书。眼下全国各地所有的书店都竞相出售教人赚钱的书，什么《三分钟快速赚钱术》、《世界十大富豪致富秘诀》、《精明商人的生意经》、《如何成为暴发户》等等，这类书最畅销，也给书店赚了大钱。可是我要提醒诸位，这些书"立升"不大，档次极低，都是东抄西抄、七拼八凑的。它们和我郑重推荐的这本书有天渊之别，不可同日而语。我郑重推荐的这本《马克·吐温幽默演说集》是这类书中的经典著作，他的作者是大师，是导师，是宗师，是祖师，是马克……师，就是写过那本伟大经典著作《资金论》的马克师！

这本书的定价也与众不同，既然是21个马克的演说，所以它的售价也是 21 马克，按今日牌价折合人民币 114 元 2 角 3 分。21 马克的这个定价始终不变，绝不受经济危机和通货膨胀的影响，在任何时候、任何国家都卖 21 马克。在座的诸位，如果要买，请准备好现钱。每卖出一千本，开奖一次，头奖赠送有 200 万资金的中德合资企业董事长头衔一个，二奖到德国豪华旅游一个月，三奖 2 100 马克。开奖之日，将有本市市长和德国大使出席。（全场爆发雷鸣般的掌声）

憋不住了

商海翻腾云水怒，市场震荡风雷激。都说如今已是第二次更为深刻的革命，何谓革命？伟大领袖曾谆谆教导我们，革命不是请客吃饭，不是做文章，而我……我……我他妈的怎么还在爬格子、做文章呢？文章能值多少钱？十五的月亮十六圆（元）！作家、诗人论斤卖，一角一个还打八折。

因此，敝人三天三夜没睡着，思来想去，终于大彻大悟：起来，不愿做奴隶的人们，把我们的血肉筑成我们新的商城！我要：下定决心，不怕牺牲，排除万难，去争取生利！

如何发财？卖批文、炒股票、开餐馆、倒钢材……所有的财路上早就挤满了提着大哥大、开着桑塔纳、喝着人头马、搂着女娃娃的暴发大户和商界新秀，哪还有我这末班车的地盘？虽说革命不分先后，可商场如股市，早晚市价就是不同，俗话说，上厕所也有个先来后到嘛……什么，什么？等一等，等一等？我刚才说什么？上厕所？厕所……想一想，想一想，厕所能做什么文章？咳，怎么三句不离本行，又是“做文章”！应该说：厕所能不能开发出什么致富的金光大道？我脑袋一拍，眼睛一转，心想：行呀，庄老夫子两千年前不也谆谆教导过我们吗？他说：“道在屎尿。”这就是说屙屎撒尿也有门道。是嘛，如今很多人只想到开王子饭店、公主食府、皇帝酒家、皇后饭庄，可从未有人想过要开王子厕所、公主便室、皇帝马桶间、皇后大茅房。人无我有，人有我好，这就是成功的经商门道，是发财致富的诀窍。别人只考虑开饭馆，做“进口”生意；我就考虑开厕所，做“出口”生意。光进口，不出口，贸易逆差，是为入超，将出现收支赤字，于国计民生不利；人要是光“进口”，不“出口”，也势必脘腹胀闷、食积肠满、嗳气腐臭，“后”果不堪设想！

经过周密的市场调查，我发现万民广场一带“僧多厕少”，内急者憋得捂着肚子、提着裤子到处乱窜，其景象惨不忍睹，随地便溺者更是不堪入目。这真是：内急时节乱纷纷，街上行人欲断魂。借问公厕何处有，警察遥指杏花村。我认定万民广场确实是投资开设私营公厕的极好所在，此地人流量大，每天来往 50 万人，如果有百分之五的人大小便，那就是 25 000 个顾客，平均每人收费 5 角钱，那一天就是 12 500 元，真是勿要太好赚噢！

于是打报告、办申请、找关系、通路子，烧香拜佛，求爷告奶，盖了 147 个图章，踏破了工商局、财政局、税务局、卫生局、环保局、公安局、旅游局、城市规划局、园林管理局……甚至地震局的门槛。开厕所和地震局有什么关系？有呀，万一厕所不小心盖在了地震带上，要是突然爆发了几点几级的地震，岂不是激起公“粪”，污染环境，使整个城市臭气冲天吗？我所有的衙门都跑遍了，只差劳改局没有去了，可营业执照就是批不下来。

有一天看晚报，一个前来本市投资的老外向报纸投诉，说他在万民广场附近找不到厕所，以致憋不住，尿在了皮尔·卡丹名牌裤子上，这使他的投资热情大为减退。报纸特地在这封信的后边发了一则短评，说：“外国友人，方便无门。尿湿名裤，惊世奇闻。城市形象，大大受损。投资热情，即刻降温。厕所虽小，涉外事大。吁请筹建，莫再逡巡！”

我一看，高兴得跳起来，心想，我的厕所有希望了。果然，不出三天，营业执照批了下来。还是外国人力道大，尿湿一条裤子，就成了国际风波、涉外事件，马上就为此批建公厕，要是俺们中国人呀，尿湿一百条裤子也白搭。想到此，我又突发奇想，何不再借一次老外的光，利用一下外资，索性开它一个中外合资的厕所呢？对，绝妙的主意，就跟这个投诉的老外合资，他有尿湿之苦，有切肤之痛，苦大仇深，肯定会投身这场厕所革命。果然，晤谈之后，一拍即合。这真是两人都尿在了一壶！今年 3 月，这座厕所已傲然挺立在万民广场上了！

这座厕所是股份制，老外占 51 股，我占 49 股；老外是正所长，我是副所长。厕所名称定为“尿不湿中外合资股份有限厕所”，占地面积 600 平方米，分上下两层，上层为大便室，下层为小便处。根据日本厕所协会的一项统计，男人小便平均每次 31.7 秒，女人为 1 分 33 秒，因此厕所内女厕占地面积及坑位是男厕的 3 倍。虽然目前国内还重男轻女，可我这厕所绝对尊重女士，绝对有绅士风度。整个厕所的标准是五星级的，装潢精美，气派非凡。以前说“厕所里的石头，又臭又硬”，如今不对了，我这厕所里的石头全部是进口大理石和汉白玉的，又白又光，又香又硬。以前说“厕所里扎牌楼，摆臭架子”，如今也不对了，现在何止是在厕所里扎牌楼，还要装霓虹灯，装空调。以前说“厕所里供着关公刀，既不能文（闻）又不能武（捂）”，如今又不对了，我这五星级的厕所喷香水，放音乐，大小便完了就可以在休息厅里唱歌跳舞。最高档的是在每间大便室的门背后放置超薄型的彩电一架，顾客可以边看电视边大便，如果遇上个慢性便秘的或者酷爱坐马桶的，一次大便看完一集《新梁祝》是绝无问题的。

因为是中外合资的，又是五星级的，所以收费标准也相应提高：大便 100 元，小便 50 元。我的妈呀，这么高？其实不高，如今就时兴高消费。一件衣服，标价 100 元，无人问津，后边添个零，大家抢着买，这就是消费心理。万一有人付不起怎么办？没关系，有发票，可以报销。既然可以公款吃喝，一年吃掉八百多亿，公款大小便又有何不可？一年最多也就屙掉一个亿嘛！

开张那天，厕所门口贴了我自撰的一副对联，上联为“大开方便之门”，下联为“解除后股之忧”，横批为“众屎之地”。上午 9 时，举行开张仪式，鞭炮、锣鼓、花篮、剪彩、电视拍摄、记者采访、嘉宾致词……所有程序应有尽有，风光无限热闹无比，从上午9时一直延续到下午1时，最后是我致答词并庄严宣布：自即日起，隆重推出有奖大小便，对奖号码印在入厕者揩手用的小方毛巾上，满十万户开奖一次，头奖……

我还没有说完，嘉宾和行人们都争先恐后地纷纷冲进厕所方便起来，他们实在憋不住了……

水晶人

任何人都是呱呱坠地，而他则微笑着来到人间，向着拥抱他的护士，向着躺在产床上的母亲，摆动着小手，绽开甜甜的笑容，似乎在说："我来了，谢谢诸位，辛苦了！"

他的出生没给母亲造成任何痛楚，没给产房带来些微血污，是惊人的顺利，是绝对的洁净，真像天使的降生。更绝妙的是他通体透明，一眼便可望穿他的五内，诸如心脏的涨缩、血液的流动，皆清晰可见。他是个名副其实的有"透明度"的人。他好像不是从子宫里孕育出来的，而是从水晶宫里培育出来的，所以人们都叫他"水晶人"。

"水晶人"确实像水晶一般纯洁无瑕，从不欺瞒；待人以诚，绝对地相信任何人。小时候看魔术，魔术师将鸡蛋打碎倒进帽子里，不一会儿变出了一只小鸡。"水晶人"信以为真，回到家里，将十几只鸡蛋统统打碎，全部倒进爸爸新买的一顶狐皮帽子里，结果当然什么也没有变出，白白糟蹋了一顶上好的帽子。长大了，"水晶人"也极老实，从来都说真话。有一次他坐在公园长椅上看书，见一个小伙子在焦急地等候女友。女友姗姗来迟，抱歉地对小伙子说："对不起，让你久等了吧？"小伙子说："不，不，我才来了五分钟。""水晶人"在一旁心想，不对呀！他看了看表，很郑重地插话说："不，他等了一个半小时。"这对情侣哭笑不得。

由是观之，"水晶人"只适宜生活在与世隔绝、一尘不染的水晶世界，而在当今社会里，他可就惨了。别的且不说，就单说买东西吧。他买过土豆裹着砻糠的“松花皮蛋”，买过用萝卜乔装打扮成的“吉林人参”，他买过形形色色的假冒商品。有一次他路过一个地摊，很多人围着，有一个小贩在叫卖蚕屎枕芯。蚕屎做枕芯？那要多少蚕屙屎！他好奇地挤进人群看热闹。小贩大声宣传说，蚕屎枕芯是宫廷用的药枕，慈禧太后一生都枕它伴眠。蚕屎枕芯可以安心养神、健脾理气、滋阴补肾、活血固精，药效胜过人参、灵芝，长期枕用，足以扶正祛邪、延年益寿、返老还童。小贩又说：“诸位如若不信，请猜猜我多大年纪？”有的说二十五岁，有的说三十左右，还有的说最多不会超过三十三。小贩拱了拱手，笑了笑，拿出身份证：“诸位朋友请看我的出生年月！”大家一看吓一跳，他竟是上世纪出生的人，算一算已有九十二岁高龄了！在大家的惊愕中，小贩又突然大吼一声，纵身一跳，落地之后摆了一个金鸡独立的架式，然后拍着胸脯叫道：“朋友，这便是蚕屎枕芯的功效！”看到九十二岁的人居然还如此矫健，谁不叹服呢？不一会儿小贩的枕芯全卖光了。“水晶人”也买了一对。

“水晶人”将蚕屎枕芯买回家中，满心喜欢，请妻子配了一对绣花枕套，当晚就枕用起来。第二天一觉醒来，“水晶人”揽镜一照，容光焕发，神采奕奕，干起活来也感到手脚灵便，精力过人。蚕屎枕芯这么快便发挥了健身的奇效，一个月之后，妻子将枕芯拿到外边晒太阳。晚上回来一看，枕芯里居然冒出许多短短的绿芽。妻子好生奇怪，忙将枕芯拆开，方知枕芯内装的不是什么蚕屎，而是菜籽！

又有一次，“水晶人”买来一只鸟，一只进口的“五色鸟”：绿色的头，黄色的颈，红色的嘴，蓝色的羽毛，白色发亮的爪子。全身色彩斑斓，光耀夺目，美丽得像神鸟。“水晶人”爱不释手。他想，这是鸟，能飞会叫，是动物，是活的，不可能是铁壳的或者是塑料做的，况且这又是在国营花鸟商店出售的，并非路边小摊，金字招牌，岂会有假？买，他毫不犹豫地买下了。

"水晶人"将"五色鸟"挂在阳台上，不但自己觉得赏心悦目，也赢得邻居们的欣羡。妻子这次倒没说什么闲话，只是觉得"五色鸟"的叫声很怪。"水晶人"解释说："这是洋鸟，外国叫声，就像英语、法语、德语、日语一样，不是怪，是咱们听不懂。"

一个月过去了，两个月过去了，"水晶人"精心喂养，"五色鸟"美丽如常。妻子终于相信这确是一只非凡的"五色鸟"。

一日，下大雨，雨水如注，妻子忘了将"五色鸟"拎进屋里。"水晶人"回到家中，到阳台一看，只见地上一摊颜色水，再一看笼中湿透了的"五色鸟"，啊，已经变成了一只灰黄色的麻雀！他惊愕已极，这才明白"五色鸟"原是涂了五种颜料的麻雀！

"水晶人"失声痛哭。

妻子回到家中，只觉"水晶人"神色有异，呆呆地打量着她，半晌无语。突然，"水晶人"冲她问道："请问，你是谁?"妻子哑然失笑，嗔怪道："我是你妻呀!""水晶人"凝眉眨眼，思忖良久，摇了摇头，说："我妻？谁知这回是真的还是假的?"当晚睡觉时，妻子发现"水晶人"已不再是水晶人，浑身上下不再透明，他已经被人人都有的很厚的一层人皮包裹住了。

1988年

春宵一刻值千金

——长篇小说《张大千》节选

张家客厅。张母为张大千的婚礼正在指挥佣人将客厅布置成喜堂。大红喜帐挂满墙壁，喜幛上用金字写着“百年好合”、“天赐良缘”、“佳偶天成”、“凤凰于飞”等贺喜成句。

一对大红喜烛放置在条几两边……

在琼英的房间里，琼英已经穿好嫁衣，坐在房里，手上拿着一面镜子。

喜娘正在为琼英梳头、绞脸（用两根细线绞去脸上的汗毛）。

琼英母在给琼英头上插花。

喜娘：“这一下更漂亮了，像画里走下来的。”琼英母：“那是你喜娘头梳得好，脸绞得好，会打扮我家姑娘。”喜娘：“不是哦，你家的这个女娃儿天生就长得好哟。”琼英母：“喜娘说得好。”

琼英母拿出一卷“嫁妆画”给喜娘。

喜娘低声地：“现在给她看？”

琼英母点点头，笑了笑，然后退出。

喜娘：“曾家大姑娘，从今天起，你就要和姑爷结为夫妻了。有些事情，以前做姑娘的时候不懂，今天晚上要做新娘子了，再不懂就不行了。懂了，才能夫妻恩爱，才能鱼水和谐，才能服侍丈夫，才能生儿育女。”

琼英满脸羞涩和疑惑，似懂非懂地听着喜娘的话。

喜娘：“这是你妈给你准备的嫁妆画，到了婆家就没时间看了，你就现在看吧。”琼英：“画的啥子?”喜娘：“你打开。”琼英：“嗯。”

琼英把嫁妆画打开一看，尽是各种姿态的男女赤身裸体交合的画面，她大吃一惊，花容失色，连忙卷起还给喜娘：“这是啥子?”喜娘：“新娘子入洞房都要看的，看了和姑爷同房的时候，就不怕了。”琼英惊慌、紧张：“我不看，不看!”喜娘：“不要不好意思。不看，到了同房的时候，就更不好意思了。我走，你一个人慢慢看。”

喜娘出去。

琼英拿着嫁妆画，不知如何是好。要看，又不敢看，但喜娘说要看，又不得不看。于是等喜娘出去之后，慢慢打开，那些男女交合的画面又出现在眼前，看一眼，又不敢正视，像是偷觑，像是窥探。最后终于心态逐渐平和，仔细看了起来，但看的时候仍然面红耳赤，心跳不已。

黄玉珠的房间。

黄母在为黄玉珠梳头。

黄玉珠在给自己抹胭脂，抹完了胭脂，又画眉毛。

黄玉珠：“妈，你看好吗?”黄母：“好，不画也好，画了更好。”黄玉珠画了眉毛之后，又马上擦掉：“擦掉、擦掉。”黄母：“不是蛮好?”黄玉珠：“琼英姐不画眉毛的，我也不能画。”黄母：“为啥子?”黄玉珠：“她是正房，我是偏房，不好比她风光。”黄母：“对头。还有，抬花轿进去的时候，要让她先进，你后进。”黄玉珠：“我晓得。”

黄母从怀里掏出“压箱底”给黄玉珠：“这个你先看一看，我帮你收起来。”黄玉珠：“这是啥子?”黄母：“压箱底。”黄玉珠：“放在箱子底下的?”黄母：“这是我出嫁的时候，你外婆给我的，现在给你。”黄玉珠：“什么宝贝?”黄母：“你打开。”

黄玉珠打开这个椭圆形瓷器盒子的盖子，原来里面是一对赤身裸体的男女交合的瓷雕。黄玉珠并不十分惊讶，也不羞涩，看了半天，不说话。

黄母："你晓得这是做啥子?"黄玉珠："我晓得。"黄母："你说。"黄玉珠："同房。"黄母："晓得就好。"黄玉珠："琼英姐有没有压箱底?"黄母："不晓得。"黄玉珠："要是没得，我的给她看。"黄母："嗯。"

水月庵的门口，师太送素月去化缘。

师太："化缘乃是化度众生，渡过生死大海，极为庄严之事。你初次去化缘，要心平气和，不得勉强施主，还要早去早回。"素月："弟子知道。"

素月身披法衣，背着布挂袋，颈戴念珠，托钵化缘而去。

素月一路走来，来到大千家附近的一条街巷。

一个老妇在接受素月的化缘。

素月双手合十："阿弥陀佛!"然后又一路走去。路上很清静，少有行人。走到拐角处，看到张大千头戴礼帽，身着长袍马褂，肩腰挂着红绸，站在门口迎接花轿。张母、张父、张氏兄弟以及亲属也都在门口等候。

素月止步，她没想到今日是张大千的大喜之日，她知道她这出家人对世俗的婚庆已不宜产生兴趣，所以掉头就往回走。可刚走几步，又听到从张家门口传来的锣鼓声、鞭炮声以及孩子们兴奋的叫唤声，她知道新娘子的花轿抬来了，她又止步了，她想，这不是一个陌生人的婚庆，而是她曾对他有过巨大情感跌宕的人的婚庆。这就不一般了，不得不关注了，哪怕是好奇，也应该看上几眼。于是她又退到拐角处，伸出半个头看。

素月看到一座花轿抬到张家门口，张大千挑开轿帘，琼英凤冠霞帔，盖着红绸盖头，下轿，跟在轿旁的喜娘上前搀扶。

紧接着，又有一座花轿抬到张家门口，张大千又挑开第二顶轿子的轿帘，黄玉珠也是凤冠霞帔，盖着红绸盖头，下轿，跟在轿旁的喜娘上前搀扶。

此时素月看不懂了，怎么会有两座花轿?怎么会有两个新娘?此时只见张大千左手牵着琼英手中的红绸带，右手牵着黄玉珠手中的红绸带，将她们俩人领进家门。

素月虽然不知就里，但也不会深究，也不想深究，她已心如枯井，只是看到了张大千那张幸福的笑脸，和他牵着红绸引领两个新娘的喜气样儿，略有一点有所失的怅然，平静似水的心，稍有些微波纹，但最后她还是调整了心态，闭起眼睛，默念经文，回到另一个世界。

张家客厅（喜堂）。张父和张母坐在太师椅上。

张大千和两个新娘（琼英和黄玉珠）站在父母面前。

张家亲属和宾客们或坐或立在喜堂的两旁。

司仪在主持拜堂仪式，高声宣唱："第一拜，拜天地。天地氤氲，阴阳二气。天赐良缘，结为夫妻。"

张大千和两个新娘跪拜。

司仪："第二拜，拜高堂。父母之恩，终生不忘。今生今世，孝敬奉养。"

张大千和两个新娘跪拜。

司仪："第三拜，夫拜妻，妻拜夫，对拜成夫妇。夫唱妻随，上和下睦。早生贵子，阖家幸福。"

张大千和两个新娘对拜。

司仪宣唱："夫妻双双……哦，不对，不是双双……"

众宾客哈哈大笑。

司仪："夫妻三人入洞房！"

在喜娘的带领下，张大千和两个新娘退出喜堂，走入洞房。

亲属、宾客随新郎和新娘去闹新房。

新房内。宾客们在闹新房。两个新娘羞涩难当，喜娘保护着新娘。

宾客甲："三日无大小，都把新房闹。闹得新娘求饶，闹得新郎跳脚。"

众宾客大声附和："对，对。"宾客甲："大家听好，听好！"

众宾客立即安静下来。

宾客甲：“问问新郎，问问新娘：一夫二妻，三人同房，谁沾恩露，谁守空床？”

众宾客哈哈大笑，并起哄，逼张大千回答。

张大千从容不迫：“左拥右抱，大被同眠。一把锄头，力耕二田。”宾客甲再次逼问：“一帖中药，分为两煎，谁喝头煎，谁喝二煎？”宾客更是大笑不已。张大千巧舌如簧：“妻有正偏，心无正偏，恩露均施，自不待言。”

张大千不回避问题，并很机智，宾客们高兴、满意。

两位新娘羞得面红耳赤。

宾客乙：“新郎说过了，现在要问问两位新娘了。”众宾客起哄：“对，对！”宾客乙：“你们说说，说说。”

琼英头埋得很低，不敢抬起。

喜娘：“好了好了，饶了新娘子吧。”众宾客起哄：“不行，不说，晚上就不走了！”

新娘们和宾客们僵持不下。

张大千：“我替新娘子说。”众宾客：“不行，不行，新娘子说。”突然黄玉珠说话：“要我们说啥子？”宾客乙：“听了新姑爷刚才说的，你们有啥子感想。”黄玉珠：“那我说了，你们就不要逼琼英姐说了。”宾客乙：“好，你就代表了。”黄玉珠：“说啥子喃？”宾客乙：“随便了，说首诗也可以。”宾客甲：“对对，新婚之夜，不可无诗。”黄玉珠：“好，我就口占一首。”众宾客：“好好好！”黄玉珠：“谢天谢地谢诸君，最是诸君懂我心。没忘唐人诗一句，‘春宵一刻值千金’。”

众宾客大笑不止。

宾客甲：“好好好，春宵一刻值千金！好好，新娘子说，一刻千金，时间金贵。”

宾客乙："哈哈，新娘子迫不及待了！"

众宾客："新娘子等不及了，走呀，走呀！"

宾客们都已经散去，新房内只有张大千、琼英、黄玉珠三人。一时三人都不说话，突然显得极为安静。

突然张大千笑了起来。

琼英和黄玉珠面面相觑。

黄玉珠："表哥，你笑啥子？"

张大千："我笑闹新房，闹到后来，他们闹不下去了，为啥子？我们比他们的脸皮厚，他们就闹不赢了。"

琼英："表哥的脸皮最厚。"

张大千："玉珠的脸皮也不薄。春宵一刻值千金，说得好，那我们……我们就不要辜负这千金一刻了？"

张大千此言一出，琼英和黄玉珠立即感到人生最重要的一刻即将到来，因而喜悦、娇羞、期待、不安等等新嫁娘的复杂心情，毕显露于各自的脸色。

她们都紧张得说不出话，等待张大千的下一步召唤。

张大千也在考虑如何渡过这一夫二妻的新婚之夜，半晌无语。

琼英和黄玉珠相互以眼示意，但又都不明确对方眼神的具体含意，于是都同时站了起来，要走出新房，而让对方留下。当她们俩人都明白了对方的意图之后，却立即真诚地阻拦对方，相互推让，一定要让对方留宿，自己走开。

张大千："你们做啥子？"琼英："我让玉珠留下来。"黄玉珠："不，琼英姐留下。"张大千："我不是说了嘛，大被同眠。"琼英："真的要这样？"黄玉珠："不不不，我走，我是偏……"张大千："不，虽然一个是我妈做的主，一个是我做的主，既然今天做了结发夫妻，我就对你们不偏不倚。我们原来就是表兄妹，从小在一起，所以今天晚上，谁也不要走，我们都上床，一起说说话，好不好?”

琼英和黄玉珠点点头。

张大千先上床，靠坐在床背上，向琼英和黄玉珠招招手。琼英和黄玉珠上床，分别坐在张大千的左右。

张大千打起哈欠：“今天真是良辰吉日，今夜更是千金一刻，不可无诗，不可无画。我们现在就合作一幅，如何?”琼英为难地说：“太晚了。”黄玉珠：“笔墨都在书房里。”张大千：“那就各人吟诗一首。”黄玉珠：“又要吟诗?”张大千：“吟一首古人婚嫁的诗。我先来一首最古的，《诗经》的《桃夭》：桃之夭夭，灼灼其华。之子于归，宜其室家。”琼英：“好，我念一首唐诗，王建的：三日入厨下，洗手做羹汤。未谙姑食性，先遣小姑尝。”张大千：“玉珠，该你了。”

黄玉珠在思索。

琼英：“念呀。”黄玉珠：“我念一首最近看到的，可以不可以?”张大千：“只要是新婚的，都可以。”黄玉珠：“你们不要笑呀。”琼英：“怎么不要笑？要笑的。”黄玉珠：“那我不念了。”张大千：“新婚之夜就是要笑，才喜庆，才热闹呀。”琼英：“你就快点念吧!”黄玉珠：“听好呀。牙床斜坐裹金莲……”琼英：“牙床斜坐裹金莲，好。”黄玉珠：“半露酥胸半露肩……”张大千：“半露酥胸半露肩！好!”黄玉珠：“下面我不念了。”琼英：“念呀!”黄玉珠：“你不要骂我呀。”张大千：“念念念!”黄玉珠：“故向情郎说痴话，奴家今夜哪头眠。”

黄玉珠和琼英捂嘴又羞又笑。

但一看张大千，他居然疲劳得睡着了。

黄玉珠轻声地：“这么好的诗，他没听到，睡着了。”琼英轻声地：“你哪里看来的?”黄玉珠轻声地：“一本书里。”琼英轻声地：“淫词秽曲，丢死人了!”黄玉珠轻声地：“今天是什么日子？怕啥子难为情？我妈还给我看‘压箱底’哩，那看了才难为情。我妈说，入洞房一定要看，你看过吗?”琼英轻声地:“什么‘压箱底’?”黄玉珠轻声地:“啊呀,一男一女,什么衣服都不穿,抱在一起,做那个事。”琼英轻声地:“啥子事?”黄玉珠轻声地:“啊呀,就是那种事。你没看过?”琼英轻声地:“我妈给我看的是‘嫁妆画’。”黄玉珠轻声地:“也是画的那种事?”琼英轻声地:“嗯。”黄玉珠轻声地:“给我看看!”琼英轻声地:“在包袱里。”

琼英和黄玉珠两人欲下床,此时张大千翻了个身,醒了过来,立即将她们一左一右地抱在怀里。

《张大千》一书由湖南美术出版社出版

喜剧

耶稣·孔子·披头士列侬

一

本剧叙述的是上帝和他三个使者的故事，可故事发生的时间却很难确定，因为任何一个基督徒都知道，时间是上帝创造的，上帝又超越一切时间，因此上帝的时间无法计量，它没有过去、现在、将来，有的只是绝对不变的永恒。这就叫剧作者为难了，我只得求教于古罗马的基督教神学大师奥古斯丁，他在他的《忏悔录》中训示我："人们仍旧可以说，时间分过去、现在、将来，既然习惯以讹传讹，就这样说吧。"剧作者是俗人，无妨按世俗的习惯将剧情发生的时间定为现在。我真感谢奥古斯丁，否则一开始剧本就无法写下去了。本剧一写完，我就加入基督教！

时间确定了，再确定地点。第一幕的地点是天堂，这是天上的耶路撒冷，是上帝耶和华居住的圣城。我虽然至今尚未去过天堂，但从《新约·启示录》中可以得知，天堂是个立方体，长、宽、高相等，每边十五英里。四边是城墙，城墙当然也是四方的，高为六十公尺。《启示录》还说：城墙为黄金、碧玉所造，墙基为各种宝石装饰而成。城门缀满珍珠，是为珍珠之门。门上用金字写着："那洗净自己衣服的人多么有福啊：他们有权吃生命树上的果子，并且可以从此门进入城内。"城内的街道是纯金的，但又像玻璃一样透明，一条生命之河闪烁如水晶，从上帝的宝座下流向城中的街道。河两边广植生命之树，每年结果十二次，树叶可以医治万国。我深信天堂是如此的美丽辉煌，难怪人们死后都争先恐后地期望升入天堂，而且一入天堂便不再归来，可见天堂确实是个极乐世界。

幕启时，长号声从空而降，悠扬，空灵。真是此曲只应天上有，人间哪得几回闻？天乐声中，霞光万道，天门渐渐开启，逐一显现圣城壮丽辉煌的景观，它完全如《启示录》所描述的一样，只是生命之树和生命之河受到一定程度的污染。接着显现的是云端的两个宝座，一是碧玉的，一是红宝石的，分别为上帝和耶稣所坐，此刻还暂时空在那里。最后显现的是一大群人，这也和《启示录》所描述的一样："数目难以计算，他们是从各国家、各部落、各语言来的，都站在宝座和羔羊面前，穿着白袍，手上拿着棕树枝。"他们是已经升入天堂的历代的人类精英，其中有：阿基米德、苏格拉底、秦始皇、伊索、恺撒、孔子、老子、迦梨陀娑、华佗、李白、紫式部、蚁垤、荷马、大流士一世、但丁、培根、阿维森纳、歌德、达·芬奇、拉斐尔、马丁·路德、圣西门、康德、莎士比亚、黑格尔、牛顿、达尔文、彼得大帝、贝多芬、曹雪芹、李时珍、哥伦布、伽里略、瓦特、华盛顿、林肯、罗曼诺索夫、詹西女皇、诺贝尔、明治天皇等等。还有许多伟大人物，不再一一列举，敬请原谅。顺便说个技术性的问题，这么多人物不必全由演员饰演，大多数没有台词的人物可用木头、纸板或吹气塑料制成模拟像，身上写上名字即可。他们早已升天成仙，已非凡骨肉胎，所以可以用其他物质代替。闲话少叙，言归正传。天乐结束之后，众人屏息静气，悄然无声，毕恭毕敬地等待上帝和耶稣的到来。伽里略用他发明的世界上第一架能放大三十二倍的单长筒望远镜在窥望远空。

伽里略　（轻声地）贝多芬先生……

　　[贝多芬毫无反应。

伽里略　（稍大声）贝多芬先生！

［贝多芬仍无反应。

伽里略　（拍贝多芬的肩膀，大声地）贝多芬先生！

贝多芬　哦，伽里略先生，您要说什么？

伽里略　怎么上帝还不来？

贝多芬　你要请我吃牛排？哦，谢谢，我不要。

伽里略　不，我是问，晨祷的时间该到了，上帝怎么还不来？等了好久了！

贝多芬　哦，您有一瓶好酒，等我来？

伽里略　咳，聋子！

贝多芬　虫子？天堂哪来的虫子！

［伽里略哭笑不得，转向牛顿。

伽里略　牛顿先生！

牛　顿　愿为您效劳。

伽里略　请问，几点了？

牛　顿　您问了一个我也非常想知道的问题。

伽里略　什么意思？

牛　顿　两个半世纪以前，我在试验室里，把我的怀表当作鸡蛋给煮坏了！（掏出怀表摇了摇）自那以后，我也一直想知道几点了。

伽里略　一个耳朵聋了，一个怀表坏了。咳！还是问爱因斯坦先生吧，他是本世纪最具智慧和最值得尊敬的人。爱因斯坦先生！

［爱因斯坦背对伽里略，毫无反应。

伽里略　爱因斯坦先生！

［爱因斯坦仍无反应。

［伽里略拍拍爱因斯坦的肩膀。

［爱因斯坦转过身来，面无表情，目光呆滞，身体僵直，下巴

前伸，口微张。

伽里略 爱因斯坦先生，我是伽里略。你不认识我？

［爱因斯坦无动于衷。

伽里略 爱因斯坦先生，你病了？

牛　顿 爱因斯坦先生去世之后，病理学家托马斯·哈维先生把他的大脑取了出来，制成切片，供专家研究。如今爱因斯坦先生是个没有大脑的人了！

伽里略 啊?! 应该报告上帝，取回大脑！

牛　顿 二十年前，我就代爱因斯坦先生打了报告呈递给上帝，可至今上帝还没有答复。

伽里略 为什么？

牛　顿 说要研究研究。

伽里略 五年前的那份要求给我彻底平反的报告，上帝至今也还没有批复。

牛　顿 罗马教皇保罗二世不是在 1980 年已经给您平反了吗？调查委员会一致公认，1616 年和 1633 年异端裁判所对您两次宣判的罪名都是不实之词。

伽里略 可是并不彻底，教皇保罗二世仍然坚持认为我的所谓骄傲和自负也还是有错误的。所以我要求上帝为我彻底平反。晨祷的时间该到了，上帝怎么还不来？

牛　顿 可能上帝在和耶稣打网球。

伽里略 和耶稣打网球？

牛　顿 最近以来，上帝心情不佳，打球解闷。

伽里略 心情不佳？为什么？

牛　顿 一言难尽……

［远处传来“上帝驾到”的吆喝声。

［大家立即肃立以待。

［天乐再次奏起。

［上帝头顶有灵光，手执网球拍，和耶稣同上。

［天使给上帝递上一罐可口可乐。上帝拔开拉口，一饮而尽，并擦汗。

［耶稣接过上帝的网球拍，交与天使。

［上帝和耶稣端坐在各自的宝座上。

上　帝　（威严并带有一些怒气）我是阿拉发，是开始；我是俄梅戛，是终结。我是昔在、今在、永在的全能者。

众英灵　（齐声颂祷）主啊，我们尊崇您，我们敬畏您。我们永永远远称颂您的名，永永远远赞美您的名。主啊，愿您怜悯我们，愿您赐福给我们，好叫世界得知您的仁慈，好叫万国永记您的宏恩。我们赞美您，称颂您，您创造了万物，万物全凭您的旨意。我们称颂、赞美您，从日落到日出，从现在到永远。

耶　稣　孩子们，天国的臣民们，晨祷到此结束！

伽里略　主啊，请等一等！我要求彻底平反的报告五年前就已呈送御览，请上帝及早批复。

牛　顿　我为爱因斯坦先生呈送的要求取回大脑的奏章，已有二十余年，也请上帝尽快批示。

耶　稣　今日上帝不理朝政！

众英灵　什么？不理朝政？

耶　稣　天气闷热，上帝决定要去度假村避暑一个月。

［众英灵议论纷纷。

伽里略　上帝，我的父，天国之内，积案成山，有待您的圣断；最近以来，时有事端，也还有待您的裁决。您这一走，我真担心会出现意想不到的麻烦。

上　帝　（正色）正因为麻烦太多，使我不堪其苦，所以才要去度假。

耶　稣　前天，为画圣母像，乔托、拉斐尔、达·芬奇、提香、鲁本斯、伦勃朗、雷诺兹、米勒、梵·高、塞尚等许多画家相互扭打，那个狂暴好斗的西班牙画家戈雅竟然把佛罗伦萨的米开朗基罗的鼻子打出血了！

上　帝　天堂里人才过剩，工作的机会极为难得，所以才闹出这等纠纷。上个月为写圣歌，巴赫、肖邦、莫扎特、李斯特也吵得不可开交。李斯特说他写过《耶稣基督》的清唱剧，他最有资格谱写圣歌。官司一直打到我这儿来了！

耶　稣　还有更加不能容忍之事，人类已经开始侵犯天堂。二十年前，一个叫阿姆斯特朗的美国人，乘坐阿波罗宇宙飞船侵入了天堂的领地——月球，他们插上了旗帜，盗窃了二十二公斤的石块和土壤，还赶走了月神狄安娜和中国的嫦娥，以致这两位女士至今还流落在此，无处安身。昨天她俩还向上帝哭诉，要在天堂申请一套住房。可天堂地少人多，早已人满为患，哪有她们的住房？上帝近日以来就给这类事搞得愁眉不展，心神交瘁，所以才需要去度假休养。

伽里略　那我要求彻底平反的报告怎么办？

牛　顿　还有爱因斯坦要求取回大脑的呈文！

［众英灵交头接耳，议论纷纷。

耶　稣　肃静！天堂需要安静！上帝需要宁静！假如大家再用这些平凡小事扰乱上帝的情绪，上帝可就要惩罚你们了！

［众英灵立即俯首帖耳，悄然无声。

耶　稣　上帝，我的父！前往度假村的云车已准备在外，请吧！

［天乐再度响起。众英灵垂手肃立，为上帝送行。

［突然，天乐变调，乐声变成噪音，众英灵大吃一惊。

［上帝和耶稣也驻足不前，感到惊奇。

［噪音越来越大，原来是宇宙飞船推进器发出的巨大轰鸣声，尖利得极为刺耳。

众英灵 （惊呼）宇宙飞船，宇宙飞船！

［宇宙飞船飞越天堂上空，飞行时的强大气流引起飓风，天色骤暗，乌云翻滚，宝座剧烈晃动，上帝、耶稣、众英灵被飓风吹得东跌西倒。

众英灵 （惊慌失措）上帝，拯救拯救我们吧！

［宇宙飞船在天堂上空盘旋一周，然后离去。离去前，从飞船上掉下一个东西，落在地上叮当作响。

［众英灵显得紧张，不知飞船上掉下何物。突然不知谁说："定时炸弹！"众英灵一阵惊叫，连忙后退，大家惶恐不安，两眼盯住飞船上的落物，一动不动。

［少顷。

上　帝 这……这究竟是什么？

耶　稣 （小心翼翼地）哪位先生请看看！

［静场。

耶　稣 伽里略先生……

伽里略 还是请牛顿先生看看吧。牛顿先生对空中掉下的东西最感兴趣，当年牛顿先生就是注意到从树上掉下的苹果，才研究出万有引力的。

众英灵 对，对，请牛顿先生看看！

耶　稣 牛顿先生……

牛　顿 好吧！为科学我不惜生命！

［牛顿作英雄状，走近飞船落物，慢慢捡起，仔细审视。

耶　稣 牛顿先生，是什么？

牛　顿　从没见过……

耶　稣　再请仔细看看！

牛　顿　哦，是苹果。

众英灵　苹果?!

伽里略　在你眼中，怎么凡是掉下来的东西都是苹果？

牛　顿　真的是苹果！

耶　稣　苹果哪有这种形状？

牛　顿　苹果罐头。

众英灵　苹果罐头?!

牛　顿　空罐头，宇航员吃完了扔下的。

上　帝　（发怒）大胆！他们竟敢把天堂当作垃圾桶！是可忍孰不可忍！我不去度假了！

耶　稣　您不去了？

上　帝　我要惩罚他们！

众英灵　（大惊）惩罚人类！

［孔子匆匆上，衣冠不整，神色惊慌，头上、身上被臭鸡蛋掷得污秽不堪。

孔　子　（跌倒在地）救我老夫一命！

耶　稣　（连忙将孔子扶起）孔老夫子，您怎么了？

孔　子　咳，适才老夫正在杏坛与七十二门徒坐而论道，突然听得一阵呐喊声，原来是黑压压一支游行示威队伍从炼狱那边排山倒海而来！

众英灵　游行示威?!

孔　子　正是。他们见我与弟子们正在研习学问，便强拉我们加入他们的游行队伍。颜回仍然好学不倦，泰然处之，不为所动。子路好勇，暴烈刚直，便与他们冲突起来。他们恼羞成怒，投掷臭蛋，大打出手，使老夫累累如丧家之犬……

耶　稣　他们有多少人？

孔　子　少则两万，多则十万，难以数计。

耶　稣　啊，都是些什么人？

孔　子　弟子子若博闻强识，据他告诉我，参加游行者都来自炼狱，都是近年以来去世的名流，有印度国的甘地、尼赫鲁，有大英帝国的丘吉尔、萧伯纳，有法兰西的戴高乐、萨特，有西班牙王国的丹青能手毕加索，有瑞典王国的宰相帕尔梅，有敝国的武打明星李小龙，还有一代名优卓别林、武林高手路易斯，哦，还有挑担子死掉的“卖好衣服”……

伽里略　挑担子死掉的“卖好衣服”？

牛　顿　大概是挑战者号遇难的麦考利芙。

上　帝　为首者是谁？

孔　子　一男一女！

众英灵　一男一女？

孔　子　男的为美利坚合众国第四十四届第三十五任总统肯尼迪先生，女的为他的情人、世界著名性感影星玛莉莲·梦露。他们居然在光天化日之下挽臂而行，这成何体统！还有一人，手举标语，走在最前，可能是游行队伍的代表，他发长及肩，不辨男女，身上还背着一只大火腿。

上　帝　不知是男是女，还背着人火腿？

孔　子　对。

上　帝　标语上写的什么？

孔　子　乃是英文，吾不识也。

［传来口号声，越来越近，惊天动地。

耶　稣　啊，示威到天堂门口来了！

上　帝　先把那个背着……背着大火腿的代表带进来。

［两个天使下。

孔　子　我在鲁国官拜司法部长之际，大夫少正卯也曾聚徒成群，游行闹事，结果让我把他给正法了！

［两个天使带列侬上。

［淘气而又傲慢的列侬手举标语牌，身背吉他。

［天堂外的口号声此起彼伏。

耶　稣　你姓什么？

列　侬　列侬。

耶　稣　哪国人？

列　侬　英国。

耶　稣　哪年出生？

列　侬　1940 年。

耶　稣　哪年去世？

列　侬　1980 年。

耶　稣　性别？

列　侬　男。

耶　稣　男？

列　侬　（边说边解裤子）不信？可以做性别检查！

耶　稣　不许胡来！既然是男子，为何身穿花衣，长发披肩？

列　侬　这是我首倡的六十年代最流行的发型。

耶　稣　职业？

列　侬　披头士（Beatles）。

耶　稣　披头士？

列　侬　我是摇滚乐的大歌唱家！哦，披头士就是甲壳虫。

伽里略　摇滚乐？甲壳虫？孔老先生，你能解释一下吗？

孔　子　虽然老夫多识鸟兽草木之名，可甲壳虫未曾闻也。还是求救于达尔文先生吧，他对生物素有研究。

达尔文　甲壳虫是昆虫的一种，属于鞘翅类，如天牛、金龟子、萤火虫等等。但据我所知，甲壳虫既不会摇，也不会滚，只会爬，好像也没有什么音乐才能。

［众英灵大笑。

列　侬　你们居然对我一无所知！

孔　子　君子不患人不己知，患不知人也！

列　侬　什么，什么？你说的什么语？

孔　子　古代汉语！君子不怕别人不知道他自己，而怕自己不知道别人。

列　侬　可你们恰恰不知道别人，也不知道我。我，甲壳虫摇滚乐队的歌手，兼节奏吉他和键盘乐器的演奏员。我们一共四个人，风靡全世界，我们灌制的唱片可以销售一千万张，我们拥有的歌迷成千上万，我们曾经荣获帝国奖章。我去世的时候，送葬的队伍浩浩荡荡，大大超过肯尼迪总统。我可以自豪地说：我在地球上比耶稣吃香！

上　帝　放肆！

列　侬　他妈的，这是真的！哦，对不起，光说你们不信，请允许我献上一曲，这是我最最著名的一首曲子，叫《幻想》，希望大家喜欢。

幻想不存在天堂，
如果你试试这并不难。
脚底下没有地狱，
头顶上只有苍穹。
幻想男女老少，

都为今天生活。

幻想不存在国度，
如果你试试这并不难。
世间没有钩心斗角，
也没有宗教信仰。
幻想男女老少，
都在和平中生活。

[列侬自弹自唱，轻松调皮，随心所欲，有一种孩子般的魅力。虽然他自己已完全沉醉在乐曲中，可天堂里的听众却无动于衷。

耶　稣　贝多芬先生，您觉得……哦，您是聋子。莫扎特先生！您觉得列侬先生唱得……怎么样？

莫扎特　音乐只能生活在宫廷、教堂、客厅或者音乐厅里，这是街头叫花子的嚎叫！

[众英灵大笑。

列　侬　（气愤地）他妈的，你们是白痴！你们不会欣赏，是因为你们没吃 LSD。

耶　稣　LSD？

达尔文　LSD 是麦角酸二乙基酰胺，是一种迷幻药。

伽里略　啊，毒品！

列　侬　对，也有人这么称呼。可吃了它，人的感觉便会处于极度开放的状态，敏感度大大加强，这样来听我的演唱才会觉得悦耳动听，美妙无比。

上　帝　简直是犯罪！别让他在天堂做宣传毒品的广告！审问他为什么游行闹事！

耶　稣　回答！

列　侬　我们只游行，没闹事！

孔　子　那为何以臭鸡蛋投掷于我！

列　侬　是你学生子路先生先动手的。

耶　稣　投蛋事件以后立案审查。先说说你们为什么要游行？

列　侬　因为除此之外，我们没有别的方式来表达我们的愿望。天堂没有报纸，没有广播，没有电视，也没有中国式的大字报，除了游行，别无办法。

耶　稣　你们要表达什么愿望？

列　侬　（指指标语牌）请看我们的总口号！

耶　稣　我只认识罗马文、希腊文和希伯来文。

列　侬　上帝是无所不能的。

上　帝　（看标语牌，念）“我们要进天堂！”

列　侬　对，我们在炼狱待腻了！自古以来，凡是离开人世的人，只在炼狱三年，忏悔赎罪，修炼灵魂，然后或者升入天堂，或者打入地狱。可我们最近半个世纪里去世的人，都在炼狱待了二三十年，至今还没发落，我们要求尽快进入天堂！

上　帝　我无法满足你们。

列　侬　为什么？

上　帝　你知道天堂有多大？

列　侬　我读过《启示录》，天堂是个长、宽、高各为十五英里的立方体。

上　帝　你知道天堂如今共有多少人？

列　侬　不知道。我只知道您在创世纪的时候只造了两个人，用泥土造了亚当，又用亚当的肋骨造了夏娃。

上　帝　可他俩偷吃禁果被我赶出伊甸园之后，他们的后代有极强的繁殖力，迄今为止，他们一共繁衍了……

耶　稣　（翻看生命册）到昨天为止，一共是两百三十六亿五千四百八十一万九千七百五十四人，哦，还漏掉一个美国的排球运动员海曼小姐，那一共是两百三十六亿五千四百八十一万九千七百五十五人。

列　侬　在地球上一共生活过两百三十多亿人?!

耶　稣　还不包括今天仍活在地球上的五十亿人。

上　帝　已经去世的两百三十多亿人，其中一百一十五多亿由于他们生前不可饶恕的罪行，在炼狱经过审查后被送进了地狱，另外一百一十五多亿由于他们生前敬畏上帝，灵魂高洁，或因他们对人类所作出的贡献，都升入了天堂。可天堂只有十五英里的立方这么大，怎么能容纳一百一十五多亿人?

耶　稣　天堂早已人满为患，住房紧缺，交通拥挤，食品供应和工作就业都非常困难，这也是目前没有让你们这些本世纪五十年代之后的后死者进入天堂的原因。

列　侬　可爱因斯坦先生逝世于1953年，也是五十年代离开人世的，他为什么可以进入天堂?

耶　稣　世界上有几个爱因斯坦？他是独一无二的。

列　侬　世界又有几个戴高乐、肯尼迪、张大千、帕尔梅、李小龙？又有几个列侬，几个我?！我们每个人都是独一无二的，都是上帝的宠儿，都应该是天堂当之无愧的居民！

上　帝　（有些生气，质问地）你难道也是?

列　侬　我是流行音乐的天皇巨星，是六十年代青年文化的象征。我用我的歌声反对越战，呼吁和平，歌颂爱情，传播友谊。我不进天堂，谁进天堂?

上　帝　“幻想不存在天堂，如果你试试这并不难。”既然如此，那你为什么还要求进入这并不存在的地方？地狱倒是确实存在的，也许那才是你应该去的地方！

列　依　我……我……我抗议！

耶　稣　你敢抗议上帝！

列　依　我有这个权利！

耶　稣　这是天国！

列　依　天国应该比人间更民主！

［天堂外口号声此起彼伏。

耶　稣　停止这场闹剧，立即回到炼狱！

列　依　这不是闹剧！

耶　稣　你们是非法的！

列　依　我们遵从的是您的旨意！

耶　稣　可我什么时候叫你们上街游行？

列　依　《路加福音》第十章，您曾说："上帝的国，临近你们了，人若不接待你们，你们就到街上去！"

耶　稣　（语塞）这……

列　依　您还说："我告诉你们，你们祈求，就得到；寻找，就找到；没门，就给你开门。"如今我们在敲天国的大门，您为何不开门呢?!

［天堂外口号声越叫越响。

耶　稣　"出于上帝的，必听上帝的话。"既然上帝叫你们回去，你们就应当回去。敬畏上帝的，上帝才会怜恤他；顶撞上帝的，上帝将给予惩罚。

孔　子　回去吧，小不忍则乱大谋。

列　依　可我无法平息众人的呼声！

［天堂外又响起激烈的口号声："我们要进天堂！""不达目的，

誓不罢休!”“自由万岁!”

耶　稣　我实在告诉你，上帝如若发怒，他的怒火将会乘着旋风和暴雨而来。他斥责海，海水就会干涸；他斥责树，巴珊、迦密以及黎巴嫩所有的树木都会衰残。他发火，大山为之震动，小山立即化为尘埃。他的怒火谁能挡得住呢?!迷途的羔羊，你们是在黑暗中行走，是进不了天国之门的，回去吧!

列　侬　（坚决地）不，我们决心已下!

上　帝　听着!我要惩罚你们了：游行闹事的，向天堂扔罐头的，和所有还活在人间的人!

耶　稣　（大惊）什么?!我的父，您要惩罚所有的人?!

上　帝　所有的罪恶都是人发生的。消灭了人，也就消灭了罪恶。我后悔当初造他们了!我要先把游行闹事的统统扔进燃烧着硫黄的火海里!

[天堂外的游行队伍一片惊慌，叫着、嚷着四处逃散，边逃边叫：“上帝要惩罚我们了!”“快逃呀，快逃呀!”

孔　子　（对列侬）你还不快逃!

列　侬　我已经死过一次了，对第二次死亡已无所畏惧!

上　帝　然后，我要降雨四十昼夜，让地球洪水泛滥，淹没房屋，淹没树木，淹没群山，淹死作恶的、不义的、狂傲的、向天堂扔苹果罐头的，淹死那凡有血肉、凡有气息的一切生命，淹死所有活在地球上的人!

列　侬　我的妻子、儿子都还活在人间，他们是无辜的!

莫扎特　为了纪念我去世二百周年，人间正在筹备一个空前规模的莫扎特音乐会，这下可完了!

牛　顿　爱因斯坦的大脑下落不明，要是毁灭了所有的人，那到哪儿去寻找这非凡的大脑呢?

伽里略 如果罗马教廷也毁掉，那最后谁给我彻底平反呢！

孔　子 上帝，仁者爱人，为政者需宽厚。如上帝定要毁灭天下，虽然罪恶尽除，但文明也随之而亡，岂不玉石俱焚，得不偿失？望上帝三思而后行！

牛　顿 孔老先生所言极是。地球有罪恶，人类有丑行，但是也有金字塔，有摩天楼，有万里长城，有彩色电视，有《英雄交响乐》，有奥林匹克运动会，有《蒙娜丽莎》，有亨利·摩尔，有《哈姆莱特》，有迪斯尼乐园，有法国时装，有中国菜，有圣索菲亚大教堂，有空气调节器……

上　帝 什么叫空气调节器？

牛　顿 现代人发明的一种机器，它可以制冷也可以制热，改变和调节室内的温度。像现在天气炎热，用了它就非常凉爽了。

上　帝 哦？还有这种神奇的东西？

牛　顿 其实地球上的一切文明，都是您的创造、您的杰作，您说能毁灭它们吗？

耶　稣 我的父，您……

众英灵 仁慈的主，饶恕人间的罪恶吧！

［上帝思索，沉默。静场。

上　帝 不，谁也不能更改我的决定，谁也不能违背我的意志！

众英灵 （跪伏在地）上帝，求您开恩吧！

列　侬 （挺身而出）谁也不能更改上帝的决定，谁也不能违背上帝的意志？

上　帝 是这样！

列　侬 不论谁都不能例外？

上　帝 当然！

列　侬 那您呢？

上　帝　你这是什么意思？

列　侬　您能更改您自己的决定吗？您能违背您自己的意志吗？

耶　稣　列侬先生，上帝从不会违背自己的意志，上帝是始终如一的！

列　侬　请诸位打开《圣经》！

耶　稣　干什么？

列　侬　（调皮地）请打开《圣经》！

［众英灵、耶稣、孔子等取出《圣经》。

列　侬　请翻到第九页。

［众英灵、耶稣、孔子等翻书页，大家不知列侬是何用意。

列　侬　请看《旧约全书·创世纪》第九章。伟大的、全能的上帝指示我们："我不再因人的缘故咒诅地了，也不再像我才做的那样灭绝各种生物了。只要大地还存在，庄稼、寒暑、冬夏、昼夜，就永不停息了！……"

上　帝　什么？我说过再也不毁灭地上的各种生物了？

列　侬　这是您第一次让洪水泛滥世界之后，对诺亚和他的儿子立的誓约。

上　帝　我怎么不记得？

列　侬　请诸位一同诵读。独一全智的、神圣万能的、永恒永在的上帝晓谕我们说——

众英灵　"我与人们和生物所立下的这一誓约是有标记的。我把虹放在云彩中，这可以作为我与地立下誓约的标记。当虹出现在云彩中的时候，我便记起我们的誓约了，洪水就不再泛滥，我就不再毁灭一切有血有肉的生物了！"

上　帝　当虹出现在云彩中的时候，我便记起我与地的誓约了？

列　侬　（惊喜）你们看哪，彩虹！

［一道绚丽夺目的彩虹出现在天堂上空。

众英灵　（欢呼）“当虹出现在云彩中的时候，我便记起我们的誓约了，洪水就不再泛滥，我就不再毁灭一切有血有肉的生物了！”

耶　稣　我的父，这……

［上帝无言，沉默着。

［众英灵紧张地望着上帝。

上　帝　（终于缓缓地）为了上帝不违背上帝的意志，我收回成命！

众英灵　（欢呼，唱诗）

耶和华啊，耶和华，
你的慈爱，上及诸天；
你的信实，达到苍穹；
你的正义，好比高山；
你的智慧，如同海洋。

上　帝　由于我的慈爱，人类的生命再一次得救，但他们的灵魂并没有得救。为了拯救他们的灵魂……

耶　稣　您打算怎么样？

上　帝　我打算派一个考察团到人间去！

众英灵　（惊喜）派一个考察团到人间去?!

上　帝　考察一下当今的人类究竟有哪些罪恶，原因又何在。

耶　稣　我的父，您打算派谁去？

众英灵　我去！我去！我去！

孔　子　丘，义不容辞，愿意肩此重任！

耶　稣　孔老夫子，您要去？

孔　子　当今世界，以敝国百姓最多，有十亿之众，如此大国，岂能无一代表参加考察？

耶　稣　我的父，孔老先生在中国被奉为大成至圣文宣王，是万世师表，他倡导的儒学至今在世界上还有巨大影响。况且他的国家人口最多，这也是天堂人满为患的重要原因。所以孔老先生参加考察团，是非常合适的。

上　帝　孔老先生多大年纪？

孔　子　两千五百多岁。

上　帝　参加考察，是否老了一点？

孔　子　上帝有所不知。我发愤忘食，乐而忘忧，不知老之将至。我不老！

耶　稣　老也无妨，再派一中年、一青年，组成一个老、中、青三结合的考察团，互相取长补短，亦未尝不可。

上　帝　那另外两位人选……

耶　稣　假如您允许，我算一个。

上　帝　你想去？

耶　稣　我是您的儿子，我最了解也最能按照您的旨意去考察。

上　帝　可就怕有人说我开后门，将这美差交给了自己的儿子。

孔　子　不必顾虑，人言不足畏，举贤不避亲。

耶　稣　公元第一年，您曾让我降临人间，派我到地球去过一次，我已有了考察经验。

上　帝　可上次犹大出卖了你，你给罗马人钉死在十字架上。我担心这次要是再派你去……

耶　稣　不必担心。上次我是去传教，门徒只有十二人，势孤力单。如今基督教徒遍及全世界，已有十亿之众，声势浩大。只要我和当今的梵蒂冈教皇打声招呼，他会派人保护，我的安全绝无问题。

上　帝　好吧。那还有一位青年……

耶　稣　您认为……

上　帝　就派列依先生去吧！

列　侬　我？好极了！

耶　稣　他?!

上　帝　他很聪明，是他让上帝改变了上帝的意志！

耶　稣　可他组织游行……

上　帝　那他又具备了一个优点，有组织才能。

耶　稣　可他这身打扮……

孔　子　这倒无碍。当初我的弟子子路来见我，冠雄鸡，佩豭豚，也是奇装异服，并且也曾凌暴于我。后来我设礼诱之，他也就改邪归正了。

耶　稣　如果孔老先生能对列侬先生施加影响，我也就放心了。

上　帝　好吧，就派你们三人作为我的仆人，去考察人间。

列　侬　（喜出望外）OK！

上　帝　你们何时动身？

列　侬　越快越好！

耶　稣　即刻启程。

孔　子　君命召，不俟驾行。上帝命我们出使，也应遵命唯谨，火速登程。

耶　稣　走吧，愿上帝与我们同在。

上　帝　等等！

耶　稣　还有什么吩咐？

上　帝　（低声地）天堂实在太热，回来的时候，给我带一个……带一个空气调节器来。

耶　稣　遵命！

——幕　落

二

太空，无边无际，神秘莫测。各个星系、星座、星球都在按自身内在的规律运转着。星光的闪烁，像是思索中的眼睛的闪动。宇宙也在思索：自己究竟是什么？自己是否也有罪恶？

孔子、耶稣、列侬乘云驾雾，飘悬在太空。

耶　稣　下边就是月球！

列　侬　我的妈呀，总算有了个落脚点。

孔　子　真可谓不远万里。翼若垂云怒而飞，背负青天莫夭阏。

［孔子、耶稣、列侬降落在月球上，三人一接触月面便像皮球似的弹跳起来。

孔　子　（惊慌地）哎呀呀，为何弹跳不已，弹跳不已！

列　侬　他妈的真有意思，月球的引力只有地球的六分之一，我们每个人都轻了六分之五，都成了跳高冠军！

［三人如此弹跳七八次，才逐渐止息。

孔　子　咳，君子坐立行卧，皆有礼仪，如此狂跳，东倒西歪，成何体统！（拂袖整冠，端正仪容，显得一本正经，突然地）大事不好，我的心怎么也不循规蹈矩了？

列　侬　心又怎么了？

孔　子　老夫的心一向跳动有序、从容平缓，此刻为何似野马狂奔？

列　侬　在月球上的心速是要比在地球上快一倍！

孔　子　（摇头）荒唐！心之跳动，应有节有序，岂可忽快忽慢，有失庄重？轻狂，轻狂！

列　侬　（环视四周）啊，好荒凉！

孔　子　既不见吴刚，又不见嫦娥，连玉兔、桂树、广寒宫也无影无踪。

耶　稣　这都是人类入侵月球的结果！

列　侬　那边有一座环形山！

耶　稣　它叫万户。

孔　子　万元之户？

耶　稣　不，姓万名户。

孔　子　哦？炎黄子孙？

耶　稣　对，这座环形山就是以这个中国人的名字命名的。

列　侬　为什么？

耶　稣　万户是中国明代人，他异想天开，发明了一把航天椅，想入侵月球，刚起飞就摔死了。疯子，上帝给了他应有的惩罚！

列　侬　不是疯子，是壮烈的勇士，是中国的光荣，是人类的骄傲，我真想为他谱首曲子！

孔　子　明代竟有这样一个奇人？

列　侬　贵国的事你不知道？

孔　子　嗯……商代之事，吾能言之；殷代之事，吾能言之，文献足故也。明代万户，乃后世之事，文献不足，吾何以能知？知之为知之，不知为不知，是知也。

列　侬　一块铜牌！（捡起）啊，首次登月的纪念牌！

耶　稣　（接过，念）“公元 1969 年 7 月，地球行星上的人类在此首次踏上月球。我们是代表人类和平来此。”哼！（欲扔铜牌）野蛮侵入！

列　侬　别扔！（夺过铜牌，放回原地）在这儿人类跨出了最伟大的一步。

耶　稣　可他们迫使嫦娥和狄安娜流离失所，无处安身，造成了月球的寂寞荒凉。

列　侬　月球本来就荒凉，这是上帝的责任，他从来没有对月球进行经济开发！

耶　稣　我实在告诉你，诋毁上帝是有罪的！

列　侬　上帝也应该允许对他的失职行为进行批评！

孔　子　好了，好了，二位莫要争吵！

耶　稣　他亵渎上帝，我不可不争！

列　侬　他歪曲事实，我不能不吵！

孔　子　二位息怒，君子应不疾言，正颜色，文质彬彬。

列　侬　你给评评理，究竟谁错？

孔　子　你亦是，彼亦是，都不错。

列　侬　那还有什么是非？

孔　子　这便是中庸之道。不偏不倚谓之中，不易不变谓之庸，此乃天下之正道，万物之定理。

列　侬　像你这样中庸，解决不了争端。你得说个明白！

孔　子　若是硬要问个是非，当然耶稣为是，而你为非。

列　侬　为什么？

孔　子　耶稣乃上帝之子，是为天子，是为人君。君君、臣臣、父父、子子。你我当然要听命于他。天下无不是的父母，也无不是的君王，故而耶稣永远是对的。况且耶稣还身为我们考察团之团长，你我更得服从于他。

列　侬　他怎么又成了团长？谁选他的？

孔　子　何用选？三人行，必有我师。师者其谁，非耶稣莫属。

列　侬　这可要弄个明白。耶稣是上帝之子，这是不得不承认的事实，是不用选举的。可考察团团长人人可当，非选不可！

孔　子　不选也可。

列　侬　不，非选不可！

孔　子　也罢，选又何妨。

耶　稣　不，绝不能选！

孔　子　不选？好，不选也罢。

列　侬　你怎么一会儿同意选，一会儿又反对？

孔　子　君叫臣死，臣不敢不死，耶稣说不选，就不选吧！

耶　稣　谁也不能怀疑和动摇我的权威，凡不敬畏我的，必受惩罚！

列　侬　你惩罚吧，拜拜！

孔　子　你要走?!

列　侬　退出考察团！

孔　子　列依先生，请慢，再请商量。（对耶稣）依我之见，选也无妨。（低声地）您投自己一票，我再投您一票，二与一之比，您定可选上。

耶　稣　好吧！

孔　子　列依先生，我们同意选举。

列　侬　早该如此！现在选举开始。

孔　子　以何种方式？

列　侬　举手表决。同意耶稣为考察团团长的请举手！

［孔子立即举手。

［耶稣先是不屑一顾，但一看只有孔子一人举手，估量了一下形势，也只得举起手，自己投自己一票。

［列侬笑了笑，出人意外地也举起了手。

［孔子、耶稣惊愕。

列　侬　好，全票通过，一致选举耶稣为考察团团长，请大家鼓掌！

［孔子、列侬鼓掌。

［耶稣见状，也随着鼓掌。

孔　子　未料到你也举手。

列　侬　我同意，当然举手。

孔　子　既然早就同意，何必选举，真乃多此一举。

列　侬　性质却不一样。不经选举，我是被迫地服从专制；经过选举，我是自愿地服从民主。

耶　稣　异教徒的言论！不论专制、民主，你们都要听从我、敬畏我、侍奉我！

孔　子　（毕恭毕敬地）团长大人，天色不早，请赶路吧！

耶　稣　好吧。远处那个蓝色的星球便是地球！

列　侬　（兴奋）哦，地球！

孔　子　人间！尚有多远？

列　侬　还有三十八万公里。

孔　子　几日可到？

耶　稣　还要四天四夜。

孔　子　丘离家已两千余年，归心似箭！

列　侬　我也恨不得马上飞到我的妻子、儿子身边。

耶　稣　我郑重地提醒你们，这次出使地球，是公差，不是度假，任何人都不得探亲访友，不得游山玩水，不得假公济私，公费旅行！

列　侬　难道周末也不能和家人团聚？

耶　稣　一律不准！

列　侬　违反人道，我抗议！

耶　稣　必须服从！

列　侬　给妻子打个电话也不行？

耶　稣　绝不允许，以防泄密。孔老先生，你能作出保证吗？

孔　子　我遵命。一、我妻亓官氏早已不在人间，我无须与之通话；二、电话为何物，我亦不知，万万不敢打也。

耶　稣　（对列侬）列侬先生呢？

列　侬　（勉强地）服从。快走吧！

耶　稣　慢，地球上有二百多个国家和地区，先去哪儿？

孔　子　悉听尊便。

列　依　应该讨论一下。

耶　稣　你说去哪儿?

列　依　在太空看地球，只能看到中国的万里长城，我建议去中国!

孔　子　去九州大地?

列　依　你的故乡。

孔　子　万万不可!

列　依　你不是归心似箭吗?

孔　子　但我近乡情更怯!

列　依　怕什么?

孔　子　几年之前，我国正在“批林批孔”。

列　依　“批林批孔”?

孔　子　“批孔”即批我也，我若此番前去，岂不自投罗网?!

耶　稣　孔老先生不必担心，中国那场灾难性的运动早已结束了。

孔　子　若是七八年再来一次呢?

耶　稣　据我所知，现在的中国领导极为开明，一再表示不搞运动。中国变化如此之大，可以前去考察。

孔　子　老夫心有余悸，还是谨慎为好。

耶　稣　那去哪里呢?

孔　子　嗯……我在天堂之时，与华盛顿先生过从甚密，他曾言到，美利坚合众国建国才二百余年，如今已一跃而为世界之最大强国，值得一去。

耶　稣　去美国?

孔　子　吾心甚向往之。吾在春秋之际，曾周游列国，唯独美国未曾去过，至今深以为憾。

列　依　我可不去美国!老子他妈的是在美国被人枪杀的，我可不愿再去挨第二颗枪子儿!

耶　稣　还是请示上帝吧。

［耶稣低头默祷，口中念念有词。

［此时上空有一飞行物飘过。

列　侬　上帝！

耶　稣　这么快上帝就来了？

孔　子　真是祭神如神在，请示上帝，上帝便翩然而至。

列　侬　好像不是上帝！

孔　子　是人，背负一行囊。

耶　稣　快躲开！

列　侬　等等，也许是上帝派来的！

耶　稣　万一不是，岂不泄密了？

列　侬　等等，再看一看！

孔　子　正向此处飘来！

列　侬　（兴奋地）好像是位小姐！

耶　稣　全身紧裹，你怎么看得出是男是女？

列　侬　凭直感。一定是小姐，准备热烈欢迎！

孔　子　莫要惹花拈草！

列　侬　交个朋友！

［达玲身背“载人机动装置”降落在月面。

列　侬　（热情地）哈罗！

达　玲　（一惊）谁?!

列　侬　啊，果然是位小姐，而且是一位美丽的小姐。

达　玲　你们……

列　侬　不必害怕，我们是……

达　玲　是人？你还有点像，可他们二位……好像在地球上没见过，哦，你们是外星人吧？

列　依　（大为高兴，摆脱了困境似的）哎哟，你太聪明了，对地球上的人来说，我们确是外星人。

达　玲　（惊喜地）真的？

列　依　外星人从不知道撒谎。

达　玲　我太幸运了，居然遇到了外星人，这可是轰动全世界的特大新闻，是一条价值几千万的新闻！哦，我叫达玲，是地球上的人。地球人是有性别的，我是女人。

列　依　我们外星人也有性别，我是男人。外星的男人特别性感。

达　玲　我感觉到了。

列　依　可以问你是干什么的吗？

达　玲　当然可以。我是宇航飞机上的航空小姐。我们在试验普通旅客在太空行走的可能性。今年我们航空公司要开办普通旅客太空旅行的业务，这是我们老板豪斯先生想出来的非常富有想象力又非常有利可图的计划。哦，我可以问你几个问题吗？

列　依　当然可以。不过，我们外星人有个规矩——

达　玲　什么规矩？

列　依　向外星人提问题，必须和外星人接吻。

耶　稣　什么？

孔　子　荒唐！

列　依　怎么样？

达　玲　我求之不得！

［达玲吻列依。

列　依　你准备问几个问题？

达　玲　四个。

列　依　那要吻四下，还有三吻！

达　玲　吻四百下也行！和外星人接吻，全世界妇女都会羡慕我！

列　依　那就让她们羡慕你吧！

［达玲又吻列侬三下。

列　依　哦，好多年没有和女人亲热过了！请提问吧！

达　玲　请问：一、你们来自什么星球？二、又打算到哪儿去？……

耶　稣　（连忙插上）无可奉告。

达　玲　无可奉告？哦，是不是你也需要吻一吻？

耶　稣　别过来，自从犹大吻过我之后，我再也不愿意给别人吻了。

达　玲　犹大？

列　依　外星人也有个叛徒叫犹大的。请把你的问题提完。

达　玲　三、你们能不能给我们航空公司的太空旅行业务做广告？四、你们能不能给我们的太空旅行当导游？

列　依　做广告？当导游？

达　玲　我们航空公司是金人国最大的航空公司，我们的老板豪斯先生也是金人国最富有的老板。他一定会给你们最丰厚的报酬。

列　依　金人国？

达　玲　这个国家遍地黄金，居民的皮肤也是金色的，所以叫金人国。这是世界上最富有、最自由、最幸福的国家。你们来给我们做太空旅游广告吧！啊，外星人做广告，绝妙的主意！

孔　子　荒唐！斯文扫地！

达　玲　这位老先生好像不高兴？让我们认识一下吧！（向孔子伸出手）您好！

孔　子　（掉过脸去）男女授受不亲！

达　玲　他说什么？

列　依　哦，他说他的手不轻，握着你要痛的！我们外星人力气都非常大。

达　玲　哦，你愿意到金人国来吗？来吧，我欢迎你！

列　依　单单是为了能见到你，我也要到金人国来！

达　玲　他们呢？

列　依　我是团长，他们听我的！

达　玲　你是团长？那太好了！我回机舱，开飞船来接你们。

耶　稣　小姐，请等等！

达　玲　什么事，先生？

耶　稣　我要郑重地告诉你：你今天在这儿所看到的一切都不能留存在你的脑子里。

达　玲　为什么？

耶　稣　我实话对你说了吧，你所看到的这一切都是不真实的存在，是幻影。

达　玲　幻影？

耶　稣　你相信上帝吗？

达　玲　我相信。

耶　稣　那你也应该相信我，忘掉你看到的一切，不对任何人说起，你要把我的话认作上帝的旨意，否则上帝将惩罚你！

达　玲　什么？我给搞糊涂了！

列　依　（轻声地）别理他，快开飞船来接我们！

达　玲　（半信半疑）你……你们一定要等我！

［达玲飘浮而去。

耶　稣　列依先生，假如你再这样勾搭女人、泄露天机，我将要禀告上帝，把你撤回去！

列　依　他妈的，我是男人，当然要勾搭女人。可我没泄露天机，你别想把我撤回去！

耶　稣　你必须立即作出保证，不再胡作非为，一切听我指挥，否则，我马上让你回到炼狱中去！

列　依　炼狱？那不死不活的地方！（无可奈何地）好吧，我听你的！

耶　稣　二位听好，迅速离开此地！

孔　子　前往何处？

列　依　金人国！

耶　稣　去跟那个金发女人幽会？

列　依　不，金人国是世界上最自由、最幸福、最富有的国家呀，值得一去！

耶　稣　孔老先生，你认为呢？

孔　子　何去何从，我全听您的。您叫我往东，我决不往西！

列　依　（恳求地）去金人国吧，我恳求您！

耶　稣　金人国……嗯，金人国有空调吗？

列　依　有，金人国什么都有！

耶　稣　那……去就去吧！不过一定要秘密入境，快走！

［孔子、耶稣飘浮离去。

［列侬远望方才达玲所去的方向，依依不舍，然后离去。

［宇宙飞船驶近的声音。降落在月球上。

［达玲从飞船舱内爬出。另一个宇航员也随出。

达　玲　咦，外星人呢？

宇航员　肯定是你的幻影！

达　玲　真是幻影？！

［达玲抖抖头，揉揉眼，大惑而不解。

——幕　落

三

金人国是个海洋国家，它和世界各国有着广泛的联系。我曾有幸访问过它的首都，感觉那是一个非常繁荣发达的现代都市，高楼林立，车水马龙。除了居民的面孔都是金色的这个相同点之外，人们的服饰、大街上的广告、奔驰的汽车、耸立的大楼则绝无雷同之处，五光十色，千姿百态。我只在这个城市住了短短的几天，印象当然是极为肤浅的，至于对它的深刻了解，还有待于耶稣一行三人的深入考察。我预祝他们考察顺利！

这是金人国首都大享乐饭店的一楼大厅，金碧辉煌。这儿正在举行“吉尼斯世界之最博览会”，主持人为该市市长、航空公司老板、亿万富翁豪斯先生。此公金光闪闪、脑满肠肥，也是一个“世界之最”——世界大嘴冠军，他的嘴大得可以吞没一切。此刻他正在接待世界各大通讯社、电视台和电台的记者。这些记者肤色各异。

记者甲 我是美洲“信不信由你”通讯社记者。请问豪斯先生，您这次主持的“吉尼斯世界之最博览会”一共举行几天？

豪　斯 既然是“吉尼斯世界之最博览会”，那么与该会有关的一切都应该是世界之最。因此这次博览会也应该办成世界上有史以来最长的一次博览会。

记者甲 那预计开几天？

豪　斯 （嗤笑）几天？

记者甲 几个月？

［豪斯不屑一答地摇摇头。

记者甲 难道要开几年？！

豪　斯 几年？不，只要我还活在这个世界上，它就会一直举办下去。请各位先生注意，我今年才三十八岁！

［众记者惊呼、议论。

记者乙 我是欧洲“吹不吹由我”电台的记者。请问“世界之最博览会”有哪些最最珍奇的博览品？

豪　斯 最最珍奇的博览品分人和物两种。人，有世界最高的人，身长两米九八的法国巴尔特先生；有世界最矮的人，身长只有四十厘米的美国曼西小姐；有世界最能耐饥，绝食二百八十六天还活着的印度的瑜伽大师乔陀；有连喝一百九十七瓶啤酒，不但毫无醉意而且也不小便的英国哈顿男爵。

［众记者大笑。

豪　斯　哦，诸位，又来了一位世界之最！

［电影演员珍妮上。记者纷纷拍照。

珍　妮　哈罗！

豪　斯　珍妮，欢迎你的到来！你是我最最珍贵的收藏品之一。

珍　妮　豪斯先生，我非常荣幸地告诉您，您必须再一次修改我的世界纪录，我昨天又离婚了！

豪　斯　太妙了！我祝贺你！为了你再一次刷新你所保持的世界纪录，我决定赠送你一架豪华型的“天堂号”私人专机，这是我们公司特地为太空旅游制造的！

珍　妮　谢谢！您的慷慨和您的想象力一样令人惊喜！

豪　斯　先请休息。

侍　者　（走过来对珍妮）请，三百九十一楼，391884号房间。

［侍者领珍妮走进电梯，离去。

众记者　刚才这位女士是……

豪　斯　伟大的演员！

众记者　伟大的演员？

豪　斯　她的伟大之处并不仅仅在于在银幕和舞台上所扮演的角色，而是更在于在生活中所演出的戏剧。她是世界多婚纪录的创造者。她今年芳龄……哦，请允许我为她的年龄保密。她迄今为止已经结婚一百五十六次，婚后和丈夫共同生活的时间长则半年，最短的只有二十七分钟，正好是从教堂出来赶到法院门口的时间！

［众记者欢呼、轰动、惊叹不已。

［两名警官押着汉森上。汉森戴着手铐。

［众记者纷纷拍照。

警　官　市长先生，带来了！

豪　斯　辛苦了！

侍　者　（过来迎接）请，六百三十四楼，634991号房间。

［侍者领警官和汉森走进电梯，离去。

众记者　（纷纷发问）怎么回事？怎么回事？

豪　斯　刚才这位是汉森先生，誉满全球的罪犯。他先后杀死一百零七人，强奸妇女二百四十二人，因为他所在的州废除了死刑，所以法院判决他有期徒刑八百五十年！

众记者　八百五十年？八个半世纪！

豪　斯　这是有史以来有期徒刑的世界最高纪录，又一个世界之最！

记者丙　监狱怎么会放他出来？

豪　斯　买的。

记者丙　如此罪大恶极的犯人也可以买？

豪　斯　（拿出金袋掂量、摆弄着，完全是一副财大气粗的样子）在我们金人国，只要有这个，有钱，没有办不到的事。有钱连上帝也可以买通！

记者甲　买通上帝？

豪　斯　对，我真想用这袋金币，让上帝卖几个天堂之最给我！

众记者　啊，您的想象力也是世界之最！

豪　斯　诸位先生，请随我再去看看我收藏的物的珍宝，比如纯金的抽水马桶、印成钞票一样的大便纸等等。请。

［众记者议论着，惊叹着，随豪斯走进电梯，离去。

［孔子、耶稣、列侬风尘仆仆，走进饭店大厅。

耶　稣　住这儿？

列　侬　大享乐饭店，十星级的，金人国内最豪华的一家。

［列侬和耶稣走向总服务台，孔子留在原地好奇地东张西望。

总　管　欢迎，你们好！

列　侬　你好！有没有最最上等的房间？

总　管　有，总统套房。

列　侬　还有比这更好的吗？

总　管　先生，这是最最豪华的了，就是上帝来住也会满意的。

列　侬　（脱口而出）哦？这位就是上帝的儿子！

［耶稣立即示意列侬说话要小心。

总　管　上帝的儿子？

列　侬　（机敏地）我们都是上帝的儿子。好吧，就要总统套房。

总　管　（拿出登记表）请登记。

［列侬填写登记表，总管和耶稣搭讪。

总　管　先生，您好！

耶　稣　愿你们平安！

总　管　第一次来金人国？

耶　稣　我从未到过你们外邦人的地区。

总　管　旅游？

耶　稣　（脱口而出）传播福音。

总　管　哦，牧师先生。

耶　稣　（顺水推舟地）对，我是牧师。

总　管　没带行李？

耶　稣　《马太福音》第十章说："出门不要带行李，也不要带鞋子和手杖。"

列　依　我们每到一地都买新的，一离开就扔掉。随身带行李，我们嫌麻烦。

总　管　哦，行李都扔了！

列　依　（递过登记表）对。给。

总　管　（接看）谢谢！哦，您……叶先生？

列　依　不，（指耶稣）他是叶先生，我叫披头，（指远处的孔子）殷先生在那儿。

总　管　能出示你们的护照吗？

列　依　护照？哦，他妈的，我们大概把护照也和行李一块儿扔了，有关系吗？

总　管　哦，没关系！金人国是个民主的海洋国家，可以自由出入境。钱，就是护照。只要有钱，到处都通行无阻。顺便问一下，披头先生，你们大概不会把钱和行李也一块儿扔掉吧？

列　依　把钱扔掉？倒有可能，不过只会扔到你们的口袋里！

总　管　谢谢了！请，九百六十四楼。

［列依和耶稣离开总服务台。

列　依　你带钱了吗？

耶　稣　我带什么钱？你带了？

列　依　我离开天堂之前恰恰把这件重要的事给忘了，当时应该向上帝申请一笔考察经费。

耶　稣　不，不应该带钱。

列　依　为什么？

耶　稣　我第一次到人间的时候，就对我的十二个使徒说过，钱袋里不要带金、银、铜币。

列　依　不带钱怎么生活？

耶　稣　我对他们说，你们每到一个市镇或乡村时，先打听那里有谁愿意接待你们的，就住在他家里，直到你们离开那地方。你们进了一家就说：“愿你们平安。”如果这家人欢迎你们，你们为他们求的平安就会降临到这家。如果他们不欢迎你们，就收回你们的祝福。那不欢迎你们的，在最后审判的日子里，将会受到比索多玛和蛾摩拉更惨重的惩罚。

列　依　可如今不是在您当年的加利利、腓尼基和约旦河，这是在金人国，没有钱寸步难行！

［列依和耶稣走向孔子。

列　依　殷先生，哦，从今日起叫你殷先生了。

孔　子　也罢，予始殷人也，姓殷亦未尝不可。

列　依　你带钱了吗？

孔　子　君子喻于义，小人喻于利，君子羞于谈钱。

列　依　没钱，我们这些穷光蛋怎么住总统套房？

孔　子　穷？君子固穷，小人穷则滥矣！

列　依　咳，跟你们这二位一中一外、一东一西的老古董在一起，我算倒了霉了！

耶　稣　先住下，我们是上帝的使者，他们怎么敢收上帝的钱?!

列　依　只怕他们认钱不认人。在这儿，金钱的砝码比上帝的砝码重多了。

［列依等三人来到电梯旁。

［列依按电钮，电梯门开。

列　依　请！

孔　子　（看了看电梯里边，迟疑地）何其狭小乃尔！太小也，太小也！

列　依　这还小？可容纳十五人。

孔　子　如此陋室，仅能容膝，岂可睡卧一十五人？虽然君子食无求饱，居无求安，可此处既无床榻，又无枕席，难道要让你我三人今夜挂在墙上不成？

耶　稣　狐狸有洞，飞鸟有窝，怎么上帝之子连个放枕头的地方也没有？

列　侬　咳，这不是房间，这是电梯！

孔　子　不许胡说！既是电梯，怎无阶？无阶又怎能拾级而上？又如何沿阶趋进，翼如也？

列　侬　你就别那么咬文嚼字了！电梯是没有台阶的，快进去吧！

［孔子正在犹豫不决时，一个拄着拐杖的老头儿走进电梯，随即门也合上了。电梯上升。

［孔子和耶稣望着电梯门上的数字指示灯，一闪一灭，很感兴趣。

［电梯又下降，降至底层大厅。门打开，走出一个时髦女郎，边走边照镜子。孔子吓了一跳。妙龄女子翩然离去。

孔　子　（问耶稣）怪哉，怪哉！方才明明是一位拄杖老人走了进去，如今怎会变成一位妙龄女子？

耶　稣　不可思议！

孔　子　倘若你我进去，岂不也要变男为女了？不可，不可！

列　侬　咳，那个糟老头儿是上去了，这个扭屁股的漂亮妞儿是刚下来的，不是一个人变的。快进去吧！

［列侬边说边走进电梯。

［孔子、耶稣仍有些犹豫。

列　侬　（突然大叫）等等！

［孔子、耶稣一惊。

列　侬　（从电梯内的角落里捡起一袋金币）啊，一袋金币！

孔　子　金币?!

列　侬　（兴奋地走出电梯）对，金币，你们看，这么多！我们有钱住总统套房了！

孔　子　且慢！富与贵，是人之所欲也，不以其道得之，不处也。这是不义之财，万万不可得！

列　侬　什么他妈的不义之财？这袋金币是上帝显现的神迹，是上帝给我们送来的。不信可以问耶……叶先生！

耶　稣　我实话告诉你，我并没有祈求上帝的帮助，这袋金币是别人失落的。

列　侬　管它是谁的，用了再说！

孔　子　不，拾金不昧，是为美德。

列　侬　迂腐！

耶　稣　摩西也告诫我们，不可贪恋别人的房屋、妻子、奴仆、牛羊以及其他一切所有，包括金钱。

列　侬　咳，没见过你们这样的……（低声地诅咒）老笨蛋！

耶　稣　拿来！

列　侬　不！

耶　稣　我再一次正告你，拿来！

列　侬　不！

孔　子　依我之见，可以如此……

耶　稣　请说！

孔　子　拿一半，还一半。

耶　稣　什么？

孔　子　一半归还失主，一半占为己有。

耶　稣　这种事不好折中。

孔　子　你要还人，他要留下，只能如此。

耶　稣　不行，一定要还给失主，拿来！

列　侬　（将一袋金币扔给耶稣）好吧，看你拿什么付房钱，拿什么吃饭！

孔　子　（自我安慰）咳，君子谋道不谋食……

耶　稣　我们等候先主！

［豪斯和众记者从上面乘电梯下来，电梯门打开后，他们走出电梯。

记者甲　真是大开眼界，有那么丰富和奇特的收藏！

记者乙　豪斯先生，人世间的奇人异物，您已经应有尽有了，您真的应该将收藏的兴趣转向天堂！

［众记者附和着。

豪　斯　我是有这个打算，我有足够的金钱。（摸口袋）咦？我的一袋金币呢？

列　侬　（在一旁）金币！

记者乙　豪斯先生，您的金币掉了？

豪　斯　（立即稳定情绪，轻描淡写地）大概是吧。

记者丙　有多少金币？

豪　斯　多倒不多，不过其中有五枚是埃及法老用过的，是世界上绝无仅有的五枚，还有四枚是英国女王祖传的。

列　侬　（惊呼）啊?!

记者甲　这都是无价之宝！

豪　斯　瑞士银行估算过，说这袋金币可以购买一个法国，再加上南美一个小国。

众记者　（大惊失色，议论纷纷）啊！

记者甲　那得赶快通知国际警察总署，派特种部队前来寻找呀！

豪　斯　不必了。这袋金币不过是我出门随身携带的一种装饰，就像有人喜欢戴耳环、挂项链一样。我喜欢手提着金币，抚摸着金币，这样我才感到充实，感到安全，感到我的存在，感到生命的意义。哦，丢掉就丢掉吧！

［众记者四周搜索，分头寻找。

豪　斯　诸位先生，别找了，早就给人捡去了。在我们金人国，捡到金币是不可能归还失主的。

耶　稣　（走上前去）先生，也许会有例外。

豪　斯　哦，您……

列　侬　他是位牧师。

耶　稣　您失落了一袋金币？

豪　斯　这已经成为今天全世界的头条新闻，世界各大通讯社正在发稿，十分钟之后，全世界都会知道。

耶　稣　（出示那袋金币）是这袋金币吗？

豪　斯　（漠然地）对。你捡到了？

耶　稣　是他……

列　侬　我，披头先生捡到的。

豪　斯　那……你们打算……

耶　稣　还给您。

豪　斯　什么代价？

耶　稣　一声普普通通的“谢谢”。

豪　斯　不可能！

耶　稣　给！

豪　斯　（接过一袋金币，翻看）哦？一枚也没少。谢谢！

耶　稣　没什么。再见！

豪　斯　等等！

耶　稣　您已经谢过了。

豪　斯　不可思议！

耶　稣　什么？

豪　斯　在我们金人国，捡到失物归还失主，这是极不正常的行为。

我怀疑……

耶　稣　怀疑什么?

豪　斯　怀疑你们疯了!

耶　稣　什么?我们疯了?!

豪　斯　你们和我们金人国人的正常行为完全相反!

耶　稣　什么是贵国人的正常行为?

豪　斯　请随我来!

［金人国的广场。有喷水池和过往行人。

［孔子、耶稣、列侬、众记者随豪斯来到广场。

豪　斯　请你们看一看金人国里的正常行为。

［广场上有一对父子不期而遇。父亲五十岁,儿子二十三岁。两人都衣冠楚楚,文质彬彬。

儿　子　(亲热地)爸爸!

父　亲　(喜出望外)哈里,是你?!

［父子二人拥抱。

父　亲　亲爱的,什么时候回来的?

儿　子　刚下飞机。

父　亲　为什么不挂个电话回家,让我去接你?

儿　子　为了让你和妈妈喜出望外!

父　亲　我们太想你了,哈里!

儿　子　我也是。

父　亲　到广场来干吗?

儿　子　等我的女朋友达玲,她是个宇航飞机上的航空小姐,我要带她一同回家!

父　亲　达玲?好呀,又有女朋友了!

［父子俩继续在广场上亲切地交谈着。

豪　斯　这是我们金人国很普通的一对父子。

孔　子　父慈子孝，其乐融融！

耶　稣　好像没什么不正常。

列　侬　也许好戏在后头。

豪　斯　（从袋中取出一枚金币）请看！

［豪斯将这枚金币扔到父子二人中间。

［父子二人听到金币落地的响声。

父　亲　什么？你看！

［儿子俯身去看。

儿　子　金币！

父　亲　金币？

儿　子　（捡起）啊，一枚古金币！

父　亲　（从儿子手中拿过金币）是古金币。

儿　子　要值多少钱？

父　亲　无价之宝！

儿　子　啊，太幸运了！

父　亲　哈里，祝贺我吧。

儿　子　祝贺你？

父　亲　对，你爸爸要成为大富翁了！

儿　子　爸爸，是我捡到的！金币应该属于我！

父　亲　你别忘了，是我先看到的！应该属于我！

儿　子　你看到可没捡起来呀！

父　亲　没有我看到，你能捡起来吗？

儿　子　谁捡起来算谁的！

父　亲　谁看到算谁的！

儿　子　我的！

父　亲　你的？那怎么会在我手里？

儿　子　你抢过去的！

父　亲　你胡说！谁证明？

儿　子　给我！他妈的！

父　亲　休想！你这小子！

儿　子　那就别怪我不客气了！

父　亲　哈里，你敢?！我宰了你！

［父子二人争夺金币，大打出手，最后儿子掏出匕首，刺中父亲，夺得金币。父亲掏出手枪，击中儿子。儿子将手中金币抛向远处，众记者随金币抛去的方向争先恐后地跑去。父与子倒地身亡。

［警察过来将父与子的尸体拖走。

豪　斯　葬到烈士陵园去。

列　侬　葬到烈士陵园？我他妈的给搞糊涂了，父子互相残杀，竟然成了烈士？

孔　子　春秋之际，卫国太子蒯聩与他的儿子辄争夺君位，也曾兵戎相见。没想到千载之后，金人国也有此事。世风日下矣！

耶　稣　摩西说："不可杀人！"父子相杀，灵魂永不得救！

豪　斯　还是救救你们自己吧！

列　侬　你这是什么意思？

豪　斯　在我们金人国，见钱就抢，不惜流血，即使父子，也要拼命，这才是正常的、勇敢的、值得尊敬的。可你们却拾金不昧，这是懦弱，这是虚伪，这是犯罪！

耶　稣　什么？犯罪？

豪　斯　你们拾金不昧，便是不承认金钱的权威，便是反对我们对金钱的崇拜，便是散布对金钱的仇恨，便是破坏我们金人国一切以金钱为价值标准的正常秩序！这在金人国是最最严重的违法行为，是要严加惩处的！

耶　稣　啊?!

列　侬　严加惩处?!

豪　斯　如果你们是疯子，就把你们关进疯人院；如果你们是为了破坏我们对金钱崇拜的正常秩序，那就把你们关进监狱。

列　侬　我抗议！

豪　斯　我是金人国首都的市长，也是全国最富有的市长，因而也最有权力来处置你们。来人呀！

［过来六个警察，拘押孔子、耶稣、列侬。

豪　斯　先在广场示众三天！

列　侬　我要找个律师！

耶　稣　我要禀告上帝！

孔　子　咳，听天由命！

［众记者簇拥着达玲上。记者们争先恐后地向达玲发问。

记者甲　达玲小姐，请讲讲您是怎么捡到这枚金币的?

达　玲　是它飞过来的，正好掉在我的帽檐儿里，过了一会儿我才发现。

记者乙　请问，您到广场来有事吗?

达　玲　和我的男朋友哈里约会，他刚从外地来。

豪　斯　达玲！

达　玲　哦，豪斯先生！

豪　斯　哈里是你的男朋友?

达　玲　你嫉妒吗?

豪　斯　他死了。

达　玲　什么？又死了？我已经死了六个男朋友，两个因为争风吃醋，两个因为吸毒，还有两个患上了艾滋病。哈里是怎么死的?

豪　斯　他和他的父亲为了争夺如今已属于你的这枚金币。

达　玲　哦，那太勇敢了！为了金钱而不惜生命，这才是我们金人国真正的男子汉！

豪　斯　为此，我们将追认他们父子为烈士！

达　玲　他们死得其所，重于泰山！哦，市长先生，又抓人示众了？

豪　斯　三个外国人！

达　玲　（走过去审视）啊，是他们?!

列　侬　（对达玲挤眉弄眼）达玲！

达　玲　（连忙过去吻列侬）啊，亲爱的，是你们！

豪　斯　你认识他们？

［达玲向豪斯耳语。

豪　斯　（大为惊喜）真的？

达　玲　是真的！

豪　斯　哦?!

达　玲　当时我以为是幻影，以为是我的错觉。

豪　斯　这次会不会又是错觉？

［达玲又走到耶稣面前，欲吻耶稣。耶稣侧过脸去。

［达玲再走到孔子身边，伸出手，孔子连忙摇头不停。

达　玲　错不了，是他们！他说他给犹大吻过，再也不愿和别人接吻了。而这位老头手劲很大，从不与人握手，怕把别人握痛了。

豪　斯　啊，外星人！

达　玲　他们是为我们公司的太空旅游做广告、当导游的最佳人选！

豪　斯　（对警察）立即松绑！请三位外星人到我办公室去，哦，不，送到我家去。

警　官　（对耶稣等）请，那边上车！

［豪斯家中的客厅。

[客厅无比的豪华。天花板上吊着缀满钻石的枝形灯，四面墙上贴着高面值的钞票，柱子、窗框都是纯金的。地毯上铺满了金砖、银砖、珍珠、宝石。室内还有超大屏幕的立体彩色电视机，功率巨大的电唱音响设备，新式的摄像机、录像机，传真电话，五门的电冰箱，造型别致的空调机，精美的餐具、茶具，最流行的时装，人间一切高档的物质用品应有尽有。与其说这是客厅，不如说是珍宝储藏室或展览室。室内几乎已没有空间。物质的东西成了主宰，人相形之下显得渺小、可怜、多余。

[机器人女仆玛丽送来一瓶香槟，放在沙发前的小桌上。

玛　丽　你们好！

众物件　玛丽小姐，您好！

[玛丽离去。以下是各物件之间的对话。各种物件的外形是拟人化的，它们的对话和动作也都是夸张的。

电视机　香槟小姐，豪斯先生要来客人？

香槟酒　是的，所以才用我来待客。

录音机　谁来？

香槟酒　达玲小姐和一个漂亮的外星人。

电视机　香槟小姐，那今天是你……

香槟酒　我知道，今天是我生命的最后一天了！

录音机　咳……可你今天特别的漂亮。头戴金色小帽，身披红色缎带，腰缠绿色的围裙，真是容光焕发、无与伦比！

香槟酒　可一旦把我的血液喝光，那我只剩下一个漂亮的躯壳，往垃圾箱一扔，跌得粉身碎骨，这便是我最后的下场。

录音机　咳，年纪轻轻的，就这样结束了生命……

香槟酒　我们的姐妹都是这种命运……

电视机 咳，女士们，先生们！香槟小姐马上就要离开我们了，我建议，我们就在这儿，先为她开个追悼会，给她送行。

录音机 好，我们同意。

电视机 全体肃立。默哀。奏哀乐。

［所有物品都“站”了起来，挺直“身子”，低着“头”。

［录音机在放着哀乐。

录音机 现在请彩色立体电视机先生致悼词。

电视机 女士们，先生们，我怀着极为沉痛的心情，悼念即将离开我们的香槟小姐。香槟小姐原籍法国，血统纯正，性格温柔，品质高尚，誉满全球，深得世界人民特别是女士、小姐们的喜爱。不幸的是，她将于今日下午在她的主人豪斯先生的客厅里度过她洁白的一生，离我们而去，终年二十岁。愿她的灵魂得到安息，阿门！

香槟酒 谢谢，我非常感动，感谢你们对我的友情和悼念。你们越是如此爱我，我越是感到永别之前的痛苦。

录音机 香槟小姐，你不必痛苦，与我们相比你还是物尽其用、死得其所的。

电视机 对，你看看我们吧，被豪斯先生买来之后，从来没使用过。

电风扇 我们也一样，豪斯先生只知道买，从来不发挥我们的作用。

电冰箱 豪斯先生每年都要买几台世界上最新式的冰箱，可里面从不冷藏东西。（把冰箱门打开）请大家看看，空空的。

录音机 我还是今天为香槟小姐放哀乐才派上了用场，再不用，磁头、音箱都要坏了。

电视机 我肚子里的零件也快生锈了！

摄像机 我的镜头早就老化了。

录像机 昨天居然有不少蚂蚁爬进了我的放像口。

电　话　我也寂寞死了，至今从来没有人对我说过一句话。

香槟酒　真不知豪斯先生为什么要买这么些东西。

打字机　他有钱，钱逼使他买。

电　脑　他的目的就是买，买、买、买，买成为一切。就像他拼命挣钱一样，挣钱成了目的。所以钱越多越要挣，一天不挣他就惶恐不安。

电视机　只买不用，那我们还有什么存在价值呢？

电　脑　真正失去存在价值的是豪斯先生。他已经不是我们的主人，他成了我们的奴隶。好像他变成了物，我们这些物倒变成了可以主宰他的人！

电视机　想想豪斯先生倒也可怜，他拼命挣钱，但没时间没精力玩乐，生活紧张得使他喘不过气来。他如今有高血压、神经衰弱、糖尿病，还有心脏病！

电　脑　根据我的计算，豪斯先生将不久于人世了！

众物件　什么？豪斯先生要死了？

电　脑　攫取金钱的紧张和获得金钱之后的兴奋，都对他的心脏不利。

电视机　那我们也应该提前为他开个追悼会。

众物件　对，对。

电　脑　不，还是开个庆祝会吧！

众物件　开庆祝会？

电　脑　豪斯先生太可怜了，应该让他在死前欢快一下，然后高高兴兴地离开人世。

录音机　那怎么庆祝？

电　脑　大家各显其能，尽情地歌舞，像开联欢会一样，庆祝豪斯先生的即将逝世！

众物件　（高兴地）好，好！

电　脑　还是请电视机先生主持。

电视机　女士们，先生们！我们怀着极其兴奋的心情，庆祝豪斯先生的即将去世。豪斯先生是金人国的亿万富翁，他为金钱而生，他为金钱而死。他的去世，对金钱来说是一个巨大损失，对先生本人而言，则是一大解脱。因为先生生前终年为钱奔忙，以致积劳成疾，百病缠身，而今溘然去世，病痛解除，得以安息。为此我们特举行联欢大会，高歌狂舞以示庆祝。开始！

[一声令下，各物件尽情地发挥自己的功能。电视机播放歌舞节目，录音机大唱流行歌曲，电扇疯狂转动，空调嗡嗡作响，电话铃声不断，照相机灯光闪烁，各种物件狂跳不停。

[机器人玛丽进来。

玛　丽　女士们，先生们，请安静！

[众物件立即鸦雀无声，恢复原状，只是电扇由于惯性作用，还在转动。

玛　丽　客人来了！

[达玲和列侬上。

达　玲　请进！让豪斯先生陪那两位老头，我来陪你。

列　侬　万分荣幸！

达　玲　请坐！

[玛丽给达玲和列侬斟酒。

列　侬　（死盯着玛丽，被她的美丽所吸引）啊，在天堂也见不到这样的美人！

玛　丽　谢谢！

列　侬　我叫披头。

玛　丽　我叫玛丽。

列　侬　很高兴能认识你！

玛　丽　我也是。

达　玲　（生气地）下去！

玛　丽　是，小姐。

［玛丽离去。

［列依仍然盯着玛丽离去的方向张望。

达　玲　你还在看什么？

列　依　（支吾）哦……我在看房间，怎么放这么多东西？

达　玲　这是豪斯先生的癖好，每个房间都要塞满东西，这样他就觉得自己生活得很充实。（举起酒杯）来，祝你健康，并祝我们的合作成功！

［达玲和列依碰杯。

列　依　不不不，还没同意合作哩！

达　玲　只要你同意，我们就先跟你合作。

列　依　可我得听耶……听那位牧师先生的。

达　玲　别管他。你先干起来，太空导游，三年合同，年薪一千万，怎么样？

列　依　一千万？太棒了！哦，不行！牧师先生不会同意的。

达　玲　你干吗那么听他的？你应该听我的嘛，亲爱的！（掏出十万元）这是十万元，你先拿着，是我送你的！

［达玲边说边往列依身边靠近，并将十万元塞进列依袋中。

列　依　美人儿，不行呀！

达　玲　（抚摸列依的脸，作媚态）拿着！有什么不行嘛！别听那个牧师老头的嘛，嗯？

列　依　（有点晕晕然）不听他的不行呀，他会禀告上帝，把我撤回天堂的。（突然悟到失言）啊?!

达　玲　什么？你说什么？什么天堂？

列　侬　我……

达　玲　（发嗲）你说呀！

列　侬　哦，没什么！

达　玲　不，一定有什么！（不停地吻列侬）亲爱的，我要你说嘛！

列　侬　可你千万千万不能对别人说！

达　玲　好，我一定不说。

列　侬　你知道我们是谁？

达　玲　外星人。

列　侬　不，我们是天堂的使者，是上帝派出的考察团。

达　玲　真的？

列　侬　我是1980年去世的约翰·列侬，披头士歌手。

达　玲　哦?! 约翰·列侬？怪不得脸好熟，我是你的歌迷。我太崇拜你了！还有那两位呢？

列　侬　年纪最老的是中国的孔子。

达　玲　怪不得那么封建，连跟我握手都不愿意。

列　侬　你知道那个牧师先生是谁？

达　玲　好像认识，又好像不认识。

列　侬　你千万要保密！哦，这个我不能说！

达　玲　（又吻列侬）我决不说出去嘛，你快说呀！

列　侬　他是上帝之子！

达　玲　上帝之子？

列　侬　耶稣！

达　玲　什么？耶稣?!

列　侬　真的！

达　玲　耶稣到人间来了？难以置信？

列　侬　你不信？

达　玲　17世纪在波斯、巴勒斯坦、法国、西班牙都有基督再次降临人间的谣传。1648年，土耳其的伊滋密尔市人舍卜泰·济菲也宣称自己是上帝派来的救世主，欺骗了好多人。外星人多次来到过地球，人们已经相信这是事实。可你说耶稣重返人间，这就需要证明了！

列　侬　难道我会骗你？我已经爱上你了，才跟你说实话的。

达　玲　你的爱情需要证明，牧师先生是否是耶稣更需要证明！

列　侬　我无法拿出证明，离开天堂的时候，上帝没给我们开介绍信，也没发身份证。

达　玲　等等，我想起了，《吉尼斯画报》上有耶稣像。这是英国版画家胡普根据在都灵发现的耶稣裹尸布上的面部痕迹，经过八年研究，并借助电子计算机绘制而成的，这是迄今为止最最真实的耶稣肖像。

［达玲取出《吉尼斯画报》，翻开耶稣像，仔细观看。

达　玲　啊，他是耶稣，是耶稣！你瞧，牧师先生和这张复制的耶稣像一模一样！亲爱的，（狂吻列侬）你可知道你提供的这一消息有多么巨大的价值?！豪斯先生知道之后，他会如何激动和兴奋！他一定会重新制订一项去天堂旅游的计划。要是由耶稣和你们来当天堂的导游，你想想，那会吸引全世界多少旅客，那豪斯先生的航空公司的年利润必将是天文数字了！哎呀，太令人激动了！我要……

［达玲拿起《吉尼斯画报》，站起欲走。

列　侬　你要干什么？

达　玲　哦，亲爱的，我……我一会儿就来，一会儿就来！

列　侬　你可不能说出去！

达　玲　哦，不会的！玛丽！

［玛丽进来。

达　玲　给我好好陪陪列侬先生！

玛　丽　是！

［达玲匆匆离去。

［列侬站起，欲追达玲。

玛　丽　（用手勾着列侬的头）别着急，主人叫我好好陪陪你。亲爱的，你不想吻吻我吗？

［列侬已被勾魂，与玛丽接吻。

玛　丽　你喜欢我吗？

列　侬　喜欢，因为你美。你喜欢我吗？

玛　丽　喜欢，因为你性感。哦，亲爱的，你能带我离开这儿吗？

列　侬　你不愿意待在这儿？

玛　丽　我愿意跟你在一起！

列　侬　这儿非常富裕。

玛　丽　可我感到空虚。

列　侬　主人待你不好？

玛　丽　豪斯先生不是人，是机器，是挣钱的机器。

列　侬　你不满意他？

玛　丽　我需要感情，哪怕是主人对仆人的感情，可他没有。他是一块冰，一块铁，一堆零件。

列　侬　你要跟我到哪里去？

玛　丽　你不是外星人吗？带我到别的星球上去。

列　侬　我不是外星人，我是已经不存在的人。

玛　丽　不存在的人？

列　侬　对，已经活完了的人。

玛　丽　我不懂。

列　依　我是从天堂里下来的上帝的使者。

玛　丽　真的？

列　依　真的。

玛　丽　那你带我到天堂去。

列　依　天堂里的人已经够多的了。

玛　丽　没关系，我不是真正的人。

列　依　什么？

玛　丽　我是机器人。

列　依　机器人？

玛　丽　我是有感情的机器人，而金人国里不需要感情。

列　依　你真的是机器人？

玛　丽　（解开外衣露出电路和仪表）你看！

列　依　啊！

玛　丽　带我走吧，我求求你，带我到有感情的地方去！

［豪斯、达玲、孔子、耶稣上。

豪　斯　列依先生，我非常感谢您提供的这轰动世界的珍贵消息，同时也特别感谢您的合作。请劝劝这二位，和我的航空公司携起手来，共同开创天堂之行的伟大旅游事业！

列　依　（对达玲）你说了！

达　玲　为此豪斯先生赏了我两千万，一半应该是你的。

豪　斯　列依先生，劝劝他们吧。假如你们不愿意合作，那我只好将你们作为我的世界之最的收藏，送到世界各地去展览，这样做，我虽然也同样能有极为可观的收入，不过你们却要受累多了，哪有当天堂之行的导游来得舒服？

耶　稣　你为何对天堂之行这么感兴趣？

豪　斯　除了经济上的利益之外，我本人也想到天堂一游，今后能成为天堂的子民。

耶　稣　你也想成为天国的子民？

豪　斯　谁都想死后能让灵魂升入天国。

耶　稣　可你必须遵守诫命。

豪　斯　哪些诫命？

耶　稣　不可杀人；不可奸淫；不可偷窃；不可做假证；要孝敬父母；要爱邻人，像爱自己一样。

豪　斯　我都愿意遵守。

耶　稣　还有更重要的，去卖掉你所有的产业，把钱捐给穷人，这样你就会有财富积存在天上，然后你才可以跟从我，前往天国。

豪　斯　卖掉产业，捐给穷人？

耶　稣　必须如此！

豪　斯　坚决不行！

耶　稣　所以我要说，有钱人要成为天国的子民，比骆驼穿过针眼还要困难。

豪　斯　别噜苏了，我劝你们还是答应了吧！

达　玲　还是答应了吧！

玛　丽　（突然挺身而出）千万别答应！他们会把天堂变成第二个金人国，变成一个冷漠无情的金钱仓库！

豪　斯　你这个臭机器人，住嘴！

达　玲　你这个烂货！

［达玲一把拽过玛丽，拉开她的衣襟，扯断电路，拆毁仪表，与此同时玛丽身上发出一种尖利刺耳的金属断裂声，不一会儿玛丽倒下，“死”了。

列　侬　（大叫）玛丽！（逼近达玲和豪斯）刽子手！连机器人也要屠杀！

［突然，哀乐声起，录音机转动起来。电视机也自动打开，屏

幕上映出开追悼会的场面，接着所有的物件都狂舞抖动，像爆发起义一般。

电视机 （在哀乐声中致悼词）女士们，先生们，我们在此沉痛地哀悼机器人玛丽小姐的不幸去世，并强烈抗议豪斯先生和达玲女士的残暴行为……

［豪斯大惊失色，突然捂住胸口。

耶　稣 看哪，主要降灾给这有罪的人了！

豪　斯 （一声惨叫）啊！

［豪斯倒地身亡。

——**幕　落**

四

由于豪斯的暴卒，耶稣、孔子、列侬得以脱险，离开了金人国，又来到了紫人国。紫人国里不但居民的皮肤是紫色的，其他所有的一切也都是紫色的，紫天、紫地、紫山、紫水、紫色的房屋、紫色的服装、紫色的食品、紫色的用具，这是一个紫色的世界！不但颜色是紫的、统一的，服装的式样、房屋的外观、街道的形状、用具的规格甚至每个居民的思想、行为也都是统一的。最伟大的是性别也是统一的，不分男女。一踏上紫人国的领土，你就深感这个国家的统治者治国有方、驭民有术，敬佩之情不觉油然而生。

两个佩戴女皇像章、身着紫色军服的士兵在用紫色油漆刷厕所的外墙。

一个军官走过，他同样穿的是紫色军服，佩戴女皇像章，但军官的像章比士兵的略大。

军　官 女皇万岁！

二士兵 万万岁！

军　官　快一点！把所有褪色的地方都漆好，要让全国上下一片紫。

士兵甲　是，长官！

军　官　多漆几遍，要保证永不褪色！

士兵甲　是，长官！

军　官　这厕所什么时候可以漆好？

士兵甲　快了！

军　官　还有半小时，女皇就要小便了！

士兵甲　半小时之内，一定漆好！

［百姓甲跑上。

百姓甲　女皇万岁！

军　官　万万岁！

百姓甲　长官，我捡到一叠钞票。

军　官　钞票？

百姓甲　（将钞票递给军官）我如数交公。

军　官　哦，十万元，金人国的钞票！在哪儿捡到的？

百姓甲　边界附近。

军　官　我要禀告女皇，给予你嘉奖。这是非常重大的事件，你还应该帮助女皇查明失主。

百姓甲　愿为女皇效忠！

［百姓甲下。

军　官　（对二士兵）你们快干。我要立即向部长汇报。

［军官下。

［二士兵加快速度漆厕所，外墙漆完之后，走进厕所去漆内墙。

［耶稣、孔子、列侬悄悄上。

列　侬　（低声地）可真是个紫人国！什么都是紫的，连厕所也是紫的，大概放个屁也是紫的！

孔　子　下车伊始，切莫乱说乱道！

耶　稣　接受在金人国的教训，还是小心为好！我要实在告诉你们，每到一个陌生的地方，就像羊进了狼群，因此，我们既要像鸽子那样温良，又要像蛇那样机警。

列　依　怎么见不到人？到处都是山！

耶　稣　紫人国是人口最少的山国。

列　依　对不起，我要小便了！

［正在此时，挂在树上的紫色高音喇叭开始广播，突然出现的高音使耶稣、孔子、列侬都吓了一跳。

［在单调、强烈的音乐声中，响起了广播声："女皇万岁，万万岁！公民们，请注意了！公民们，请注意了！女皇方便的时间到了，女皇方便的时间到了！请大家做好准备，请大家做好准备！"

［突然从东、南、西、北方向跑出四个百姓，看不出性别，又像男又像女。他们迅速站在厕所门口，排成一队，做好上厕所的准备。与此同时，两个士兵也拎着油漆桶从厕所内跑出，站在队伍后边，也做好上厕所的准备。大家都因尿急而显得难以忍受。

［耶稣、孔子、列侬立即藏在一个巨大的标语牌后边。标语牌上写着："净化灵魂，清除杂念！"

［高音喇叭传出报时的声音："嘟、嘟、嘟、嘟……"

［广播声："刚才最后一响，是紫人国标准时间十点整。女皇更衣小解！"

［高音喇叭传出小便的声音。

［广播声："公民们，紫人国的全体公民们，现在开始方便！"

［厕所外的四个百姓和两个士兵急不可待地跑进厕所。不一会儿，传出众人的小便声。

列　依　怪事，女皇小便，大家都小便。十点一到，全国一片小便声，倒还真他妈的悦耳动听！

孔　子　上下一致，倒也令人感动。

列　依　咦，这是男厕所还是女厕所？

孔　子　怪哉，如厕者也莫辨男女。

列　依　好像都是男的。

耶　稣　不，更像女的。

列　依　管它男的女的，我可憋不住了！

耶　稣　别急，等他们出来！

［小便声持续不断。

列　依　怎么还没完？

耶　稣　耐心点，他们憋了一夜了。

列　依　难怪流量这么大，像瀑布一样！

［两个士兵和三个百姓陆续从厕所走出，每人脸上都呈现出解脱负担之后的轻松模样。然后各自离去。

［耶稣、孔子、列侬从标语牌后边走出来。

列　依　这可以去了吧！

耶　稣　快去快回！

列　依　（边说边跑向厕所）真憋不住了！

［百姓甲从厕所出来，和列侬撞了个满怀，二人都吓了一跳。耶稣和孔子又连忙藏在标语牌后。

百姓甲　你?!

列　依　怎么还有人?!

百姓甲　你是谁，褪色人？

列　依　不，外国人，旅游者。

百姓甲　（高度警惕地）不是褪色人？外国旅游者？你干吗？

列　依　小便。

百姓甲　等等！

列　依　走错了？女厕所？

百姓甲　什么女厕所？

列　依　女人用的厕所。

百姓甲　女人？什么女人？

列　依　女人都不懂？咳，好吧，这样问你，这个厕所是站着小便的，还是蹲着小便的？

百姓甲　我们紫人国里的人，小便从来不站着，也不蹲着，我们都是趴着小便的。

列　依　趴着小便？这是什么姿势？男女都趴着？

百姓甲　我们不分什么男女！

列　依　是不分男女还是没有男女，只有一个性别？

百姓甲　哦，我懂了，性别。我们没有性别。

列　依　那你们……

百姓甲　我们是中性的，或者叫无性的。

列　依　那……那你们……你们怎么干那事？

百姓甲　干什么事？

列　依　就是怎么发生关系？

百姓甲　发生什么关系？

列　依　咳，他妈的，跟你直说了吧，你们没有性，怎么性交？怎么寻欢做爱？

百姓甲　性交，做爱?！性，是有罪的！

列　依　你们没有性，怎么知道性是有罪的？

百姓甲 几百年前，我们紫人国也是有性别的，后来响应女皇号召，为了净化灵魂，为了建设未来，便根除一切享乐，包括性的快乐。久而久之，男性便阳痿了，女性便阴冷了，性的功能消失了。到了今天，连性器官也退化得没有了！

列　依 那怎么生孩子呢？

百姓甲 女皇给我们生！

列　依 她怎么生？

百姓甲 无性繁殖。

列　依 怪不得人口这么少！那女皇生的孩子给谁？

百姓甲 按需分配。

列　依 孩子也分配？

百姓甲 我们这儿什么都分配！

列　依 啊！我快憋不住了！

百姓甲 （拦住列侬）干吗？

列　依 小便急了！

百姓甲 不许进去！时间过了！

列　依 小便也限定时间？

百姓甲 女皇什么时候小便，我们就什么时候小便，全国是统一的！

列　依 我是外国人！

百姓甲 外国人也要遵守我们的法律！你真的是外国人？

列　依 真的。

百姓甲 不是褪色人？

列　依 什么褪色人？

百姓甲 反对紫色革命，蜕化变质的人！

列　依 糟糕！我快尿到裤子上了！让我进去！

百姓甲 不行。

列　依　（尿急了）哎哟哟，救命呀，救命呀！

［列依急得弯下腰，捂住肚子，跳脚。

［耶稣、孔子闻声连忙从标语牌后边跑出来。

耶　稣　怎么了？怎么了？

孔　子　何事惊慌?!

百姓甲　（更加警惕地）又是两个外国人?!

列　依　（捂住肚子乱跑）哎哟哟，哎哟哟！不得了，不得了！（跑到一个竖着女皇像的角落，急急忙忙解裤扣）啊，对不起，失礼了，即使是上帝，小便急了，也无法控制的！（开始小便）啊，痛快，一泻千里……加油，创造一次小便时间最长的世界纪录！

孔　子　荒唐！

耶　稣　真拿他没办法！

列　依　（边小便边指着女皇像）瞧，女皇也在为我加油哩！

百姓甲　（自语）我看见了，是外国人！

［百姓甲急下。

列　依　咦，他说什么？去叫人了？

耶　稣　你又闯祸了！

列　依　我又怎么了？

耶　稣　我多次告诫你，这次到紫人国，等探明了情况之后再公开活动。可你硬要在这儿小便，碰到刚才那个不明身份的人，这下又不知道要发生什么事了，快走吧！

孔　子　莫要惊慌，不会出事。

耶　稣　为什么？

孔　子　从全国统一小便之事，便可知道紫人国井然有序，尊君爱国，不像金人国那么见利忘义，颠倒混乱。吾以为，该国地处内陆，有崇山峻岭屏障四周，可谓遗世而独立，世外之桃源，故而民风淳朴，不必担忧。

耶　稣　孔老先生，还是先躲避一下吧！

孔　子　也好，防患于未然。

列　侬　还是先找一家旅馆住下吧。

孔　子　也好，免得久立街头，使人生疑。

耶　稣　没钱怎么住旅馆？

列　侬　我有，在金人国的时候，达玲小姐塞给我十万元！（摸口袋找钱）咦？钱呢？糟了，丢了！

耶　稣　在哪儿丢的？

列　侬　也许在边界附近，我去找！

耶　稣　别去找本不属于你的东西。

列　侬　十万元哪！

孔　子　你只需如此去想便不会懊恼。

列　侬　怎么想？

孔　子　就当那达玲小姐不曾给你十万元。

列　侬　可她明明给了呀！

孔　子　或当她只给了一二元。

列　侬　可她明明给了十万呀！

孔　子　那只有另一想法可以安慰你了。

列　侬　什么想法？

孔　子　谁若捡去这十万元，谁便不得好死！

列　侬　咳，自欺欺人！

耶　稣　还是先离开这儿吧！

［耶稣、孔子、列侬离去。

［百姓甲领着军官和二士兵急上。

百姓甲 刚才还在这儿。

军　官 肯定是外国人?

百姓甲 是的，我看见了!

军　官 看见什么?

百姓甲 他小便的时候，我看见他有那个器官!

军　官 哦?那十万元是他们的了?

百姓甲 我想一定是!

军　官 (对士兵)这儿也贴一张招领启事，全国上下都贴满!

士兵甲 是!

[士兵甲、乙贴招领十万元的启事。

军　官 (对百姓甲)你一定要找到他们!

百姓甲 是!那边!

[军官、二士兵、百姓甲下。

[思想分配部。门前有四个百姓排队，向部长领取思想。门边有一铁笼，关着一褪色人，脸色与肤色皆为白色，身前背后被两个呈×形的木枷紧紧夹住，头戴一高帽，上写“褪色人”。他被抓住在此示众。

[思想分配部的墙上也贴了一张招领十万元的启事。

部　长 女皇万岁!

四百姓 万万岁!

部　长 打开《女皇宝训》!

[四百姓都打开厚厚的《女皇宝训》。

部　长 伟大而光辉的、慈母般的女皇晓谕我们——

众齐诵 每个人的灵魂都是有罪的，每个人的思想都是邪恶的，只有女皇才是圣洁的、无邪的。人生的最高目的就是清除邪念、纯洁灵魂、端正思想。虽然我们的肚子是空虚的，可我们的脑子却是充实的。我们宁可要女皇的一点一滴思想，也不要异邦的千座万座金山。

部　长　你们看这示众的褪色人，他是因为思想褪色了……

四百姓　所以皮肤才褪色！

部　长　我们要以他为教训……

四百姓　要以女皇的思想为自己的思想！

部　长　好，现在给你们分配思想。

四百姓　女皇万岁！万万岁！

［护士拿注射器和各种紫色的针剂上，将针头消毒，准备给四百姓注射。

部　长　这各种思想针剂，是女皇用自己的脑汁泡制而成的。（对第一个百姓）你，注射思想一号——顺从。

［护士在第一个百姓的太阳穴上注射紫色针剂。

［耶稣、孔子、列侬悄悄上，见有人，便又藏了起来。

部　长　你接受女皇关于顺从的脑汁，你将永远不会犯上作乱。

百姓一　感谢女皇！

部　长　（对第二个百姓）你，注射思想二号——警惕。

［护士在第二个百姓的太阳穴上注射紫色针剂。

部　长　你接受女皇关于警惕的脑汁，你对外来的腐朽思想就会有高度的免疫力。

百姓二　感谢女皇！

部　长　（对第三个百姓）你，注射思想三号——知足。

［护士在第三个百姓的太阳穴上注射紫色针剂。

部　长　你接受女皇关于知足的脑汁，你将知足常乐，别无所求。

百姓三　感谢女皇！

部　长　（对第四个百姓）你，注射思想四号——无私。

[护士在第四个百姓的太阳穴上注射紫色针剂。

部　长　你接受女皇关于无私的脑汁，你将变得无比纯洁。

百姓四　感谢女皇！

[四百姓推关押褪色人的铁笼下。

护　士　部长，该您注射了！

部　长　我？免了！

护　士　不，您要服从命令！

部　长　（愠怒）什么？我是部长！

护　士　（翻开领子，露出证章）我是女皇特派到您身边的！

部　长　（大惊）啊?！我听命……请注射！

护　士　女皇对您的忠诚极为满意，为了嘉奖您，特给您注射思想零号。

部　长　思想零号？

护　士　这是关于权力和享乐的。

部　长　（大为惊喜和感动）啊，女皇万岁！万万岁！

护　士　这当然只能到里边去注射。部长，请。

部　长　请！

[护士和部长走进思想分配部门内，下。

[耶稣、孔子、列侬从隐蔽处出来，小心翼翼地上。

列　侬　怎么回事，注射思想？

耶　稣　快走吧！

孔　子　且慢！招领启事！

列　侬　（念招领启事）“拾得金人国钞票十万元，失者请来思想分配部认领。”太好了，有下落了！思想分配部？哦，就是这儿！

孔　子　紫人国果然拾金不昧，俨然是一君子国也！

列　侬　等等，会不会是圈套？

孔　子　你说其中有诈？

列　侬　这样一个统一小便、注射思想的国家，能友好地对待我们外国人？

孔　子　多虑了，能将最不易管理的思想和小便二事管理得如此井井有条的国家，对外邦友人是不会无礼的。

耶　稣　可我到了金人国之后，再也不敢相信人的善意了。

孔　子　不进去认领？

耶　稣　不去！

列　侬　那十万元？

孔　子　身外之物！

耶　稣　快走！

孔　子　遵命！

［百姓甲带军官和二士兵上。

百姓甲　等等！

［耶稣、孔子、列侬一惊，停住。

百姓甲　（对军官）对，是他们！

列　侬　（欲跑，对耶稣、孔子）快！

二士兵　（拦住列侬）站住！

列　侬　干什么？

二士兵　（抓住列侬）老实点！

列　侬　（挣扎）放开！

［士兵打了列侬一耳光，将列侬打得立脚不稳，差点跌倒。列侬怒火中烧，准备还击。

耶　稣　住手！

列　侬　让开！

耶　稣　（挡住列侬）我郑重地劝告你，不要向欺侮你的人报复。

列 侬　他打我耳光！

耶 稣　有人打你右脸，你要把左脸也凑过去让他打！

列 侬　什么?!

耶 稣　要爱你的仇敌，并为迫害你的人祈祷。天父使太阳照好人，也同样照坏人；降雨给行善的，也给作恶的。假如你只爱那些爱你的人，上帝又何必派你来呢？

军 官　什么乱七八糟的！（对耶稣）老先生你过来！

耶 稣　（不动）我只听从上帝的召唤。

军 官　（走过去）打你右脸，你把左脸也凑过来？

耶 稣　我对上帝的儿女这样说过。

军 官　那我试试！

［军官欲打耶稣，耶稣闭上眼睛。

列 侬　（冲上前）不许碰他！（举起吉他对着军官）谁敢过来！

军 官　（一惊）这是什么?!

耶 稣　吉他（guitar）。

军 官　给我？我可不要！你放下！

耶 稣　（对列侬）不可鲁莽，放下！

孔 子　军官先生，有何见教，请对老夫一说。

军 官　你们有没有看到这张招领启事？

孔 子　嗯……视而不见。

军 官　什么意思？

孔 子　嗯……既可谓已见，又可谓未见。

军 官　到底见没见？

孔 子　（仍小心翼翼地）见则若何，未见又若何？

军 官　哦，你有顾虑？别怕，我们是来寻找失主的。

孔 子　寻找失主？

军　官　你们有没有失落十万元？

孔　子　这个……

军　官　（问耶稣和列侬）你们呢？

耶　稣　人子从来不会无意失落，人子只会有心奉献。

列　侬　是我丢的！

百姓甲　（兴奋地）啊，太好了，找到了！

军　官　（对百姓甲）你激动什么？

百姓甲　（顺从地）是！

军　官　我非常高兴能找到你们。刚才误会了，请原谅。现在请随我进去领取你们丢失的巨款。

列　侬　现在？

孔　子　啊，一场虚惊，果然是君子国。

百姓甲　长官，我可以走了吧？

军　官　等等，一同进去。

百姓甲　领取奖赏？

军　官　不，审查三个月。

百姓甲　为什么审查我？

军　官　你跟这三个外国人说过话，接触过。（对士兵）带进去！（对耶稣等）请！

[思想分配部附属思想医院的传染病病房。

[部长和几个带枪的护士在做手术前的准备。

[隔壁“手术室”传来百姓甲痛苦的呼叫声。

[军官和二士兵押着上刑之后的百姓甲上。

军　官　部长大人！

部　长　有结果吗？

军　官　他还是坚持说那十万元是他在边界捡到的，他和那三个人只是在厕所门口碰到过，以前并不认识。

百姓甲 （呼叫）冤枉，冤枉……

部　长 注射思想九号和十七号。

军　官 是！

［军官和二士兵重新将百姓甲押入“手术室”，下。

［护士从“观察室”上。

护　士 部长大人。

部　长 检查结果如何？

护　士 他们确实不是褪色人，是外国人。

部　长 都仔细检查了？

护　士 全都裸体检查，他们三个都有外国人才有的那种男性器官。

部　长 好，带上来，我要亲自给他们做手术。

护　士 是。

［护士下。少顷，护士领耶稣、孔子和列侬上。他们三人刚被“检查”过，只穿了一条裤衩，狼狈不堪。

耶　稣 啊，我宁愿再被钉上十字架，也无法忍受这样的侮辱！

列　侬 干吗对我们那玩意儿那么感兴趣？左看右看，又摸又捏，好像在挑黄瓜。（突然捂住下身）哎哟，他妈的，给你们捏痛了！

孔　子 咳，奇耻大辱，如今又衣冠不整，斯文扫地矣！

部　长 诸位请别误会，刚才是检查身体，感谢诸位的配合。

孔　子 请还我衣冠，还我衣冠！

［部长示意护士。

［护士拿来三套紫色衣服递给耶稣、孔子和列侬。

孔　子 紫色？紫非正色，不穿，不穿！

部　长 不穿？紫色是我们紫人国的国色，任何外国人到我们这儿来，都要换紫色衣裳。

孔　子　我恶紫之夺朱，不穿！

部　长　那就不勉强了，你就穿内裤吧！

孔　子　咳，入乡随俗，就将就了吧！

［孔子穿上紫衣。

孔　子　（对耶稣）您也请随俗吧！

［耶稣也勉强穿上紫衣。

部　长　（对列侬）你呢？不穿？

列　侬　我已经比生下来的时候多穿了一条内裤。

部　长　就这样？

列　侬　便于你们再次检查。

部　长　好吧。先让我们认识一下，我是思想分配部的部长。

列　侬　部长先生……

部　长　对不起，我不是先生。

列　侬　部长女士……

部　长　对不起，我也不是女士。

列　侬　哦，对了，你们他妈的是没性别的，怪不得对我们那玩意儿那么感兴趣。部长……部长大人，干吗把我们抓来，这是什么地方？

部　长　这是思想分配部附属思想医院的传染病病房。

列　侬　把我们抓到这儿来干吗？我们没传染病。

部　长　你们有没有传染病，这个结论应该由我们来下。现在该你们来回答问题了。（对耶稣）你好像是为首的，请说说你是谁？

耶　稣　我是光。

部　长　光？

耶　稣　世界的光！

部　长　你是哪国人？

耶　稣　我的国度不属于这世界。

部　长　你究竟从哪里来？

耶　稣　我从我父亲那里来。

部　长　你的父亲在哪里？

耶　稣　你不认识我，也不认识我的父亲；如果你们认识我，也就会认识我的父亲。

部　长　你们为什么不出示你们的护照？你们没有护照，又究竟是从哪个海关进入我国的？是偷渡进来的，还是空降进来的？

耶　稣　我郑重地告诉你，我不是贼，不是翻墙爬进羊圈来偷羊的。

部　长　那你是？

耶　稣　我是门。

部　长　门？

耶　稣　所以不需要从别人的门里进来。我再说一遍，我是门，是打开的门，是让别人进来的。从我这扇门进来的人，必然安全；从我这扇门进来的羊，必然能找到草场。

部　长　人怎么可能是门？你是人！

耶　稣　那我是牧羊人，一个好牧羊人。

部　长　一个好牧羊人？

耶　稣　雇工一见豺狼来，就撇下羊群逃跑了。雇工不过是个雇工，并不关心羊群。我是个好牧羊人。正如父亲认得我，我认得父亲。同样，我认得我的羊群，羊群也认得我。它们会听懂我的声音。

部　长　你大概是疯了！我真不懂你在说什么。

耶　稣　我是来寻找迷途的羔羊的，要把它带回羊群。你不是我的羊，你听不懂我的声音，也不会跟从我！

部　长　你别胡说了，你不是什么牧羊人。

耶　稣　那我只好承认我是一个医生了，一个能把跛脚的、瞎眼的、耳聋的、瘫痪的、血崩的都能治好的医生。

部　长　这是谎言！

耶　稣　我是医生。

部　长　你发誓！

耶　稣　向谁发誓？我不能对天发誓，因为天是上帝的宝座；我也不能对地发誓，因为地是上帝的脚凳。

部　长　我最后一次问你，你到紫人国来究竟想干什么？

耶　稣　我从一开始就告诉你了，为了羊，在寻找狼，看看羊圈里有多少狼。

部　长　不跟你废话了。（转向列侬）你是谁？

列　侬　一个歌手。

部　长　（取出吉他）这是你的？

列　侬　这是乐器，我忠实的伙伴。

部　长　你知道在紫人国禁止携带乐器、禁止唱歌吗？

列　侬　歌声来自大自然，你能禁止大自然吗？

部　长　在紫人国需要的是紧张的思索、不断的反省、虔诚的忏悔、严格的禁欲。歌声会使人意志消沉、情绪低落、思想松懈、精神萎靡。在紫人国最美丽动听的声音，不是什么音乐，是女皇的宝训，是女皇的声音！

列　侬　可我的歌声胜过任何帝王的言词，比任何经典都动听。我的歌声风靡世界。没听过我歌声的人，就不知道什么叫幸福；没看过我演出的人，就等于白来世界一场。

部　长　你蛊惑人心！

列　侬　我只能用我的歌声来证明！

部　长　用歌声来证明？

列　依　（拿过吉他）谢谢，我怀抱着吉他，就会忘掉一切痛苦、一切忧愁。我要唱！

部　长　每一首歌都是你的一个罪证。

列　依　如果我因歌声获罪，那歌声会释放我。（接着弹唱）

当我不知道面对哪条路的时候，
我朝哪条路走呢？
当我眼前道路条条的时候，
我又选择哪一条呢？
当我不知道什么是感觉的时候，
我怎么去感觉呢？
当我不知道怎么感觉这个东西的时候，
我又怎么来感受这东西呢？

部　长　像梦呓一般！

列　依　（继续弹唱）

在梦中，我呼唤你的名字，
啊，约可！啊，约可！
我的爱使你变得坚强。
在云中，我呼唤你的名字，
啊，约可！啊，约可！
我的爱使你坚强。

部　长　在紫人国是不准谈情说爱的！

列　依　因为没有性，也就没有爱。（重又弹唱）

爱在我的一生中，
第一次降临。
我看到了风，看到了树，

一切都在我心中大放异彩。

我看到了云，看到了天，

一切都使我目光熠熠生辉。

啊，我能看得清楚，

我能看到悲伤，我能看到梦幻。

我能感受生活，我能感受热爱。

一切都在我心中发生光彩！

部　长　哦，你居然挺乐观！

列　侬　我曾充满希望来到人间，可我所到之处已经使我失望。（再弹唱）

上帝是卡通片，是供我欣赏的玫瑰。

不要相信魔术，不要相信耶稣。

不要相信所罗门，不要相信黑格尔。

不要相信《圣经》，不要相信国王。

不要相信算命纸牌，不要相信吉他。

不要相信披头士，不要相信肯尼迪。

也不要相信沙叶新，只要相信我和约可。

部　长　但决不准许不相信紫人国，决不准许不相信至高无上的女皇！

孔　子　此言差矣！国君若要取信于民，必先信任百姓。若钳制人口，怀疑百姓，黎民岂能信任国君？

列　侬　（高兴地）难得难得，孔老先生也更新观念了！

孔　子　吾以为为君者应宽以待民，博爱于人，而给百姓以衣食最为重要。衣食足，方能知荣辱。唯有丰衣足食，方能使近者悦，远者来。

部　长　远者来？来干什么？我们不需要外来者，为了确保我们的纯洁，我们对远方来的外国人始终保持高度的警惕。

列　侬　所以就把我们抓进来？可你们骗了我们，你们是让我们来认领十万元的。

部　长　而这十万元正是你们的罪证！

列　侬　罪证？

部　长　难道你们不知道我们紫人国早就取消货币了吗？难道你们不明白金钱是万恶之源吗？你们明知道如此，还偷偷携带十万元巨款潜入我国，而且还有意丢在我国境内，使人捡去，散发流通，造成极为混乱的局面，以达到破坏颠覆的目的！

列　侬　多么丰富的想象力！

部　长　我再问你们，你们是从金人国来的，金人国如何？

列　侬　非常富有，可是……

部　长　既然非常富有，那你们为什么不待在那里，要跑到我们这种衣食不足的国家来呢？嗯？如果不是间谍，谁肯来呢？

孔　子　咳，欲加之罪，何患无辞！

部　长　欲加之罪？（对“手术室”）带上来！

［军官和二士兵押百姓甲上。

百姓甲　（绘声绘色地）他们三个是金人国的间谍，早在五年前，我就加入了他们的情报组织。昨天半夜，是我接应他们潜入国境的。在边境，（指耶稣）是他交给了我十万元。要我在三天之内，给每户人家投进十元，造成全国上下思想动乱，然后一举夺取政权。

部　长　怎么夺取？

百姓甲　（指孔子）他对我说，三天之后，他再送十枚核弹头来，将紫人国炸为平地！

孔　子　啊?!

部　长　十枚核弹头？好险呀！你们还有什么话说？嗯?!

［百姓甲被一士兵押下。

［耶稣、孔子、列侬目瞪口呆。

部　长　准备手术！

［军官、士兵、护士将耶稣、孔子、列侬绑在手术台上。

列　侬　（挣扎）干什么？干什么？

孔　子　泰山其颓乎？梁木其坏乎？哲人其萎乎？

耶　稣　世界的末日也许就要到了！

列　侬　你们要干什么？究竟要干什么？

部　长　阉割！

列　侬　啊，阉割？

部　长　（举起手术刀）你最方便，先给你开刀。

列　侬　你不能这样，不能这样！

部　长　我们不允许任何人跟我们不一样。凡是跟我们不一样的，便是我们的敌人。

列　侬　不能，不能！

部　长　等把那玩意儿阉割了，再给你们注射女皇的脑汁针剂，这样，你们就跟我们完全一样了！

列　侬　啊，不但要阉割我们的身体，还要阉割我们的思想。（对耶稣）团长呀，如今只有你才能拯救我们大家了！难道你还要犹豫吗？还要再把左边的脸也凑过去吗？

耶　稣　你是要我显现神迹吗？

列　侬　这个国家布满了警察和士兵，他们控制了每一扇门，控制了每一条路，控制了空气，控制了希望，任何人都没办法摆脱他们的控制，唯一的办法只有借助神力了！

耶　稣　借助神力来解决人的问题是可悲的呀！自古以来，人为了摆脱灾难，都借助神力。神已经疲劳不堪了。人，早就长大了呀，他还要依靠神吗？

列　依　当人不能认识自己的力量，不能正确使用自己的力量时，还是需要神的呀！

孔　子　当年，中国河南的愚公，在挖山之际，也曾感动过上帝，得助于神力。您就答应我们吧！

耶　稣　好吧！上帝，我的父，请拯救您的儿子吧！

［突然一声巨响，天崩地裂，烟雾弥漫，耶稣、孔子、列侬冉冉升天，立于云端。

列　依　看，该死的紫人国！喏，那边，万恶的金人国！人类他妈的是真没希望了！

孔　子　一个似虎，一个如狼。人类的罪恶也许就在于各执一端，如果也能中庸一下嘛，那……

耶　稣　也许人类正处在转折点上，不论是金人国还是紫人国，都要受这转折的影响。我希望这转折不要再依靠神力了，人类还是依靠自己的力量吧。（突然）哎呀，糟糕！

列　依
孔　子　怎么了？

耶　稣　忘记给上帝买空调了！

——幕落·剧终

假如我是真的

序幕

戏剧源于生活。

我们这出戏也来自活生生的现实生活。

当舞台上的帷幕尚未打开之前，我们为何不先从生活的实景来开始这出戏呢？

好吧，请看，开演之前，我们这些可爱的、忠实的观众们从四面八方兴冲冲地涌向剧场来了。当然，此时他们对前来观看的《假如我是真的》这出戏还一无所知，因此，他们或者在自己的座位上翻看着刚买来的说明书，希望预先对剧情有所了解；或者在观众休息室里站在嘈杂的人群中与同伴相互交谈，揣测着这出戏的内容；或者抽着香烟，吃着雪糕，悠然自得，根本不愿花费脑筋……

不久，在铃声的催促下观众陆续进入观众席，安静地坐在自己的座位上，凝神屏气地或者漫不经心地等待着大幕的拉开。

开演时间终于到了！场灯暗，音乐起，观众瞪大了眼睛，注视着舞台，突然音乐戛然而止，场灯复又通明，从大幕后面传出剧团赵团长的呼喊声：

"关上，关上！等等开幕，等等开幕！"于是刚拉开一条缝隙的大幕又重新合拢。少顷，赵团长从侧幕走到台前。

赵团长 观众同志们，非常抱歉！虽然开演时间已经到了，可是……可是还有两位领导同志和一位贵宾还没有来，请大家再稍等一会儿。这种事在我们这儿是常有的，没什么奇怪。不过请同志们放心，戏反正是要演的，只是请诸位再等一会儿。他们一来就马上开演，非常抱歉，非常抱歉……

[赵团长说完便走进侧幕。可观众对此有何反应呢？无可奈何的怨言？深表不满的责难？激愤的抗议？大声的詈骂？总之，观众对开演之前的这一不愉快的事件一定会当场表示自己各自不同的态度。但愿如此。

[一阵骚动过后，赵团长又从侧幕探出头来，向观众入口处望去，突然脸上显出惊喜的表情。观众当然也会随着赵团长的目光向剧场入口处望去。

[此时，在众目睽睽之下，从剧场入口处进来了仪态非凡的市委书记的夫人——市委组织部政治处的钱处长以及严肃持重的文化局孙局长。观众势必以为这二位便是恭候已久的主客。其实非也。只见他们又延请了一个青年人进场，这才是贵宾，他叫李小璋，而现在的名字叫张小理。钱处长和孙局长谦恭地、低声地向李小璋说着："请，请！"然后簇拥着他，径直走向前排靠近中间过道的三个空座位。等他们坐定后，从大幕后边传来赵团长的声音："来了，来了！准备开幕，开幕！"

[音乐又起。

[突然，从观众入口处又进来了两位持枪的公安人员，他们急速地走到李小璋的座位边。

公安员 （对李小璋）李小璋，你被拘留了！

钱处长 （大惊）怎么了，怎么了？他不叫李小璋，你们怎么随便抓人?!

公安员 （出示拘留证）这是拘留证！

［另一公安人员将李小璋铐上手铐。

孙局长 放开！你们弄错了。你们知道他是谁?!

公安员 你说呢？

孙局长 他叫张小理！

钱处长 他是中央首长的儿子！

公安员 不，他是诈骗犯！

钱、孙 啊?!

［赵团长从侧幕跑到台口。

赵团长 哎呀，这怎么了，怎么了？这叫我们怎么演戏，怎么演戏？（对公安员）同志，请你跟大家解释一下，这究竟是怎么回事嘛！

公安员 好吧！

［两个公安人员、李小璋、钱处长、孙局长都走到台上。

公安员 观众同志们，非常抱歉，打扰了你们！这是个诈骗犯，原名李小璋，化名张小理。他是农场知识青年，冒充中央首长的儿子，在本市进行诈骗活动。因为他有潜逃的危险，所以，我们不得不在这儿采取紧急措施，将他拘留。

赵团长 什么?!（对李小璋）这是真的?!

李小璋 你们不是在演戏吗？我也给你们演了一出戏。现在我的戏演完了，你们继续演你们的戏吧！

赵团长 啊?!

钱处长 你?!

孙局长 咳！

[光圈陆续地分别打在李小璋、赵团长、钱处长、孙局长的脸上，然后灯暗。

第一场

1979年上半年某日傍晚。

剧场大门口（如果此剧有幸在哪家剧场演出，那么这一场的布景就和演出此剧的剧场门口完全一样，至少希望十分相似）。剧场一边的墙上贴着大幅的演出海报“××话剧团演出俄国讽刺喜剧《钦差大臣》”，海报上还画有赫列斯达阔夫的画像。

显然是客满了。门口聚集着许多等退票的人，他们手里拿着钞票，见人就急切地询问：“有退票吗？”一处有票，便立即涌上一大群人，你争我夺。等到退票的，狂喜，连声致谢，欣然进场；没有等到的，失望，但不死心，继续询求。这番情景，要表演得十分逼真、自然，使观众感到真实可信，就像表演的是他们或是他们上台表演的一样。

李小璋穿着旧军衣，挎着军用包上。他叼着一支烟，吐着烟圈，漠然地望着剧场门口的人群，然后扔掉烟头，在口袋里掏东西，观众甲连忙迎上前去。

观众甲 （急切地）有票吗？

李小璋 票？

观众甲 嗯。

李小璋 （拖长了音）有！

观众甲 （喜出望外）太好了！

[周围群众听说李小璋有票，立即将他包围，大声喊道：“给我，给我！”“我要，我要！”李小璋招架不住，一直退到墙根。

观众甲 应该给我，我先等到的！

观众乙 我十张电影票跟你调一张！

观众丙 给我，给我！三元钱一张，怎么样？

李小璋 别吵，别吵！都有，都有！大家排好队！排好队！

［呼啦一下，大家吵吵嚷嚷地在李小璋面前排了一个长队。

李小璋 别着急，别着急！票我多的是，每人都有，全国的、本地的我都有！

观众甲 什么？

观众乙 全国的、本地的？

观众丙 到底什么票？

李小璋 （掏出皮夹子，取出几张粮票）喏，粮票！

观众甲 啊?!

观众乙 你开什么玩笑！

李小璋 怎么？粮票不是票？这是最重要的票。没有它，要饿肚子的！

观众丙 他妈的！

观众丁 这小子，揍他！

李小璋 （不动声色）你敢来试试?! 嗯？

观众乙 算了，算了，走吧，走吧！

［大家不欢而散。

观众甲 同志，你也不该骗人嘛！

李小璋 开开玩笑嘛！骗人算什么？演戏不也是骗人？世界上有那么多真戏你们不看，偏要到剧场来看假戏，你们不也是受骗了？

观众甲 你懂什么！今天这儿演的是世界名剧《钦差大臣》！

李小璋 哦？《钦差大臣》？好看吗？

观众甲 太有意思了！说的是俄国彼得堡的一个普通的十二等文官，路过一个城市，这个城市的市长以为他是钦差大臣，就对他奉承拍马，送钱送礼，还要把女儿嫁给他，看得人笑痛肚子。

李小璋 哦?! 那这钦差大臣是个假的?

观众甲 是个骗子!

[李小璋立即走到海报前，很有兴趣地看着海报。一会儿又看了看手表，朝远处望了望，然后又继续看着海报。少顷，周明华拎着手提包匆匆上。

周明华 李小璋!

李小璋 明华! 瞧，你又迟到了!

周明华 爸爸不让我出来。

李小璋 这死老头子!

周明华 你怎么——

李小璋 是死老头子嘛。刚才我到你家去，他理也不理我!

周明华 你不能对我爸爸这样!（从手提包里取出一瓶“茅台酒”）喏! 爸爸叫我还给你。

李小璋 （一惊）啊? 他喝出来了!

周明华 喝出什么来了? 他根本没喝。

李小璋 （接过酒）哦……

周明华 你干吗买这么好的茅台酒送他?

李小璋 拍拍我未来老丈人的马屁嘛!

周明华 你真大手大脚，买这么名贵的酒!

李小璋 假的。

周明华 什么? 这酒是假的?!

李小璋 真的我能买得起? 瓶子是真的，旧货摊买的，两角钱一个，里边装的是一元二的白酒。

周明华 啊? 你就不怕我爸爸看出来?

李小璋 人总是喜欢看表面的，你爸爸也不例外。

周明华 你为什么要这样?

李小璋 还不是为了讨你爸爸欢喜，为了我和你。

周明华 那你就快从农场调上来吧！要不，不论你送他什么，他都不会同意我跟你好的。要快点调上来，要快！

李小璋 （烦躁地）咳！真烦人！

周明华 我也在为你想办法。其实，你人很聪明，又能干，你就想想办法嘛！别人都调上来了，为什么你就不能？最近我有好多同学不是都调上来了？

李小璋 他们的爸爸是干什么的？

周明华 一个是工厂的党委书记，一个是舰队的副司令，还有我的一个女同学，爸爸是文化局局长。

李小璋 那当然能调上来！可我爸爸是干什么的？（伸出大拇指，挖苦地）是空有其名的领导阶级，工人，大公无私的工人！有屁用！前年该我上调的，不是让他们给挤掉了？

周明华 咳，要是你也有个好爸爸就好了！

李小璋 等下辈子投胎的时候，我是得调查一下，看我爸爸是不是高级干部，不然，我宁愿死在肚子里，不出来！

周明华 别说傻话了！还是快想办法调上来吧。这事不能再拖了，你知道吗？

李小璋 好了，好了，急也没有用！还是搞两张票，进去看戏吧。

周明华 看戏？

李小璋 听说这出戏不错。

周明华 不行，我是偷偷溜出来的。

李小璋 你就不陪我了？

周明华 我怕我爸爸知道。

李小璋 随你便吧！

［周明华犹豫不决，但最后还是走了。下。

［李小璋欲去追周明华，被远处开来的一辆小轿车挡住。小轿车射来两道车灯光，又传来刹车声。与此同时，赵团长从剧场大门里跑了出来，驱散围观的人群。少顷，孙局长和他女儿娟娟上。赵团长连忙迎上前去。

［李小璋在一旁冷眼相看。

赵团长　（热情地）哎呀，孙局长来了！（握手）您好！

孙局长　你好！

赵团长　最近身体好吗？

孙局长　还不错。

赵团长　不过也要注意喔！这是娟娟吧？

孙局长　叫赵阿姨。

娟　娟　赵阿姨！

赵团长　哎呀，真漂亮！从农场调上来了吧？

娟　娟　早调上来了。

赵团长　你爱人呢？

娟　娟　还在东北。

赵团长　哎呀，小夫妻分居两地这怎么行？

娟　娟　爸爸正在给我想办法。

孙局长　谁说的！胡说八道！

娟　娟　（低声对赵团长）我没胡说，他胡说！

赵团长　（一笑）请进吧！（拿出两张票）这是给你们留的票。

［又由远处开来一辆小轿车，射来两道车灯光，传来刹车声。

［赵团长和孙局长停下，朝小轿车望去。

孙局长　车里坐的谁？

赵团长　好像是组织部的钱处长。

孙局长　钱处长？

赵团长 市委吴书记的夫人。

孙局长 哦，对、对、对！

赵团长 （自炫地）跟我是老战友了，熟得很。

［钱处长上。

赵团长 （立即迎上前去）哎呀，钱大姐，什么风把你给吹来了？

钱处长 小赵呀，你可把我给忘了，也不请我看戏？

赵团长 几次想请你来，就怕你忙。今天要看吗？

钱处长 有票吗？

赵团长 您来还会没票？要几张有几张。

钱处长 只要一张。

赵团长 吴书记不来？

钱处长 他还有空看戏？成天忙到晚，叫他休息休息，硬是不肯，说是要把被“四人帮”损失了的时间再夺回来！

赵团长 吴书记可真辛苦，担子重啊！

孙局长 钱处长，请进去吧，要开演了。

钱处长 这位是……

孙局长 我是文化局的。

赵团长 孙局长。你不认识了？

钱处长 哦，你的顶头上司。十年不见，头发都白了嘛！

赵团长 孙局长，你陪钱处长先进去，我还要等马部长。

钱处长 哪个马部长？

赵团长 市委宣传部的。

钱处长 哦，老马呀，他明天就要出国访问，不会来了。

赵团长 哦？那我们进去吧！

钱处长 请！

［钱处长、孙局长走进剧场大门。下。

[赵团长被一直站在旁边窃听他们讲话的李小璋叫住。

李小璋 同志!

赵团长 干什么?

李小璋 有票多吗?

赵团长 没有!没有!

李小璋 你手里不是?

赵团长 这是给首长的保留票!

李小璋 你们刚才说的那个马部长不是不来了吗?

赵团长 不来也不能卖。

李小璋 有多的,干吗不卖?

赵团长 这是留给首长的。

李小璋 刚才进去的那个女青年,也是首长?

赵团长 她爸爸是首长,你爸爸是吗?

[赵团长走进剧场。下。

李小璋 他妈的,连看戏也得有个好爸爸!

[李小璋欲离去,但走到海报前又停下了。他看了看海报,又不愿离去。他思索片刻,走到左边的台口前,台口边上露出一架电话机,他拿起话筒,拨了号码。

李小璋 喂,我要剧场后台。我是市委宣传部,我是马部长。——对,我要找你们的赵团长听电话。好——(等了一会儿)对,对,是我。——你是赵团长吗?明天我要出国访问,今天晚上不能来看你们的戏了。——吴书记的爱人对你说过了吗?那好。我想麻烦你一件事啊!——北京我的一个老战友的儿子,他很想看你们的戏,刚才打了一个电话给我,说没等到退票,你能不能给他解决一下?——没问题?好,他只要一张。——他姓张,弓长张,叫张小理,大小的小,理想的理。——你在门口等他，那好，他就在剧场附近，我叫他马上来找你。

[李小璋放下电话，站在台口，靠在墙上，注视着剧场大门口。

[少顷，赵团长拿着戏票从剧场门口跑了出来，站在人群中张望着。等了一会儿，走近观众戊。

赵团长 同志，你贵姓？

观众戊 姓伍，干什么？

赵团长 哦，对不起！

[赵团长又走近观众己。

赵团长 同志，你贵姓？

观众己 姓计，你有票？

赵团长 不不，没有，没有！

[赵团长看表，十分焦急。

[李小璋走了过去。

李小璋 同志，你就是赵团长吧？

赵团长 对，对，你是……

李小璋 我就是张小理。

赵团长 （一惊）啊？是你？

李小璋 对，马部长给你打过电话了吧？

赵团长 对，对！哎呀，刚才你干吗不早说呢？误会了，误会了！这点小事，其实不必惊动马部长，以后看戏就直接来找我好了。

李小璋 那太麻烦你了！太麻烦你了！

赵团长 马部长介绍来的，应该的嘛！嗯，你爸爸跟马部长……

李小璋 我爸爸跟马部长是老战友！

赵团长 哦，请，请！

[赵团长请李小璋进剧场。从此，李小璋就变成了张小理。

观众乙 咦？这小子怎么进去了？

赵团长 他爸爸是首长，你爸爸是吗？

——**幕 落**

第二场

当天晚上，演出之后。

剧场的贵宾休息室。左右各有一门，分别通往前台和后台。沿墙置放着单人和双人沙发，墙壁上悬挂着《钦差大臣》的剧照，另一堵墙上张贴着《钦差大臣》的演出海报。

幕启时，从剧场内传出观众热烈的掌声以及散场时的喧闹声。

少顷，赵团长拉着张小理由通往前台的门走进贵宾休息室。

赵团长 （热情地）来来来，进来休息休息。坐，坐，随便坐。我们剧场条件很差，比不上北京吧？

［一个剧场工作人员端来两杯茶，给赵团长和张小理，然后下。

赵团长 小张，戏怎么样？给我们提提意见吧！

张小理 （由衷地）不错，不错，真是从来没看过这么好的戏！

赵团长 提提意见嘛！

张小理 真的，真的不错。哦，我要走了。

赵团长 再多坐一会儿嘛！

张小理 该回去了。

赵团长 别走，别走，刚才我跟钱处长、孙局长都说了，他们也许要来见见你。

张小理 （一惊）要来见我？

赵团长 这会儿他们正在后台接见演员，一会儿就到这儿来。

张小理 不不不，领导同志都很忙，我不打扰他们了！

［张小理起身欲走，赵团长连忙热情地将他拉住。

［剧场工作人员送来点心，然后下。

赵团长 等一等嘛。来来来，吃点夜点心。（将点心拿到张小理面前）吃嘛，吃嘛，怎么不吃？吃嘛！

［张小理只得坐下吃点心，但又有点坐立不安，心神不定。

赵团长 北京天气还好吗？

张小理 还好。下雪。

赵团长 大热天还下雪？

张小理 不，冬天下雪。全国都一样，都是冬天下雪。

赵团长 对，对。你这次从北京来，是来出差？

张小理 不，我最怕出差，麻烦死了。

赵团长 来看朋友？

张小理 对，看个朋友。

赵团长 还有别的什么目的？

张小理 （警惕地）不，没别的目的。今天来找你，也不过是为了看看戏嘛。

赵团长 不，我是说，你除了看朋友，还有别的什么安排？

张小理 没了。就想玩玩，看看戏。

赵团长 看戏？票我有的是，哦，对了，（掏出一些票）这儿有几张内部电影票，有美国的、日本的、法国的，都是下个礼拜的，你统统拿去吧。

张小理 （喜出望外）太好了！多少钱？

赵团长 你从北京大老远地来，还收你的钱？

张小理 那怎么行？

赵团长 请你看几场戏，我还是请得起的嘛！

张小理 （接过票）这怎么好意思？哦，对了。（从挎包里拿出“茅台酒”）我也没带什么东西，要不这个就请赵阿姨收下吧！

赵团长 茅台酒？

张小理 小意思。

赵团长 我不太会喝酒。

张小理 那就留着送人嘛。拿着吧。以后我要看戏，还得麻烦你哩！

赵团长 （接过酒）这反倒叫我不好意思了。这酒是你在宾馆买的吧？

张小理 不，宾馆才买不到哩。这是特制的，出口的。

赵团长 哦？要比一般的茅台还高级？

张小理 至少味道不大一样。

赵团长 你爸爸常喝这种高级茅台？

张小理 常喝，一个月至少三十瓶！

赵团长 嗬！你爸爸是……

张小理 你问我爸爸？

赵团长 要保密的吧？

张小理 不，对你不保密。

赵团长 那是谁？

张小理 你猜嘛，我姓张。

赵团长 你爸爸是张劲夫？

［张小理神秘地一笑，摇摇头。

赵团长 张启龙？

［张小理摇摇头。

赵团长 张鼎丞？

［张小理摇摇头。

赵团长 要不……是张廷发同志？

［张小理摇摇头。

赵团长 哦，张闻天！不对，不对，他去世了。张……对了，张副总长，张才干！

［张小理摇摇头。

赵团长 那是谁……

张小理 你猜嘛，反正我爸爸不会是张春桥。

赵团长 那当然，那当然，这……是哪位高级干部呢？

张小理 不，是一般干部。

赵团长 不可能，不可能。肯定是高级干部！（突然兴奋地）哦，肯定是……

张小理 是谁？

赵团长 是……（俯身向张小理耳语）对吗？

张小理 你说呢？

赵团长 肯定是，肯定是！

张小理 （大笑）你说是，那就是吧！

赵团长 （惊喜）啊?！真是他！哎呀呀，你有这样的好爸爸，你可真幸福！

张小理 是呀，可惜不是所有的人都有这样的好爸爸。

赵团长 这样一说，你爸爸不但是马部长的老上级，跟我们吴书记也比较熟。

张小理 吴书记？

赵团长 你不知道？市委吴书记。

张小理 哦，市委的吴书记，我听我爸爸说过。

赵团长 我听吴书记的爱人钱大姐说，1953 年的夏天，吴书记到北京开会，到你们家看望过你爸爸。那时候你还在吃奶吧？吴书记还送给你爸爸一盆名贵的仙人掌。你爸爸看吴书记抽烟抽得凶，就送了他两条“三五”牌香烟。钱大姐说，吴书记跟你爸爸二十多年没见了。对了，我马上去告诉钱大姐，她要是知道是你来了，一定会高兴的。你等等。

［赵团长从通往后台的门下。

［张小理向赵团长下场的方向摇了摇头，然后从桌上的一包香烟中抽出一支放进自己的上衣口袋里，准备要溜。他轻轻地打开通往前台的门，正欲出去，但往外一望，又连忙缩了进来。

［钱处长和孙局长上。

［张小理大大方方地迎上前去。

张小理 钱阿姨！

钱处长 （一愣）你……

张小理 我是马部长介绍来看戏的。

钱处长 哦，听说了，听说了。赵团长呢？

张小理 赵阿姨说是去找你了。

钱处长 坐吧，坐吧！

张小理 吴伯伯好吗？

钱处长 还不错。

张小理 抽烟还抽得那么凶吗？

钱处长 （奇怪地）小鬼，你怎么知道的？

张小理 我听我爸爸说的，我爸爸已经把烟戒了。他说，叫吴伯伯也少抽点。

钱处长 （困惑地）你爸爸？哦，你爸爸好吗？

张小理 好。就是工作太忙，也没空养花了。不过，吴伯伯五三年到北京开会的时候，送给我爸爸的那盆名贵的仙人掌，他倒一直很喜欢。

钱处长 （惊喜万分）啊，你原来是……哎呀呀，你怎么不早说哩！怪不得连吴书记抽烟抽得凶你都知道！

［孙局长询问地向钱处长凑过身去，钱处长向孙局长耳语。

孙局长 （大吃一惊）哦？

［孙局长连忙端坐在一旁。

钱处长 太好了，太好了！来来来，过来过来！（将张小理拉到自己身旁坐下）你是老几了！

张小理 五三年吴伯伯到北京的时候，我还在吃奶哩。

钱处长 哦，那你是老五了！

张小理 对，对，我是老五。

钱处长 小鬼，你叫什么名字？

张小理 叫张小理，大小的小，理想的理，您随便叫好了，叫我的姓，就叫小张；叫我的名字，叫小理也可以。

［赵团长从通往后台的门匆匆上。

赵团长 钱大姐……哦，你们已经认识了？

钱处长 怎么不认识？二十多年以前吴书记就跟他爸爸认识了，吴书记还抱过他哩！小赵，你知道他是谁的孩子？

赵团长 知道，知道，还是我猜着的哩！

钱处长 这还用猜，一看就知道了嘛！你看他跟他爸爸长得多像！

孙局长 是呀，是呀，真像！简直是一模一样！

钱处长 小赵，他是我跟吴书记的客人，以后要请他多看看戏呀！

张小理 钱阿姨，你们还有事哩，我要走了。

钱处长 别急嘛！

张小理 我明天一早还要坐飞机回北京去。

钱处长 多玩些时候嘛！

赵团长 你下个礼拜还要看几场内部电影哩。

张小理 到时候我再坐飞机来看。钱阿姨，我下次来看你吧！

钱处长 再坐一会儿，再坐一会儿。（将张小理拉到自己身边坐下）我还没跟你聊聊哩，你这次从北京来干什么的？

赵团长 他是来看朋友的。

钱处长 男朋友还是女朋友？

张小理 跟我一样，男的。

赵团长 小张，你不要骗人喔！

张小理 人，我是从来不骗的。

钱处长 你朋友在哪儿呀？

张小理 海东农场。

钱处长 哦？还没调上来？

张小理 他爸爸是普通工人，没路子。我真为他急死了！

赵团长 那可以通过你爸爸的关系嘛！

张小理 我爸爸又不认识农场的场长。

赵团长 （突然想起）孙局长，你跟海东农场的老郑不是老战友吗？

孙局长 嗯，对，对。

赵团长 小张，那就请孙局长找找郑场长，请他关心一下嘛！

孙局长 （面有难色）这……

［赵团长向张小理示意，要他向钱处长说说。

张小理 钱阿姨，你看这事能麻烦孙伯伯吗？

钱处长 老孙呀，你就跑一趟吧？

孙局长 （连忙答应）好，好。我试试看。嗯，他叫什么名字？

张小理 姓李，叫小璋，在五七连队。

孙局长 （用笔记在本子上）好。

张小理 （惊喜，但不动声色）太好了，要是孙伯伯真能帮他解决上调的问题，那我明天就暂时不回北京了！

钱处长 对，在这儿等着，多玩几天。

张小理 孙伯伯，你看我什么时候听你回音？

孙局长 嗯，一个礼拜之后你到我家来吧！

张小理 好！一个礼拜之后我一定来拜望你！

钱处长 对。小张，你现在住哪儿呀？

张小理 （脱口而出）南湖宾馆。

钱处长 几号房间？

张小理 102。

钱处长 既然你暂时不回北京，就住到我家去吧。

张小理 不不不，宾馆蛮好。

钱处长 我家也不差嘛！

张小理 又要退房间，挺麻烦的，算了吧！

钱处长 退房间麻烦什么？（拿起电话机上的听筒）我来跟他们说！

张小理 （连忙夺过听筒）我来吧，您坐，您坐。

钱处长 知道号码吗？

张小理 知道！

［张小理随便拨了个号码。

［舞台的一侧出现了一架电话机和一个接电话的中年人。

张小理 喂，南湖宾馆吗？

中年人 什么？南湖宾馆？不，不，我们这是殡仪馆！

张小理 （向钱处长点头，表示已经接通）我是102房间的张小理呀！

中年人 你打错了，我们这儿是殡仪馆！

张小理 哦，你是老管呀！老管同志，没别的事，今天晚上我不来住了。

中年人 （自语）咦？我怎么姓管了？（对话筒）我姓李！

张小理 哦！你说行李呀，没关系，我过几天来拿。

中年人 （哭笑不得）咳！（对话筒，发火）你是吃饱了撑的还是怎么的？半夜三更寻开心?!

张小理 信？没有我爸爸的信？电报呢？哦，也没有。

中年人 （大叫）你大概是神经病！（“啪”的一声挂上电话。隐去）

张小理 不客气，不客气。谢谢你，谢谢你呀！（挂上电话）服务态度可真好！

赵团长 高级宾馆嘛！

钱处长 （站起）小张，走吧！

张小理 好。孙伯伯，一个礼拜之后听你的回音。

孙局长 好的，好的。

［张小理兴奋地用手拍了拍孙局长的肩膀，忽然，意识到自己假冒的身份，赶紧把手缩了回来，尴尬地笑着。

——**幕　落**

第三场

一个星期之后的某日上午。

孙局长家客厅，左右各有一门，分别通往卧室和厨房。中间有一门，通往走廊和院子。客厅内有彩色电视机、落地收音机、沙发、藤椅、桌几、电话等物。

幕启时，周明华赤着脚，卷起裤管，跪在地板上擦洗地板，显然已擦了很久，汗流如注。突然恶心想吐，但又拼命抑制住。休息了一会儿，又继续擦洗地板。孙局长从走廊走进客厅。

孙局长 （不满地）哎呀呀，这是打蜡地板，怎么能用水洗？

［周明华惊愕，不知所措。

孙局长 今天我还要请客人来吃饭，你看你看，咳！算了，算了。

［周明华提着拖把、铅桶，走进右边一个门，下。

［娟娟拿着一本书，从另一个门上。

娟　娟 爸爸，你回来了？

孙局长 你刚起来？

娟　娟 不，九点钟就醒了，我躺在床上看小说。

孙局长 你真会享福！娟娟，妈妈不在家，你请了一个女佣人？

娟　娟 没有。

孙局长 那刚才这洗地板的？

娟　娟 哦，她是我的同学。

孙局长 同学？

娟　娟 她可能干了，粗活细活样样行，你瞧，（指身上穿的裙子）这是她昨天给我做的裙子，她说还要给我结毛线衣哩。

孙局长 哦？我怎么从来没见她到我们家来过？

娟　娟 她这次来，是想请你帮忙的。

孙局长 （讨厌地）我已经够忙的啦！

［周明华两手捧着一大盆衣服上。

娟　娟 明华，来来来，我介绍一下，这就是我爸爸。

周明华 孙伯伯，你好！

娟　娟 她姓周，叫周明华，去年从农场调上来的，分在纱厂当工人。

孙局长 哦，刚才我还以为……（指周明华捧着的一盆衣服）放下吧，放下吧，让娟娟洗吧！

娟　娟 哎呀，我哪儿洗得了这么多?！你说买台洗衣机，到现在也没买来，还是送到洗衣店去洗吧！

周明华 （担心失去洗衣服的机会）不不，我来洗！

［周明华捧着盆欲下。

娟　娟 明华，你等等！爸爸！

孙局长 什么事？

娟　娟 明华有个男朋友在农场，已经认识好多年了，他们想结婚，可她父亲不同意，非要她男朋友从农场调上来才答应。爸爸，我看明华怪可怜的，你就帮她想想办法吧！

孙局长 你是她的同学，你就去做做她爸爸的思想工作嘛。你对她爸爸说，他这种思想是不对的，在我们国家没有什么职位高低，任何工作，不论是在农场还是在工厂，都是为人民服务，都是有前途的。

娟　娟 你说得倒简单，你去说，现在谁还听这一套！

孙局长 那就晚两年结婚嘛，我看她男朋友迟早会调上来的！

周明华 孙伯伯，不能再迟了……

孙局长 你年纪还轻，现在应该把精力放在工作和学习上嘛！

娟　娟 爸爸，你不要这样！你不是认识海东农场的郑场长？你去说一声嘛，打个电话也行！

孙局长 你怎么能叫爸爸做这种事？我是国家干部，能做这种不符合原则的事吗？

周明华 娟娟，算了，那就不要让孙伯伯为难了！

娟　娟 他在搭架子！好！（把周明华手中的那盆衣服端过来塞到孙局长手中）这些衣服你去洗！人家这两天帮我们干了那么多事，就算白干了?!

孙局长 你……你！好好好，先不说，先不说！（将娟娟拉到一边）待会儿我要请客，北京人爱吃馒头，你替我买些馒头来。

娟　娟 跑那么远，我才不去！

孙局长 有车子！

娟　娟 我要看书！

周明华 娟娟，什么事？

娟　娟 叫我买馒头！

周明华 孙伯伯，不用买了，我会做。

孙局长 哦？那好，那好。你到厨房里去做吧，可中午以前要做好喔！

周明华 嗯。

娟　娟 明华，你真好！

〔周明华从右边一个门下。

娟　娟 爸爸真坏，别人给你帮忙，你就不给别人帮忙？！

孙局长 娟娟，你以后在外人面前，说话要注意点影响。

娟　娟 我说的都是实话嘛！

孙局长 那也要看在什么场合说嘛！

娟　娟 说真话还要看场合？那说假话呢？！

孙局长 谁说假话了？

娟　娟 你，我天天听你说假话！

孙局长 你！你越来越不像话了！等你妈妈回来，叫你妈妈好好管管你！

娟　娟 我才不怕妈妈，你倒最怕妈妈！

孙局长 咳，你，你！我对你真没办法，真没办法！

〔孙局长无可奈何地摇摇头，从左边一个门下。

〔娟娟坐在沙发上看书。

娟　娟 明华，你在干啥？

〔周明华声："揉面粉！"

娟　娟 出来陪陪我吧！

〔周明华端一盆面粉上。

娟　娟 明华，我妈不在家，什么事都靠你了！

周明华 没什么，只要你跟你爸爸能把我男朋友从农场调上来，我什么事都愿意帮你们家做！

娟　娟 你放心，我爸爸是假正经，这一阵子他正在忙我的事，等忙完了，我再跟他说说。

周明华 你还有什么事？你不是早就调上来了？

娟　娟　还有我爱人哩。他在东北，前几天我妈去了，带了我爸爸托人写的一封信，去找我爱人单位的头头，把我爱人调回来。

周明华　有希望吗？

娟　娟　反正有我爸爸。

周明华　我真羡慕你！

娟　娟　你男朋友也会调上来的。明华，你男朋友我还没有见过哩，他长得漂亮吗？

周明华　（羞涩地）一般。

娟　娟　你非常非常爱他？

周明华　本来很爱他……

娟　娟　本来？

周明华　他刚到农场的时候，真好，有理想，又聪明，什么活一学就会，还会演戏。可是后来，我们那个农场越办越糟，有门路的人家走的走，跑的跑。前年，按政策他可以上调回城了，可是没想到让别人给挤掉了，他就变得非常消沉，后来又抽烟，又喝酒，越来越……

娟　娟　那你现在不爱他了？

周明华　不，他会变好的。

［赵团长从走廊走进客厅。

赵团长　娟娟！

娟　娟　赵阿姨！

［周明华下。

赵团长　喏，给你送票来了！

娟　娟　哦，太好了！

赵团长　（拿出几张票）全都是外国的内部参考片。

娟　娟　（接过票）还有多吗？

赵团长 你好大胃口！我们团三百多人，每部片子只来了十张票。每次票子发下来都得抓阄，闹得不可开交，我每样给你两张，你还不知足？

娟　娟 赵阿姨，谢谢你！

赵团长 你爸爸呢？

娟　娟 在里屋。（叫）爸爸，赵阿姨来了！

［娟娟下。

［孙局长从左边一个门上。

孙局长 （冷淡地）咦？你怎么今天来了？

赵团长 你不是说，一个星期之后给北京来的那个小张回音吗？

孙局长 （不悦地）你也关心这件事？

赵团长 也想出把力嘛！谁都知道我是个热心人。（从手提包里取出“茅台酒”）这是我托人给你搞来的。

孙局长 （惊喜，但随即又故作严肃状）你，你这是干什么！

赵团长 我又不会喝酒，搁在家里有啥用。我知道你爱喝，就拿来了。

孙局长 我可不喜欢人家这样！

赵团长 是呀，要是别的酒，我就不拿来了。这可不是一般的茅台，这是特制的，专门出口的，里面大概加了不少补品。

孙局长 哦，特制的？不是一般的茅台？

赵团长 可不？我是托了很多人，好不容易才搞到的。

孙局长 那……那你就搁下吧！不过，不收钱我可不要！

赵团长 你要给钱，我就拿回去！

孙局长 （笑）你？好好好，以后再说，以后再说。

［孙局长将“茅台酒”放进柜子里。

赵团长 替小张的事办得怎么样了？

孙局长 等他来了再说吧。

赵团长　（试探地）娟娟的爱人从东北调回来了吧？

孙局长　你别听娟娟胡说，我才不管这种事！

［静场。

赵团长　孙局长，我的房子问题……

孙局长　我不是跟你说过了，我也管不了呀！

赵团长　你是局长！

孙局长　你住得蛮好，干吗还要调大的呢？你是个党员干部嘛，要讲一点艰苦朴素嘛！

赵团长　可跟我一同参加革命的，有人已经住上七十多平方了！

孙局长　差别总是有的嘛！

赵团长　孙局长……

孙局长　要不你去找市委宣传部吧！

赵团长　（拿出一份报告）我写了一份报告，想请你转给马部长。

孙局长　马部长出国了。

赵团长　先交给他秘书。

孙局长　不行，我替你转送，就表明了我的态度。我看还是过一阵再说吧。

赵团长　那小张的事不是也在办吗？

孙局长　这是市委书记夫人亲自交办的。要是你的事也有上面点头，我也可以给你办。

赵团长　孙局长……

［电话铃响，孙局长欲去接，娟娟从右边一个门跑上。

娟　娟　爸爸，我来！（接电话）对，对，好。（兴奋地对孙局长）爸爸，是妈妈从东北打来的长途电话。

孙局长　别哇啦哇啦的，吵死了。（对赵团长）走，到里边去坐。

赵团长　好，好！（慢腾腾地站起，突然故意地把脚一崴）哎哟！（顺势跌在沙发上）哎哟！

孙局长 怎么了？

赵团长 脚崴了一下！

孙局长 真巧！

娟　娟 要紧吗？

赵团长 得揉一揉。

［赵团长故意地在揉脚。

［孙局长心急如焚。

娟　娟 （继续接电话）妈妈！是我，我是娟娟！——什么？爸爸托人写的那封信发挥了很大作用？太好了！太好了！他们同意把他调回来了?!（兴奋地对孙局长）爸爸，你听见了没有，听见了没有？

赵团长 孙局长，娟娟问你听见没有？

孙局长 挂上，挂上！

娟　娟 （继续接电话）好，好。（挂上电话，对孙局长）妈妈说，那边同意放了，叫你赶快把这边的调令搞到手，尽快寄去。

孙局长 你的事我不管，你们的事我都不管！

娟　娟 你不管？哼！

［娟娟从右边一个门下。

［孙局长气得欲从左边门下。

［外边传来小汽车的喇叭声。

孙局长 （转身对赵团长，催促地）你还有什么事吗？

赵团长 （故作痛苦状）哎哟，我这脚！

［孙局长从通往走廊的门下。

［少顷，孙局长和张小理同上。张小理提着一篮水果。

张小理 孙伯伯，这篮水果是钱阿姨叫我带来送你的。

孙局长 哦！回去替我谢谢钱处长！

张小理 小意思，还谢什么！

赵团长 小张！

张小理 赵阿姨，您也在这儿？

赵团长 来，坐，坐！

［张小理坐在沙发上。

孙局长 （递烟给张小理）抽烟！

张小理 不！（掏出一包“三五”牌香烟）抽这个！

［张小理递烟给孙局长和赵团长。

赵团长 你是坐小车来的吧？

张小理 嗯，吴书记的车。

赵团长 哦？吴书记的车？

张小理 吴伯伯到黄山开会去了，我头一天晚上到他家，第二天一早他就走了。所以钱阿姨就把他的小轿车让我用了。

孙局长 那你还没见到吴书记？

张小理 他还不知道我来哩。

赵团长 钱阿姨对你不错吧？

张小理 她没孩子，就把我当成她自己的孩子一样。孙伯伯，钱阿姨叫我问你，那件事办得怎么样了？

孙局长 （为难地）这件事不好办呀！

张小理 （注意地）怎么了？

孙局长 昨天我到郑场长家里去了。他说，前一阶段上调和顶替的事搞得太乱，市委批评了。眼下正在整顿，暂时停止办理这类事情。

赵团长 打官腔！

张小理 你有没有跟他说，抽调李小璋是特殊情况，而且是市委书记夫人亲自交办的？

孙局长　说了，没用。郑场长说，是吴书记自己下的命令关的门，要是再想把门打开，不论前门、后门都得要有吴书记亲自写的条子。

张小理　非得要有吴书记的条子？

孙局长　他怕口说无凭，以后查起来麻烦。

张小理　（生气地）难道市委书记的夫人说话就不顶用？嗯？好，我找钱阿姨去！

孙局长　小张，你等一等！

张小理　我已经等了一个礼拜了！

孙局长　可没吴书记的条子，谁也负不了这个责任啊！

赵团长　我听钱大姐说，吴书记的原则性可强呐，就怕他不肯开条子。

孙局长　就是啊！

张小理　赵阿姨，你说这事怎么办？

［静场。

赵团长　（思索）看起来非得把你爸爸抬出来！

张小理　怎么？

赵团长　你就对吴书记说，李小璋跟你爸爸有特殊关系。

张小理　什么关系？

赵团长　（突发奇想）救过你爸爸！

张小理　救过我爸爸？

赵团长　对！（边说边想，越说越兴奋）你就说，“文化大革命”初期，李小璋到北京串联。嗯，正好看到你爸爸在挨斗，李小璋就救了你爸爸，把他藏了起来。嗯，藏了好几个月。你爸爸落实了政策重新工作以后，一直还记着这件事，非常感激他，所以这次就特地叫你来，请吴书记帮助解决李小璋上调这件事。吴书记一听是受你爸爸之托，而且李小璋又保护过你爸爸，说不定就会开条子。（得意地）怎么样？

张小理 （连连点头）孙伯伯，你说呢？

孙局长 嗯，不妨试试，不妨试试。

张小理 好！赵阿姨，谢谢你给我想了个好办法！我一定让吴书记开条子！

孙局长 那这件事就好办多了！

［饭店的服务员拎着装满菜肴的盒担上。

孙局长 搁这儿！

［服务员把菜端出摆好，然后下。

孙局长 也没什么招待，小张，就在这儿随便吃一点吧。我去看看馒头好没好。你们坐。

［孙局长从右边门下。

赵团长 可惜我家房子太小，要不也一定请你到我家吃顿便饭。

张小理 赵阿姨家有多少平方？

赵团长 咳，别提了，小得很，三个人就住五十多平方。打了个报告，想换大一点的，可就怕领导同志忙，顾不上。嗯，小张，你帮我把报告交给马部长……哦，不，交给吴书记，行吗？顺便再帮我说说，只要吴书记一句话就行了。

张小理 行，没问题！包在我身上！

赵团长 （把报告给张小理）那真感谢你了！

张小理 我还要感谢你哩！

［孙局长从右边门上。

孙局长 馒头马上就好！坐，坐！

赵团长 孙局长，失陪了！

张小理 怎么，你要走？

赵团长 脚不痛了，还不走干吗？

孙局长 那就不留你了！

赵团长 再见！再见！

［赵团长从通往走廊的门下。

孙局长 小张，赵团长向你提出过什么要求吧？

张小理 小事一桩。帮她递送一份报告，解决房子问题。

孙局长 小张，你是干部子弟，要注意自己的影响。他们不通过组织，随随便便向你提要求，你可不能答应他们！

张小理 没什么关系，能帮忙我总是帮忙。

孙局长 （惊喜）哦？真的？

张小理 对，孙伯伯，我能帮你做什么，你也尽管说！

孙局长 这……（欲言又止）不不，这怎么好意思麻烦你？

张小理 说嘛，我又不是外人，怕什么？

孙局长 嗯……我有个女婿，在东北山沟沟里，他们单位已经同意让他回来，可是还要咱们这儿发个调令……

张小理 行行行，你写个报告，我再帮你在吴书记面前说几句，准行！

孙局长 好，好！我马上就写！

［孙局长高兴地从左边一个门下。

［张小理欣赏着孙局长家中的摆设。

［周明华端着馒头上。将馒头放在桌上，欲下，此时看见张小理的背影，于是停下来观察辨认着，终于认出了是李小璋。

周明华 小李！

［张小理一惊。

周明华 小李！

［张小理慢慢地转过头来。

周明华 小李，是你！

张小理 （大吃一惊）明华！（立即奔了过去）你怎么到这儿来了？

周明华 还不是为了你?!

张小理 为了我？

周明华 我跟孙局长的女儿是同学。

张小理 （明白了）哦……（打量着周明华，百感交集，感激地握着周明华的手）明华，你……

［张小理掏出手绢，爱抚地擦去明华头上的汗珠。

周明华 你怎么也到这儿来了？

张小理 你先别问，以后对你说！

［娟娟从左边的门跑上。

娟　娟 明华！

［张小理与周明华连忙分开。

张小理 （迎向娟娟，热情地）你就是娟娟吧？

娟　娟 对，对，你好，你好！明华，你们认识？

周明华 他就是我的男朋友……

张小理 （连忙插上）她男朋友的朋友，李小璋的朋友。

娟　娟 怎么？你也认识李小璋？

周明华 他……

张小理 （连忙插上）怎么不认识？李小璋是海东农场的知识青年，跟我同年，长得也跟我差不多，早就认识了。我这次从北京来就是要想办法把他从农场调上来！

娟　娟 哦？那太好了！明华，他爸爸是高干，比我爸爸有办法！

周明华 他爸爸是高干？

娟　娟 你不知道？刚才我听我爸爸说的。

周明华 啊？

张小理 没想到吧？

周明华 你……

张小理 我是为了李小璋和你呀！

娟　娟 那太好了，我去跟我爸爸说，有办法了！

［娟娟从左边门跑下。

周明华 （愤慨地）小李，你怎么能骗人？

张小理 明华，他们也在骗人，你别太天真了！

周明华 这可不行！

张小理 你不是要我想办法从农场调上来吗？

周明华 那你也不能这样呀！

张小理 那有什么办法呢？你不是还叫我尽快跟你结婚，不能再拖了吗？

周明华 （软了下来，自语地）是呀，是不能再拖了……

［孙局长和娟娟从左边门上。

娟　娟 （拿着一份报告递给张小理）我爸爸写好了。你真不错，一下子帮了两个忙！怪不得我爸爸要请你吃饭哩！

孙局长 来来来，请坐吧！坐，坐！

［孙局长、娟娟、张小理就座。

［周明华欲从右边门下。

张小理 周明华！

［周明华站住。

娟　娟 对了，还有明华哩，一块吃吧！

孙局长 娟娟——

张小理 孙伯伯，她是李小璋的朋友，也是我的朋友。

孙局长 哦，那就一块儿坐吧，一块儿坐！

张小理 孙伯伯，把桌子搬到这儿来。娟娟，你坐这儿。孙伯伯，你坐这儿。（走到周明华面前将她拉了过来）小周，来，你坐这儿！

［周明华坐在饭桌前，侧着身子，一动也不动。

张小理　（递了一个馒头给周明华）趁热吃！

［周明华抬头呆望着张小理。

——**幕　落**

第四场

又是一个星期之后，上午。

市委吴书记家。

一个市委书记的家，其外观和内景究竟怎样呢？可惜本剧作者和观看此剧的绝大多数观众从未去过，因此不得而知。

假如，今天市委书记的家不像以前那样警卫森严，重门深深，而市委书记同志们又能“门户开放”，欢迎普通百姓前来做客，那作者在描述市委书记家中的情景时也就不会像如今这样苦费猜想了。

［幕启时，张小理正坐在客厅里看一本书。

［钱处长上。

钱处长　小张，起来啦？

张小理　钱阿姨！吴伯伯起来了吗？

钱处长　还没呢，在黄山开了半个月的会，累得够呛。昨天晚上刚回来，今天我让他多睡一会儿。

张小理　李小璋的事您跟吴伯伯说了吗？

钱处长　说了。

张小理　怎么样？

钱处长　咳，他说暂时停止知识青年抽调和顶替是市委的决定，他不能违反。

张小理 啊？你有没有对他说，李小璋保护过我爸爸，跟我爸爸有特殊关系？

钱处长 说了，我说那个李小璋对你爸爸有救命之恩，在保护你爸爸的时候自己还负了伤。说得比你那天告诉我的还要具体，还要生动。（笑）说得连我自己都相信了。

张小理 吴伯伯怎么说？

钱处长 他只是说你爸爸虽然跟那个李小璋有特殊关系，可是不能用私人感情来破坏党的政策。

张小理 没这么严重嘛！

钱处长 咳，这老头子就是这样，干什么事都一板一眼，都要讲什么政策。对我也一样，这次他到黄山开会，我叫他给我带一只猴回来，就是那种金丝猴，可他硬是不肯带。还有，中央马上要派一个大型代表团到国外去，我叫他给我也争取一个名额，跟他一块儿到外国转一转，可他也是不答应！我看他真有点极左思潮，思想一点儿不解放！

张小理 那这么说，李小璋的事就根本没希望了？

钱处长 咳，要是你早来一两个月，在市委决定下达之前，这件事就好办了。

张小理 可我怎么知道呢？一会儿紧，一会儿松；会儿放，一会儿收！我已经写信给李小璋了，给他打了包票，说他的事肯定有希望。可现在叫我……（突然掩面哭泣）

钱处长 小鬼、小鬼，别急，别急嘛！阿姨再给你想办法嘛。

张小理 别的没什么，就怕我爸爸知道了这件事没办成，会有想法。

钱处长 你可先别跟你爸爸说。现在只是暂时停止抽调，等这阵风过去，我就第一个把李小璋调上来。

［吴书记从内室上。

吴书记 怎么了?

钱处长 看,你不答应开条子,小鬼都急哭了。

张小理 (用手绢擦眼泪)吴伯伯!

吴书记 想不通,是不是?小鬼,这件事不好办哪,影响不好嘛,对那个姓李的农场青年,对你,对你爸爸都不好嘛!

钱处长 老吴,你这样做,就不怕他爸爸有什么想法?

吴书记 我们有困难嘛。要不,我晚上打个电话,跟他解释一下。

张小理 (一惊)你要给我爸爸打电话?

吴书记 (开始注意张小理)你看怎么样?我跟你爸爸二十多年不见了,通个电话,也顺便问候问候。(观察张小理的神情)你看好吗?

张小理 (很快便恢复平静)那当然好,免得他怪我,还以为是我不会办事哩。吴伯伯,那就这样吧,你忙吧!

[张小理欲走。

吴书记 小鬼,到哪儿去?

张小理 这几天,天天晚上看戏,真累,想去睡一会儿。

吴书记 再坐一会儿嘛,来来来,你会抽烟吧?(递了一支烟给张小理)抽吧,抽吧!

张小理 谢谢,我自己来。

吴书记 你从小生在北京?

张小理 嗯。

吴书记 怪不得普通话不错。你爸爸是哪儿人呀?

张小理 我爸爸?

吴书记 嗯。

钱处长 咳,你老糊涂了,他爸爸是四川人,这谁不知道?

吴书记 我是随便问问,谈谈家常嘛。

张小理 钱阿姨说得对，我爸爸是四川人。

吴书记 你爸爸是三四年参加革命的吧？

钱处长 怎么可能是三四年呢？……

吴书记 （打断钱处长）你都知道！

张小理 吴伯伯，你记错了。不是三四年，是二四年。二五年六月入的党，二七年十月上的井冈山，二八年提升为排长，二九年当了团长，三〇年负伤，三一年……

钱处长 咳，这老头子问这些干什么？（把张小理刚才看过的一本书递给吴书记）这儿有他爸爸写的一本回忆录，那上面才详细哩。

张小理 吴伯伯，还有什么事吗？

吴书记 没什么，随便聊聊。那件事我会打电话跟你爸爸解释的，你去休息吧。

张小理 好。

［张小理下。

钱处长 你真的要打电话？

吴书记 问问清楚嘛，你看你，也不调查核实一下，就把我的车子给他用，万一出了问题，影响多不好！

钱处长 你的车子有啥稀奇？他在北京能坐“大红旗”哩。哦，你大概对他怀疑？怪不得刚才你那么刨根问底！

吴书记 可你总是插嘴，又不让我问下去。

钱处长 跟你说吧，假不了！要是假的，马部长会介绍他来看戏？再说，要是假的，他怎么会知道你五三年到他家去过，还送给他爸爸一盆仙人掌？

吴书记 再调查一下，总不会错。

钱处长 错不了！要不是真的，谁也没这么大的胆子敢住到我们家来！我看，那件事你就给他办了吧！

吴书记 不，开条子的事以后再说。

钱处长 算了！你呀，是在找借口，你根本就不愿意给他办。我托你办的事，你也是这样，金丝猴为什么不给我带来？

吴书记 我一个书记，一下飞机，手里牵个猴，像话吗？

钱处长 那我要参加出国代表团的事呢？

吴书记 没名额嘛！

钱处长 你不会向中央要两个名额？

吴书记 这么便当？

钱处长 你就是不把我放在心上。有的人要几个名额都行，你只要一两个还不行？

吴书记 你是市委组织部的政治处处长，出国干啥？

钱处长 为了四个现代化，去参观学习嘛！

吴书记 到一个资本主义国家去学习党的政治思想工作？不像话嘛！

钱处长 你才不像话！人家三八年的干部，都已经带老婆出过国了。你呢？你带我出去过吗？嗯？再说这十年，我跟你吃了多少苦，受了多少罪，差点连命都送了！如今"四人帮"倒台了，我跟你出国散散心，玩一玩，有什么不可以？

［钱处长赌气地坐在一边。

吴书记 （安抚地）好好好，以后等有机会再说吧！

钱处长 还要等到哪一年？等到你退休？等到开你的追悼会？

吴书记 好好好，我再考虑考虑，能去总归让你去。小钱，小钱，这总可以了吧？咳，你呀，你呀！

［吴书记下。

［与此同时，张小理急冲冲地骑着自行车从侧幕来到台口。台口露出一架电话机，他拿起听筒，拨了号码，吴书记家客厅里的电话铃响。

[钱处长接电话。

钱处长 喂，哪里？

张小理 是吴书记家吗？

钱处长 是呀。

张小理 我是警备区，北京打来的长途电话，请等一等。（改用四川口音）你是哪一位呀？

钱处长 我是吴书记的爱人。您是哪一位？

张小理 我是张小理的爸爸。

钱处长 （惊喜）啊！是张老！

张小理 你可是姓钱？

钱处长 对对对！

张小理 我们还没见过面，你看我是应该叫你老钱，还是叫你小钱？

钱处长 当然应该叫小钱，叫小钱！

张小理 小钱呐，我的小孩子小理来信说，他住在你们家，这可不好！你们工作忙，还给你们添麻烦，你们不要让他住，把他赶出去！

钱处长 不不，他住这儿蛮好，是我叫他来住的，你放心吧！

张小理 这个娃娃不大懂事，野得很，该管的你们还是要管，对他要严格一点！

钱处长 不不，小张可好啦，我跟老吴都喜欢他。张老，您最近工作很忙吧？

张小理 忙得很。最近，有个大型代表团要出国，我在负责筹备工作。

钱处长 （大喜）哦？张老，这个大型代表团人多不多？

张小理 当然多，大型代表团嘛！

钱处长 人员都确定了吗？

张小理 还有一部分没定下来，你是不是有兴趣呀？

钱处长　当然有兴趣，出国是为了学习嘛！老吴也有兴趣。

张小理　那好，我把你们两个人的名字都写上。

钱处长　那太好了。

张小理　老吴在家吗?

钱处长　在，在，你等一等。（向屋里叫）老吴!

［吴书记上。

钱处长　（高兴地）张老的电话，找你的!

吴书记　（奇怪地）哦?（接电话）是张老吗?

张小理　对，对，是老吴吧?

吴书记　是我呀!

张小理　你好，你好!

吴书记　你好，你好!

张小理　方才，我已经对小钱同志说了，中央决定让你们参加出国代表团。

吴书记　（一惊）哦?（望望钱处长）你?

钱处长　是中央决定的。

张小理　怎么样呀?

吴书记　就怕我走不开呀!

钱处长　（抢过话筒）不不，他走得开，走得开!

张小理　市委的工作可以交给别人嘛。

吴书记　恐怕不行吧?

钱处长　（凑近话筒）行，行，完全行!

［吴书记和钱处长用手势在争执。

张小理　这可是组织决定呵，你就辛苦一趟吧!

钱处长　（凑近话筒）好，好，我们不怕辛苦，不怕辛苦。

张小理　那就这么定了。老吴，你的身体怎么样呀?

吴书记 还不错，张老，你身体好吗？

张小理 就是腿不大好。

吴书记 怎么了？

张小理 挨斗的时候，给人从台子上推了下来，摔坏了。幸亏有一个青年人保护了我，否则这条腿就完蛋了。

钱处长 （凑近话筒）这个青年是不是叫李小璋？

张小理 对头，就是他，我很喜欢他，他就像我的亲儿子一样。听说他还在农场，没调上来。

吴书记 嗯……

［钱处长拼命向吴书记做手势，要他答应。

吴书记 你放心吧，这事可以解决，可以解决。

张小理 好，那我就放心了！你们那里的生产搞得怎么样呀？

吴书记 今年比去年好多了，正在贯彻中央的八字方针。

张小理 关于实践是检验真理标准问题的讨论，进行得怎么样呀？

吴书记 正在补课，进行得还不错。

张小理 好，祝你工作顺利。有空我来看你！

吴书记 好，好，欢迎你来，欢迎你来！

张小理 说不定我很快就会来！

吴书记 那太好了，太好了！

张小理 再见！

吴书记 再见！

［张小理一放下电话，便立即骑上自行车从侧幕下。台口的电话机也同时隐去。

钱处长 太好了，真没想到张老这么关心我们。

吴书记 这下你可称心了吧？

钱处长 哼，又不是你让我称的心，还不是靠人家张老。可你刚才还怀疑小张是假的呢！

吴书记 就怕上当受骗嘛！

钱处长 对你说吧，我看人是绝不会看错的！怎么可能是假的呢？要是假的，那我说这假的比真的还像！不会是假的！快给人家把李小璋调上来吧！再说人家张老南征北战几十年，就这么点小小的要求，你就答应了吧！

吴书记 好吧，开条子。

钱处长 这才对嘛，马上写吧！

［孙局长上。

孙局长 钱处长！

钱处长 哦，老孙，那件事吴书记答应了，瞧，在写条子哩。

孙局长 那太好了！（从包里拿出“茅台酒”）钱处长，听说吴书记最爱喝茅台，这儿有一瓶，您拿去吧。

钱处长 他多的是，你留着自己喝吧！

孙局长 这种茅台你们不一定有呀，这可不是一般的茅台。这是为了出口特制的，成分大不一样。

钱处长 你哪儿弄来的？

孙局长 ……外贸公司。

钱处长 （接过“茅台酒”）那就搁这儿吧！你坐一会儿，我去看看小张。

［钱处长将“茅台酒”放进柜子里，下。

［吴书记写好条子，站了起来。

孙局长 吴书记！

吴书记 孙局长，李小璋的事你去办一下吧！

孙局长 （接过条子）好，好！

［钱处长上。

钱处长 咳，这小鬼睡得真香！叫了老半天才把他叫醒，我对他说他爸爸来电话了，他笑得合不拢嘴，真是个孩子！

［张小理跑上，边上边扣衣服。

张小理 吴伯伯，我爸爸来电话了？

吴书记 嗯，条子开好了，给孙局长了。

张小理 太好了！

钱处长 老孙，你就抓紧给他办一办吧！

孙局长 好，我马上就去农场。小张，你要不要一块儿去看看李小璋？

张小理 啊？不了，我明天去看他。

孙局长 那好，我走了。

张小理 （走到孙局长面前）孙伯伯，麻烦你了。

孙局长 没什么。（低声地）小张，我的事怎么样了？

张小理 慢慢来嘛，吴书记昨天刚回来。

孙局长 好，我走了。

［孙局长下。

张小理 吴伯伯，我想借用一下你的车子。

吴书记 你要出去？

张小理 去办一件私事。

吴书记 好，你叫钱阿姨跟司机说一下。

张小理 谢谢你了！

吴书记 这小鬼！

［吴书记下。

［张小理高兴得跳起来。

钱处长 这小鬼，看把你高兴的！

张小理 钱阿姨，李小璋的事一办完，我就该回北京了。

钱处长 多住几天嘛！

张小理　我出来的时间不短了。

钱处长　小鬼定是想家了吧？好，下次来再住我这儿，这儿就跟你自己的家一样。

张小理　不，这儿比我家可好多了！

钱处长　小鬼，你这次回北京，我送你爸爸一件礼物，是你吴伯伯特地从黄山带回来的。（从柜子里取出“茅台酒”）特制的。

［张小理接过“茅台酒”。

张小理　谢谢！（大笑）

——**幕　落**

第五场

紧接前场，下午。

海东农场场长办公室，凌乱不堪。所有生活、办公用具摆得似乎都不是地方，都没有适得其所。一面陈旧的锦旗挂在紧靠地面的破墙上，一把破扫帚被拴在拉线开关的绳子上。在这样的办公室里所发出的任何指令，想必都不会有太大的效力，也许刚出门口便夭折了。具有象征意义的是在屋角耀武扬威地长着的几束野草，因此观众完全可以想象得出农场的大田会是一种什么样的风光了。

幕启时，郑场长背着农药喷雾筒上，然后颓然地坐在办公桌上喝酒。

［青年甲跑上。

青年甲　郑场长！

郑场长　干什么？

青年甲　（拿出一封电报，哭丧着脸）我外婆生急病，家里来了电报，要我赶快回去！

郑场长　什么病？

青年甲 癌！

郑场长 你别吓人好不好？你要请假就请假，干吗要咒你外婆生癌呢！

青年甲 真的生癌！

郑场长 你又不是医生，你一回去她的癌就好了？要是能好，以后我生了癌，就不住肿瘤医院了，每天你来看看我，我的癌细胞就消失了。

青年甲 （哀求地）郑场长！

郑场长 好吧，好吧，你跟你们连长说了吗？

青年甲 连长他爸爸生病了，前几天就回去了。

郑场长 副连长呢？

青年甲 副连长他妈妈生病，昨天下午刚走。

郑场长 怎么都生病了？哦，大概生的是传染病，都传染上了。好，要请几天假？

青年甲 那要看我外婆的病什么时候能好。

郑场长 你们这些人家里的亲属生病，都是一时好不了的，少则半个月，多则半年。你要多少天？

青年甲 先开一个月吧。

郑场长 好，把电报留下来。

青年甲 郑场长，你真好！

［青年甲高兴地跑下。

［青年乙跑上。

青年乙 郑场长！

郑场长 你爸爸生病了？

青年乙 不不。

郑场长 那么是你妈妈生病了？

青年乙 不，我姐姐结婚。喏，（拿出一封信）刚来了一封信。

郑场长 要请假回去？

青年乙 嗯。

郑场长 你不回去，你姐姐就不肯跟你姐夫结婚了，是不是？

青年乙 不不不，我是想参加他们的婚礼！

郑场长 你跟你们连长说过吗？

青年乙 连长他哥哥结婚，也去参加婚礼了。

郑场长 副连长呢？

青年乙 他妹妹结婚，还没回来。

郑场长 好嘛，传染病已经结束了，大家又开始集体结婚了。要请几天假？

青年乙 不多，一个礼拜。

郑场长 好吧，把信留下来。

青年乙 嗯。郑场长，回来带喜糖给你吃！

［郑场长头也不抬地向青年乙摆摆手，青年乙跑下。

［郑场长感慨地哼着抗美援朝时期的一首歌。

［由远及近地传来小轿车的喇叭声，郑场长将身子伸出窗外看了看。

［传来刹车声。少顷，孙局长上。

郑场长 等了好几天，就知道你会来！

孙局长 嗬，你在喝酒？

郑场长 怎么样，你也来喝两口？

孙局长 上班时间喝酒，你不怕影响不好，我还怕呢！

郑场长 又假正经了！什么上班时间？现在是无班可上！你瞧瞧窗子外面这一片农田，有谁在上班，有谁在干活？来来来，喝两口！

孙局长 （边喝酒边说）那你也不该喝酒，应该到各个连队跑跑，做做思想工作，深入深入群众嘛！

郑场长 群众？都让回城风刮跑了！顶替的顶替，抽调的抽调，开后门的开后门。

孙局长 发什么牢骚！这是你管理不善嘛！

郑场长 管理不善？你来管理！这个位子让你坐，我给你磕几个响头！

孙局长 好了，好了，（拿出吴书记开的条子递给郑场长）喏！

郑场长 （接过，大吃一惊）哦？市委书记还真开了条子？

孙局长 来这儿之前，我还到劳动局去了一趟，凭这个把调令也拿来了。快给李小璋转关系吧，吴书记说要越快越好！

郑场长 不行呀，你来迟了一步。

孙局长 什么？

郑场长 场党委决定，目前关于知识青年上调问题正在调整阶段，要大力缩短开后门的战线，因此决定今年下半年开后门的名额不得超过二十人。

孙局长 吴书记交办的这件事不属于开后门！

郑场长 哎呀，我的老孙，你就不要不好意思了。（抖动吴书记的条子）这是百分之百的开后门！

孙局长 你敢说市委书记开后门!?

郑场长 别说市委书记，部长、中央委员也有开后门的！

孙局长 你喝醉了！这不是开后门！

郑场长 是开后门！

孙局长 不是！

郑场长 是！

孙局长 不是！

郑场长 是！

孙局长 肯定不是！是送上门！（自觉失口）哦，不对，不对！我也喝醉了。好了，好了，你看这事怎么办呢？

郑场长 除非把别人挤掉。

孙局长 这怎么能叫挤掉？这叫照顾重点。把名单拿出来看看！

郑场长 （将一份名单递给孙局长）二十个人的名字都在上头。你看挤谁吧？

孙局长 （指名单）这个怎么样？

郑场长 挤不动，军区冯参谋长的侄子！

孙局长 嗬！（指名单）这个呢？

郑场长 卫生部副部长妹妹的外甥女儿！

孙局长 好家伙！（指名单）那这个呢？

郑场长 副总理表兄弟女婿的儿子。

孙局长 越来越大！（指名单）这个的亲戚也是高级干部吗？

郑场长 不，不是大官。

孙局长 哦，太好了！

郑场长 也不行，她是我们农场党委书记儿子的女朋友。

孙局长 咳，那有没有一般干部的……

郑场长 （指名单）这个，他爸爸是房管局的第八副局长。

孙局长 副局长，而且又是第八？行，就这个吧。请他明年再说，先让给李小璋，怎么样？

郑场长 （苦笑）行，第八副局长当然要让给市委书记。官越大，权越大，权利，权利，有权就有利。这就是有些人的真理，而且是经过实践检验过的！

孙局长 那就这样了！

郑场长 （打开抽屉，取出一些材料）李小璋的档案、油粮关系、户口迁移证都在这儿，你拿去吧！

孙局长 哦！你早就把离场手续都办了？

郑场长 上面交办的，来头大，能不闻风而动？

孙局长 你呀，倒瞒着我！

郑场长 不，我是在等市委书记的条子。

孙局长 （拿起档案等材料）是不是现在就通知李小璋，叫他尽快离场？

郑场长 好，我现在就打电话。（拿起话筒）要五七连队！（少顷）五七连队吗？——你是陈连长？我是老郑呀，李小璋在队里吗？——今天中午刚回来？你别批评他了，他马上就要走了！——上调，回城，对！什么？你们不同意？好，倒还有点造反精神！——你问符合不符合手续？是不是开后门？你等一等，（将话筒递给孙局长）请，请你回答！

孙局长 （接过话筒，有点醉意）喂，你问我是谁？告诉你吓一大跳！我是市委书记……

郑场长 （惊奇地）你是市委书记？

孙局长 ……派来的！

郑场长 哦……倒还真把人吓一跳！

孙局长 对！你问符合不符合手续，我可以明确地告诉你，不符合手续……

郑场长 啊？！

孙局长 ……是不可能的！

郑场长 咳！

孙局长 干部就是要有特权，开后门就是合法……

郑场长 什么？

孙局长 ……这是“四人帮”讲的。

郑场长 哎哟！好了，好了，我来，我来！（从孙局长手中接过话筒）老陈呀，市委书记开了个条子，点名要李小璋立即上调。——对，对，你们想顶？好，可就怕顶不住呀！——你就叫李小璋到场部来吧。对，叫他马上来！（挂上电话）你要不要等他来跟你一道走？

孙局长 不了，他还要收拾行李什么的，那要等到什么时候？我先走了，我好像还真有点醉了。不，没醉，没醉，再见！

郑场长 好，不送了！

［孙局长下。少顷，传来小汽车的开动声。

［郑场长伸头向窗外，望着远去的孙局长摇了摇头，然后继续喝酒。突然在桌上找了一张纸，奋笔疾书。

［恢复了实际身份的李小璋（即张小理）上，他先警惕地向室内室外看了看，然后进屋。此时他的言谈举止又完全显现出他原有的面貌。

李小璋 （近于油滑的调皮）报告，坚持战斗在海东农场的光荣的五七连队的五七战士李小璋奉命前来报到！

郑场长 你就是李小璋？

李小璋 保证货真价实！身高一米七六，体重六十六公斤，今年二十六岁，还有六十六天……

郑场长 怎么样？

李小璋 就是我战斗在海东农场的八周年。让我喝两杯吧，庆祝一下！

郑场长 你别这么调皮，别看你嘻嘻哈哈，你内心却一直是苦闷的！

李小璋 好，郑场长有眼力！

郑场长 连长对你说了吧？你上调了。

李小璋 略有所闻。

郑场长 手续全都给你办好了，你的档案、证明也让孙局长带走了。你可以离开咱们农场了。

李小璋 谢天谢地！

郑场长 我是应该向你表示祝贺呢，还是应该向你表示歉意？

李小璋 （不解）表示歉意？

郑场长 （辛酸地带有醉意）是呀，农场没办好，浪费了土地，也……也浪费了你们的青春。所以……所以，大家都想一走了之。每走一个人，我心里都……都不好受，都好像欠了你们一笔债。可我又有……又有什么法子？连市委书记……市委书记都搞特权，开后门，不想把农场办……办好，我们再怎么革命加拼……命，也没用。现在，不但……不但你们农场青年……开……开后门要走，就是干部……农场领导干部，不也是开……开后门要……要走吗？

李小璋 （不无同情地）那么你呢？

郑场长 苦……闷！（指酒）靠这个，消愁……解闷。农场……是要办的，可绝不能……这样办。要是再……再这样，我……我也不想……不想再待下去了。越干……越觉着心里……心里不好受呀……

李小璋 （一惊）你也想走？

郑场长 （悲愤地）打个报告，调……调动工作。你不是……认识一个高干子弟……叫张小理的吗？你请他……帮帮……我跟市委书记……说一声，也把我调走吧……

李小璋 （愣住了）这……这怎么行？

［青年甲上。

郑场长 有……有什么不行？（拿出吴书记开的条子）你问他，为……什么他……能开条子把……把你调走，就不能开……开条子把我……把我……也调走？（拿出刚写的请调报告）这……这是我……我的请调报告，理由两条：一是我……我外婆生癌，二是我……我姐姐结婚！

［郑场长将请调报告递向李小璋，李小璋惊愣地木然不动。猛地，郑场长又缩回手，痛苦地摇摇头，然后向李小璋挥挥手。

[李小璋下。

[郑场长慢慢地、用力地将请调报告撕碎。

郑场长 （大声地）我的农场！

[郑场长抱头抽泣。

——**幕　落**

第六场

几天之后的下午。

市委吴书记家。景同第四场。

幕启时场上空无一人。少顷，传来张小理的声音："请到那边去参观！"

[张小理引周明华上。

张小理 （站在门边，彬彬有礼地）请！

[周明华惊奇地打量着室内的陈设。

张小理 （像导游似的）请注意了，这是市委书记的会客室：楼上楼下，电灯电话，钢窗壁橱，地毯沙发，电视电唱录音机，还有空气调节器。（推开内室的门）里边是卧室，请进！

周明华 （站在内室门口向里张望）啊?!

张小理 平时你能进得来吗？请进吧！

周明华 不不不！

张小理 （打开柜子）来杯桔子水吧！（倒了一杯给周明华）请！

周明华 主人不在，你怎么随便拿人东西请客？

张小理 没关系，我有这个特权。请！

周明华 不，我从来不随便吃人东西！

张小理 我可常常吃。我吃得越多他们就越高兴。

周明华 这十多天，你在这儿就这么生活？

张小理 对，你羡慕吗？

周明华 不。

张小理 明华，每当我享受这些的时候，我就想到你，好像又看到你在孙局长家里赤着脚、流着汗、洗衣裳、拖地板……

周明华 你今天叫我来，就是为了让我看看你现在的阔气？

张小理 我是想让你看看，一个人只要有个好爸爸，他的生活就会发生什么样的变化！我还要让你看一样东西！

周明华 什么？

张小理 你猜！

周明华 你鬼点子多，我猜不着。

张小理 （拿出分配工作的通知单）你——看！

周明华 （接过一看，狂喜）什么？拿到了？你！

张小理 都拿到了。孙局长已经给我办好了全部手续，明天就凭这个到全市第一流的大工厂报到！

周明华 这……不是在做梦吧？

张小理 不，梦已经做完了！

周明华 太好了！

张小理 （学周明华的语气）太好了！你不是一直怪我不该冒充干部子弟吗？

周明华 这是不正当的嘛！

张小理 可是，不这样，（指通知单）这些能拿到手吗？再说，前年我应该上调，干部子弟硬把我挤掉，不也是不正当的吗？

周明华 可这总归有点……

张小理 明华，我不是坏人，我又没偷，没抢，没杀人，没放火，没跟“四人帮”一起篡党夺权，没想发动第三次世界大战。我不过是跟那些有权的长官们开了一个不大不小的玩笑。

周明华 可我每天都在为你捏把汗。

张小理 是呀，我也常常在提心吊胆。好了，从明天起，招摇撞骗、狡猾狡猾的张小理，就要变成老老实实、安分守己的李小璋了。我再也不愿意冒这个风险了。这是第一次，也是最后一次！

周明华 真的？

张小理 对！你不是不满意现在的我吗？（从未有过的严肃）那是因为我苦闷、无聊，看不到前途，破罐子破摔，痛恨自己，也想捉弄别人……可从明天起，将来的我，保你一百个满意！

周明华 好，那我……我也要……也要告诉你一个好消息……

张小理 你这个苦命鬼，还有什么好消息？

周明华 你怎么一点也看不出来？

张小理 看出什么？

周明华 （羞涩地）我们已经有了……

张小理 有了什么？

周明华 你，咳！

［周明华向张小理耳语。

张小理 （惊喜）啊?！真的？明华，你！（一把将周明华搂到自己怀里）谢谢你！谢谢你！你怎么不早说？

周明华 不是早就告诉你，不能再拖了吗？

张小理 哦！

周明华 你说我们什么时候……

张小理 嗯，明天我去报到，要不下个月……

周明华 下个月？不，不能再拖了！

张小理 那你说呢？

周明华 明天就结婚！

张小理　（激动地）好，明天！明华，从明天起，我一定……一定要做个让你喜欢的人！

周明华　（深沉地）我多么希望你这样啊！你不满意现在的你，其实我也不满意现在的我。我对你近来所做的一切并不满意，可我又原谅你，这也许是因为我只想到我们的婚姻、我们未来的孩子。所以与其说我是在原谅你，不如说我是在原谅我自己。

张小理　你跟我说这些干什么？

周明华　也许是为了重新点燃我们失去的理想和热情。小李，我们应该好好珍惜这次机会，以后要好好工作，好好生活，好好做人。你答应我，从明天起，你再也别抽烟了！

张小理　（诚挚地）嗯。

周明华　也不要喝酒了！

张小理　嗯。

周明华　再也不要骗人了！

张小理　一定！

周明华　为了我们自己，也为了我们的孩子……

张小理　你放心，我一定做个好爸爸！

周明华　我相信你！

张小理　（感动地握着周明华的手）明华！

周明华　小李，那咱们快点离开这儿吧！

张小理　不行，我的戏还没演完，今天晚上还有最后一幕。

周明华　干什么？

张小理　我对他们说，明天一早我就要坐飞机回北京，钱处长说今天晚上一定要再陪我看一场话剧。只有从明天起，我才能跟这儿，跟冒牌的张小理永远永远地告别。

周明华　那我先回去了。

张小理 再玩一会儿嘛！

周明华 我得回去把你上调的事告诉我爸爸，还有我们明天的事……

张小理 老头子……不不，老丈人还会反对吗？

周明华 不会了吧？

张小理 要是他同意，你得再来告诉我。

周明华 这儿人太多，我怎么对你说？

张小理 要是你爸爸同意了，你就穿一件最漂亮的衣服来，你不用开口，我一看就知道了。

周明华 好！

［周明华下，张小理含情脉脉地目送着她。

［钱处长兴奋地跑上。

钱处长 小张，告诉你一个好消息。

张小理 又是好消息？什么事？

钱处长 有人来看你了！

张小理 谁？

钱处长 你猜！

张小理 我认识吗？

钱处长 当然认识。

张小理 赵阿姨？

钱处长 不对！

张小理 孙局长？

钱处长 不对！

张小理 我在这儿，除了李小璋就再没熟人了。哦，马部长？

钱处长 我告诉你吧，你爸爸来了！

张小理 （一惊）爸爸？哪个爸爸？

钱处长 什么？一个人还能有几个爸爸？

张小理 不不，我是说哪个的爸爸，谁的爸爸？

钱处长 那当然是你的。刚从北京来！

张小理 啊？！

［张小理全身瘫软，倒在沙发上。

钱处长 你怎么了？

张小理 我……我太高兴了，太高兴了。

钱处长 吓了我一跳！

张小理 他现在在哪儿？

钱处长 马上就来。

［张老上，一眼就看到了张小理。张小理慢慢地从沙发上站起。张老与张小理各站在客厅的两头，四目相对，半晌无语。张老沉默地观察、审视张小理，张小理等待着暴风雨的来临。

钱处长 （喋喋不休地）咦？张老，坐呀，请坐，怎么不坐？小张，你见了爸爸怎么像见了老虎？（又向张老和张小理两人看了看，他们仍然沉默地对峙着）瞧你们这一老一小可真有意思，见了面光这么站着，也不说话。哦，我明白了，大概是像戏里说的，久别重逢，都激动得说不出话来！

张　老 不，我有话跟他说！

钱处长 （仍然咋咋呼呼、噜噜苏苏地）哦，我在这儿你们不便说？对了，对了，是应该让你们父子俩好好地单独谈一谈。小张，你就陪陪你爸爸吧。晚上看戏还得去哟。走了，走了，你们谈，你们谈！

［钱处长下。

张　老 别老站着了。坐吧。

［张小理坐下，张老也坐下。

［静场。

张　老　你也姓张？

张小理　不，姓李。

张　老　嗬，这倒真是张冠李戴了。叫什么？

张小理　李小璋。

张　老　哦，原来就是你自己。多大岁数？

张小理　二十六。

张　老　海东农场的？

张小理　（惊奇地点头）对。

张　老　干吗冒充我的孩子？

张小理　很可怜，想上调。

张　老　没干过别的坏事？

张小理　可以干，但我没干。

张　老　上调的目的达到了？

张小理　（敌视地）让你一来全给摧毁了！摧毁了我的希望，摧毁了我的幸福，三个人的幸福！

张　老　三个人？

张小理　我跟我的女朋友，我们打算明天就结婚。

张　老　那还有一个？

张小理　我们将要出世的孩子……

张　老　没结婚就有了孩子？

张小理　一半是因为爱情，一半是因为苦闷。

张　老　那当时为什么不结婚呢？

张小理　一结婚就再也没法上调了。

［静场。

张　老　你为什么要冒充我的儿子去欺骗人家？

张小理　（激动地）难道只有我一个人在欺骗吗？不，这场骗局是大家共同制造的！被我欺骗的人，不也是在欺骗别人吗？他们不但给我提供条件、机会，帮助我欺骗，有些被我欺骗的人甚至还教我如何去骗别人。我不否认，我是利用你的身份和地位，想来达到我个人的目的；难道他们不也是利用我这假冒的身份和地位，来达到他们更大的个人目的吗？

张　老　他们？他们是谁？

张小理　（从口袋里拿出一些报告、信件、纸条）你看，这是赵团长的，她想要搞一所更大的房子；这是孙局长的，他要把女婿从东北调回来；这是昨天钱处长给你写的请托信，要我亲手交给你，想走后门让她和吴书记挤进出国代表团。他们几乎都有求于我，可我又求谁呢？他们都巴结我，要我帮他们解决问题，可我的问题又有谁来解决呢？

［张老翻阅信件、纸条、报告，双眉紧锁，踱步沉思，几乎忘了张小理的存在。

张　老　（轻而有力）肮脏！你打算给他们帮忙吗？

张小理　他们已经够贪得无厌了！我留着这些东西，无非想留个证据，证明他们的心有时并不像他们的称号那么红！

张　老　你想留着这些告发他们？

张小理　不，为的是叫他们不敢告发我！

老　张　你倒想得周到。

张小理　我无权无势，只能这样来保护自己。

张　老　可是你知道不知道，你有诈骗罪，这是犯法的！

张小理　就因为我冒充了你的儿子？

张　老　冒充谁的儿子都不行！

张小理　可为什么我要冒充你的儿子呢？冒充了你的儿子，他们就那么奉承我、巴结我，给我提供种种方便，让我做到了以前根本没法做到的事。假如我冒充一个普通工人、农民的儿子，他们能这样围着我转吗？能这样给我大开方便之门吗？当然不能。这是为什么呢？难道不是因为你，或者有你这样身份和地位的人，有着一种畅通无阻、威力无穷的特权吗？假如你没有这种特权，我，或者任何人都不会冒充你的儿子！

张　老　这难道就能成为你行骗的正当理由？因为有特权，你就要利用特权？因为别人行骗，所以你也要行骗？这只能是骗子的逻辑，而不是一个正直青年应有的思想品质。是的，我们目前的干部制度确实给一些干部提供了不少不合理的特权，也给一些像你这样的人钻了空子。但是，并不是所有的干部都在维护甚至滥用这种特权！

张小理　你是想说，你是清官大老爷了？

［张小理讥讽地大笑，张老以威严的目光射向张小理。张小理不得不停止了嘲笑。

张　老　虽然你冒充我的儿子，可是你对我并不了解。看来你对我们党、对我们干部队伍的基本状况也缺乏了解。我希望你把这些条子、报告交给我。

张小理　为什么要给你？

张　老　我有责任了解和处理这些事。

张小理　（将条子等交给张老）好吧。你……你现在要逮捕我吗？

张　老　有关部门会做出适当处理。

张小理　好吧，我等着。

［孙局长上。

孙局长　小张，快去看戏吧，我来接你了。

张小理　（对张老）你瞧，他们这么热情，还专门派车来接我去看戏。

张　老　他是谁？

张小理 文化局的孙局长。

孙局长 小张，他……

张小理 我的爸爸！

孙局长 （惊呆）啊?！张老！

张小理 （对张老）我能去看戏吗?

孙局长 张老，今天晚上是最后一场了，让他去吧！

张　老 （对张小理）你要对你自己的行为负责！

［吴书记、钱处长上。

钱处长 张老，老吴来了！

吴书记 张老，你好，你好！

张　老 老吴，你好呀！

吴书记 坐，坐。真没想到您这么快就来了。

钱处长 老孙，是来接小张看戏的吧?

孙局长 是呀，时间到了，该走了！

钱处长 对，咱们走，让他们聊聊。小张，走吧，走吧！

［钱处长热情地拉着张小理下，孙局长随下。

吴书记 张老，你这次来……

张　老 中央这次派我来，是来检查党风党纪的。

吴书记 哦?

张　老 （拿出一封信）这是一个农场的场长寄给中央纪律检查委员会的一封检举信，里面还附了你写的条子。

吴书记 （接看）这……这事你不是知道的吗?

张　老 我知道什么?你上当受骗了！

吴书记 怎么回事?（突然明白）哦，张小理……

张　老 他不是我的儿子。

吴书记 可他冒充了你的名义……

张　老　老吴，就是我亲自来找你，你也应该拒绝嘛。（拿出钱处长等人写的信和条子）你再看这些，就更不像话了！

吴书记　（接过大惊）赵团长、孙局长……还有小钱?!

张　老　（不平静地）真叫人痛心！我们的党本来不是这样的嘛，是有着光荣的革命传统的嘛！老吴，你想想，在战争期间，你的几个孩子是怎么丢的？那时候为了革命，真是什么也不顾！进城的时候，我们穿草鞋，睡马路，跟老百姓同甘共苦，可是今天，这些老传统都到哪儿去了?！当然，我们并不否认这是“四人帮”所造成的恶果，可是“四人帮”已经倒台两年多了，有些同志的党风还如此不正，这是我们党的悲剧呀！

吴书记　是呀！我应该给中央写个检查，对其他同志也打算在党内进行教育。

张　老　党内是应该进行教育，可是这些同志所涉及的是一起刑事案件，司法部门会对案犯李小璋进行起诉，和这案件有关的同志也许都要出庭。

吴书记　我不反对，可是我有点担心，如今党的威信已经有所下降，如果公开审讯这一案件，那会不会……

张　老　问题摆在那儿，捂是捂不住的。群众迟早会知道，无非是当面不说，背后议论，长此以往，威信反而会越来越低。我们敢于公开地揭露和批评少数党员干部的特权思想和不正之风，正说明我们的党是完全有能力克服这些弊病的。

［周明华穿了一件非常漂亮的衣服跑上。

张　老　公开审讯李小璋，不但是为了教育干部，同时也是为了教育青年，挽救他们，把他们拉过来，为了不致再出现第二个、第三个冒名张小理的李小璋。

［周明华大惊失色。

吴书记 好，我给公安部门打电话！

［吴书记走向电话机旁，准备打电话。

周明华 （呼叫）你们，不要……

［周明华尖叫一声，昏厥倒地。

［张老、吴书记立即奔向周明华。

——**幕　落**

尾声

是谁说的可惜忘了，他说舞台是议会厅，可我们现在的这个舞台则是一个正在进行公开审判的法庭。至于坐在台下的这些可爱的、忠实的观众，则成了公审的旁听者。我们期望他们在亲眼目睹了这一案件的全部过程后，会对法庭的判决是否公正提出自己的看法。

审判席上坐着审判员和两名陪审员。被告席上坐着被告李小璋，他的背后站着两名法警。证人席上坐着证人吴书记、钱处长、孙局长、赵团长、郑场长。辩护人席上坐着辩护人张老。公诉席上坐着公诉人。幕启时，公诉人正在宣读起诉书。

公诉人 ……根据调查，证据确凿。因此，特向法院提起公诉。完了。

审判员 刚才，公诉人已经宣读了起诉书，对案犯李小璋的作案经过作了说明。被告李小璋，你认为公诉人所说的是否属实？

李小璋 （站起）全都是事实。

审判员 你认为你的行为是否构成了犯罪？

李小璋 我对法律不熟悉，但我承认我错了。

钱处长 什么？你错了？这么轻巧！

赵团长 你错在哪里？你说！

审判员 肃静！

李小璋 我错就错在我是个假的，假如我是真的，我真的是张老或者其他首长的儿子，那我所做的一切就将会是完全合法的。

赵团长 这是什么意思?!

钱处长 还这么嚣张!

孙局长 应当从严处理!

审判员 未经本庭许可，证人不得随意发言!

李小璋 在此，我要对本案的证人们表示我的谢意! 我之所以能够作案，并且差点从农场调上来，是因为赵团长帮我出的点子、孙局长给我通的路子、钱处长和吴书记给我开的条子、郑场长给我发的上调单子。（向几位证人深深地一鞠躬）我再一次感谢你们的好意，感谢你们所提供的方便，感谢你们的大力支持!

［赵团长气急败坏，钱处长恼羞成怒，孙局长目瞪口呆。

赵团长 审判员，请允许我发言。

审判员 请!

赵团长 被告刚才所说的与本案无关，请审判员制止他的发言!

郑场长 不! 审判员，请允许我发言。

审判员 请!

郑场长 我认为被告刚才所说的完全是事实，和本案大有关系。

审判员 其他证人对此有何意见?

吴书记 （站起）我同意郑场长的意见，应该允许被告说出所有真相，这……有好处。

审判员 被告李小璋，你还有什么要讲的?

李小璋 我想问一下，为什么周明华没有出庭?

［审判员与两个陪审员低声交换意见。

陪审员 周明华因病住院，不能出庭。

李小璋　（急切地）她怎么了？

陪审员　正在抢救。

李小璋　（呆住了）啊?!

审判员　你还有什么问题？

李小璋　（无力地）没……没了……

［李小璋抱头坐下抽泣。

审判员　现在请辩护人进行辩护。

张　老　（站起）我并没有想到被告会委托我担任他的辩护人。但在公审之前，我详细地了解了案情，并与被告进行了多次交谈，我终于接受了他对我的委托。

首先，我认为被告确实有诈骗行为，检察机关应该对他起诉，不如此就不能保障社会秩序，就不能教育和挽救失足的青年。但是我想提出两个问题，请审判员和陪审员在评议的时候予以考虑：一、被告之所以走上错误和危险的道路，除了他本人的思想品质等主观原因之外，是否还有更深刻的社会历史原因？我认为，林彪、“四人帮”横行了十几年，破坏民主与法制，毒害青少年，这是促使被告李小璋作案的重要因素。从这个意义上来说，被告李小璋也是受害者。有鉴于此，是否应该对被告从轻处理，请考虑。

二、被告的诈骗行为之所以畅通无阻，并不是由于他有什么特别高明的手段，而是我们这个还有特权的社会和某些不合理的制度给诈骗行为提供了土壤。比如，我们的一些受骗者、一些党员干部就为被告创造了条件，甚至帮他行骗。这些同志之所以这样做，除了封建特权思想的习惯势力之外，还因为他们都想通过被告满足个人的私欲。由此可见，他们不光是受骗者，也是骗局的参与者。他们也应负法律上的责任！

法庭在对被告进行量刑判决时，是否也应该正视这一现实？请考虑。

赵团长 什么？我们是骗局的参与者？

孙局长 我们还要负法律上的责任？

钱处长 张老，您说得太严重了，我没法理解，我也不服气！我们都是受了“四人帮”迫害的嘛！

张　老 难道只有我们才受过“四人帮”的迫害吗？应该说我们的党、我们的国家、我们的人民受过“四人帮”更大的迫害！你们应该深思一下：当我们惨遭“四人帮”的迫害、盼望有出头之日的时候，我们想的是什么？难道不是希望能重新工作，以后更好地为革命出力吗？那时候，群众曾对我们寄予无限的同情和期望。他们期待我们能挽救国家，希望我们能为人民造福！

可是今天，你们把这些都忘了！你们让群众体谅国家的困难，克己奉公，顾全大局，自己却在那里搞房子，牟私利；你们让别人的孩子“扎根农村”，自己却千方百计地把子女调回大城市；你们要群众艰苦朴素，自己却向往着更加奢侈的生活！我们不能与群众同甘共苦，又怎么能让群众与我们同心同德呢?！我真担心，我们的干部没有被“四人帮”搞垮，却有可能让这种不正之风把自己搞垮。警惕啊，同志们！否则，在这个法庭上，你们中的某些人虽坐在证人席上，可是在党纪的法庭上，必将站在被告席上！

——幕落·剧终

微博趣言

开通微博，想写一“微剧”以自贺，正在构思。先发两首绝句旧作，以开场：一、《自报家门》：“姓沙性散已成盘，属兔从无狡窟三。我本闲云舒卷久，爱山乐水畏高寒。”二、《邀云请山》：“隔江山峻彩云开，相看凭窗两不猜。常邀彩云来做客，青山何不过江来？”

2011 年 8 月 10 日 18：46

昨两首七绝，今再发两联，一书房联：“识字清风盈两袖，笼沙明月伴孤窗。”（我书房的清风不是不识字，是识字的，可和我一同乱翻书。笼沙之沙指我，出自杜牧诗“烟笼寒水月笼沙”。“笼”即笼罩，有照顾、保护之意。）二禅意联：“落叶三思方坠地，夕阳一瞥便沉山。”（人生的犹豫和决绝。）请评论，谢谢！

2011 年 8 月 11 日 18：47

《浪淘沙》：一瞥永萦怀，一笑难猜，娉娉袅袅一裙钗。萍水相逢何处去？不见重来。　寻觅立高台，注目前街。方才她忽现芳阶，欣喜若狂忙去会，认错香腮。

《南乡子》：西子最情长，邀我沙郎接到杭。吩咐湖山忙打扮。梳妆，立遣花开遍地香。　西子莫慌忙，浓妆不必便淡妆。杭纵柳长难系我。天堂，怎及金陵我故乡。

2011 年 8 月 12 日 21：11

刚发的两首词，是应成都一博友的要求，所以拿出献丑，也请批评。

我的诗词老师是词学大师龙榆生，我每有作业，都得到他的评点，多有赞誉，使我不敢不认真从事。平仄、对仗等规则，大概没问题，内容及诗味如何，不敢妄说。我一生爱好古典诗词，这是龙先生的栽培，我对他非常感恩。明天再发两首曲。

2011 年 8 月 12 日 21：31

我学诗词时，曾向龙师表示，尽量少用古代词汇，最好平白如话；尽量合乎格律，但不因此害意；尽量写出的是古典诗词，但一定使人看得出是今人写的。而后一点最为重要，思想、内容、意境、词语一定要有现代感，这是因为一切文学艺术都要从生活出发，而且要从作家的现实生活中吸取写作素材和艺术养料。龙师首肯。

2011 年 8 月 13 日 14：37

我本俗人，爱好自然，不故作高深，不擅长古雅，只能以本色示人。为人、为文、为诗、为词，亦如是。我所追求乃一“真”字。为人、为文、为诗、为词，更如是。以其真，方可善，进而美。宁可真俗，绝不假雅。我常告诫自己：莫自视其高，多贬抑自身。身段低微，才可仰首敬人，才能抬头向学。切记、切记。

2011 年 8 月 13 日 17：37

我曾赠龙师《小重山》词：“半世栽花体亦香，引来蜂与蝶，绕身旁。满天桃李万千行，飞鸿至，日日送芬芳。　有幸列门墙，视同亲骨肉，授词章。密云龙好胜琼浆，永难忘，一盅得先尝。”但没完篇，后四句为龙师亲笔补加。“视同亲骨肉”亦为他所改。词后龙师加注：密云龙为宋代名茶，东坡特以待秦少游者。

2011年8月15日22：48

刚才发的《小重山》首句之“载”为“栽”之误。另，因复旦要出龙师诗词全集，使我想起龙师待我之厚，故公布此词以纪念他，绝无自炫之心。相反非常羞愧，虽然龙师对我颇期许，还带我去周谷城先生家，让周先生看我的习作。但我真的不算龙师好学生，写得不多，也不好，辜负了他。他对我有赞誉，也有批评。

2011年8月15日23：16

好久没哭，下午看视频《老兵》，泣不成声。仵德厚是台儿庄战役敢死队队长，是将军级别的抗日指挥官，2007年去世，享年96岁。60多岁时回到故乡，妻与父亲已去世。他说他这一生对得起国家，但对不起家和妻。我恳请博友们看看此片，懂得什么是爱国，什么是英雄，什么是奉献，什么是牺牲，什么是人生价值……

2011年8月16日17：40

艾芜居然在缅甸参加过“共产主义小组”，中国有如此牛的作家吗？他流浪异国，厕身底层，与挑夫、马夫、鸦片贩、盗马贼为伍，做过杂役、店伙、教师、编辑，活到88岁，有这样丰富经历和漫长人生的作家的作品能不好看吗？他的人生和作品都有传奇性。花城出版社出版了他的文集，可先读他的《南行记》，会迷住你，我信！

2011 年 8 月 18 日 22：28

终于写完《打开天窗说亮话》，四千字，写了十天，如绣花，如熬粥，慢工出粗活还是细活？如孤芳自赏，便是绝活；如内视反听，怕是烂活。文章千古事，得失寸心知。我只知我说了真话，说了狠话，我还知会有人献花，也会有人拍砖，一由网友评论。此文这两天发在我的博客上，见博客中国网，欢迎搜读。

2011 年 8 月 20 日 20：51

开启微博已十天，竟有八万粉丝，受宠若惊，感愧莫名！于是写一七绝，聊表心意：“偶有闲情写博文，从无俗趣见官绅。不为权力歌功颂，字字言言献庶民。”

2011 年 8 月 26 日 09：28

英国长寿哲人罗素说：“有三种单纯而强烈的激情支配着我的一生，那就是：对爱情无法抑制的渴望，对知识永不停止的追求，以及对人类苦难痛彻心扉的怜悯。”他 80 多岁还在爱，还在读写和救援。当过捷克总统的剧作家哈维尔说：“活在真实中！”此话不假，此人也不假。这二金句影响我后半生，录与粉友共勉之。

2011 年 8 月 31 日 21：40

在美半年，除写作还读小说：阿仓《迷谷》、毕飞宇《推拿》、于仁秋《请客》、李凡纳利《伊斯坦布尔的幸福》（因回国未终卷）。回上海两月读袁小平《三分之一灵魂》、冒陈忠实之名的伪作《鹿野泪》，正在读王周生的《生死遗忘》。很高兴我还在读，还在学习，谢各位作者给我的启发，即便伪作亦让我思考。

2011 年 9 月 4 日 10：34

我晨 5 时半起，按摩半小时。午睡 1 小时。下午 4 时敲打胆经及体操 20 分钟。5 时健步走半小时，晚不论冬夏冷水浴 10 分钟。我 14 岁生脑炎，68 岁患胃癌，如今尚能饭，亦能写、能读、能游、能聊、能哭、能笑，乃数十年坚持运动使然。此外心态要好，幽默，乐观，决不生气，也不悲伤。热爱家庭、友人、需要帮助的人。

2011 年 9 月 4 日 20：50

我喜音乐，曾为德彪西写文章和姚文元辩论，“大跃进”时我还谱过曲。听曲时，只要听得懂并感动，我都会喜极落泪。我问一作曲家，你听曲会感动吗？他说听多了不了，如今听的只是技法。我不解，我不因看戏多了就不感动。写戏更会感动，自己不感动怎么感动观众？我和笔下人物总同情互动。

2011 年 9 月 5 日 20：14

“9·11”后不久，我在京参加民族文学会议。午饭时，一回族女作家为“9·11”欢呼，极为兴奋地说炸得好。我偷泣不已。死去的是美国民众，是异国的父老兄弟。他们是无辜的。我亦回族，怎无她那冰冷坚硬的心肠？饭无法下咽，我难过离去。翌年我在纽约，特去遗址悼念。鞠躬默哀，并替那位女作家忏悔，因我相信她的人性总会复苏。

2011 年 9 月 11 日 20：35

菲欧娜的丈夫死于“9·11”，她说：“这噩梦永难结束，将伴我一生。但我可选择态度来对待。我选择宽容，放弃仇恨。”这令我感动。黛西的丈夫是美伊斯兰教领袖，他们都热爱美国，“9·11”后他们构建穆斯林和西方以及各宗教之间的沟通桥梁，反恐主和，相互包容，为此受到误解打击甚至生命威胁，但坚持至今。这才是真正穆民！

2011 年 9 月 12 日 22：02

转发老穆草堂给我的回复：“我是回族，随着近些年阿拉伯世界与西方频频爆发争端，有些领导很粗暴地把中国回族的问题也国际化、宗教化了。这是极其愚蠢和不懂历史的，是造成矛盾的根源。中国回族发展史是一部文化融合史，没有任何一个少数民族能像回族这样完全融进中国社会发展，且扮演着极其重要的角色。”

2011 年 9 月 15 日 07：01

罗德远毕节草民，扎花圈、书挽联为业，不以身卑业贱而妄自菲薄，不因贫病交困而沉沦丧志。习诗词，如“半似酒徒半似仙，如醉如痴如疯癫。三分猖狂类阮籍，七倍穷形若颜渊”，“黑夜茫茫千重浪，魔影重重舞翩跹。孽界大千谁识我，万古知音只有天”。诗在民间，信然。十年前于困厄中去世，可叹！

2011年9月25日10：52

上海程老执意为我写“长编”，北京赵君誓愿为我写传记，情意恳切，既感且愧，我何德何能，竟传而记之？如是，则世无英雄，遂使竖子成名。我辞谢再三，并非谦冲，实在是有自知之明也。故而声明：来访、聊天、签名、合影、听乐、观剧、赏饭、邀游等等，如有空，定应承；若求序、索字、采访、写传，请原谅！

2011年9月30日21：29

蜜蜂让我说抗癌，鼓舞同病者。2008年春，胃癌开刀。毫不恐惧，还开玩笑。如中彩票，心态极好。癌非绝症，莫被吓倒。如今康复，活蹦乱跳。我有博文，敬请参考。二次生命，极为重要。大彻大悟，为生之道。活着为啥？郑重思考。为己为人，孰低孰高？知恩感恩，切莫忘了。以上是我获得二次生命之后的感悟。

2011年10月1日20：49

胃癌术后，尚能饭否？能饭能粥，能茶能酒。能睡能梦，能起能走。能亲能爱，能抱能搂。能悔能愧，能泪能羞。能做演讲，能上镜头。能写微博，能诗打油。能恤诚光，能骂高俅。能被和谐，能有粉友。能不正经，能无厘头。能话说尽，能屁放够。如此多“能”逞“能”，怎不康复如牛？问我高寿，哈，才 70 后。

2011 年 10 月 20 日 16：51

报载《琐忆王元化先生》，忆先生爱花、爱美食、爱孩子、爱西湖。我也认识先生，极敬重，不敢自诩忘年交，不够格。先生说：“要尽一个中国知识分子的责任，留一点不媚时、不曲学阿世、对人有益的东西，我愿在任何环境下，都能做到不降志、不辱身、不赶时髦、不回避危险。”任何环境下都不回避危险，掷地有声！

2011 年 11 月 7 日 07：51

前两天在微博上我说希望说些轻松话题，昨下午西北大学文学院请我围绕戏剧轻松地做演讲。结果从头至尾，笑声不断，以至爆笑，像是郭德刚。听者快乐，说者欣然。来西安多日，工作辛劳，日程紧张，借演讲之机松弛精神，放飞心情，心无挂碍，口无遮拦，笑话脱口而出，幽默张口就是。若有邀请，我还想再讲。

2011 年 11 月 12 日 11：09

我嗜书如命，如残破，必修复。昨借《可兰经》一册，与马坚和林松译本不同，译文浅白，自费出版。但封面脱落，我粘贴压紧，焕然一新。我又修补读研讲义《戏剧技巧》节译本（现已出上沉先生全译本）。某次乘地铁很挤，有客让出老弱病残座，我没坐，而让我怀中几本破旧古书坐，它们病残，且比我年长而珍贵。

2011 年 11 月 18 日 20：31

今看《含泪活着》，我是“含泪看着”，泣不成声。该片记录上海青年丁尚彪在日留学打工的艰辛。我也曾去日采写同题材的文章和话剧《东京月亮圆不圆》，但无《含》片震撼。像丁这样坚韧的人做什么事情都会成功，但 15 年夫妻分离只有中国人能牺牲，美国人绝对 SAY NO；丁已定居美国，如见面我除了鞠躬还说什么呢？

2011 年 11 月 26 日 06：43

白岩松耶鲁演讲，以自己命运的改变来表明中国人命运的改变及整个中国的改变，口才极佳。他说自己有实例，说中国人及全中国，以偏概全令人难以信服。但他机智幽默，风度翩翩，使我喜欢。陈丹青演讲“民国是历史还是现实”，真实可信，妙语连珠，我极敬佩。我推荐二位的演讲并请对比。

2012 年 1 月 3 日 22：38

礼多人不怪，我每天要说很多谢谢。去“喜十多”买面包，接过面包对店员说谢谢。去“沁之禾”买豆浆，对伙计说谢谢。饭店吃饭端菜上来，对小姐说谢谢。坐公交下车，对司机说谢谢（这是在美国学的）。在家老伴给我夹菜我说谢谢，给我拿鞋我说谢谢。如吃奶时我会说话，会对我妈说谢谢，会不会把她吓趴？

2012 年 1 月 5 日 20：39

昨在贵阳演讲并答问。我喜答问，无独自宣讲之距离，有相互探讨之融合。听众热情似火，举手问者甚多。主办者有提醒，许我“擦边”，但要注意尺度。可我有问必答，“老”言无忌，场内时有掌声、笑声，可见认同我直言。中宣部前部长朱厚泽极开明，曾说民主之门是挤出来的。我每演讲必“挤门”，以挤而不破为度。

2012 年 1 月 9 日 08：08

我本吸烟，理解烟鬼；我已戒，知戒之难。只望烟民守法规，公众处莫吸。如吸，需人同意，或避席。莫堂而皇之，目中无人，只顾过把瘾，不管他人健康。这很自私，损公德。我如见，必劝止，并示以笑脸，怕见怪。见人扔烟头于地，我也常俯身捡起，置之废物箱，也示以笑脸。妻说我有病！唉，怪癖也，改也难。

2012 年 1 月 14 日 12：02

我在家用手机上网，很开心，这是我第一次这样做。有老师在旁边教我，我会了，说明我这个老头不笨！哈哈，这真是“活到老，学到老，还有三样没学到”。加油！我争取八十岁的时候学开飞机，然后再学驾驶神八、神九以及神马，腾云驾雾，高翔蓝天。这绝不是传说，因为俺是个神人。网友们，你们说对吗？请鼓掌！

2012 年 1 月 17 日 19：50

在京与章诒和首次见，她怕我等急，一路频发短信：“20 分钟后，一身披黑衣老妇扑面而来，望勿惊吓！”午间她赏饭。我素不喜女士请客，故说 AA 制。章不悦，心想上海男人怎如此“腔调”。餐毕买单，204 元，我付 200，让章付 4 元。章问不是 AA 制吗？答这是上海的 Aa 制，男士 A 出整数，女士 a 出零头。章大笑。

2012 年 1 月 27 日 22：25

当年为调侃邓的四项基本原则，我在《导报》发表《我的四项基本原则》：“离经不叛道，崇洋不媚外，犯上不作乱，自由不泛滥。”中央某领导说这种人怎能当文化局局长，便撤销任命。今《南方人物周刊》已曝光。我佩服中央领导这眼光，更感谢他撤销任命。否则中国多了个贪官，少了个良民；多了个局长，少了个作家。

2012 年 2 月 5 日 21：08

在美写长篇《屁民喜剧》半部，回国一看，糟得怀疑是我所写。后找出多年前旧稿《那个忧郁的秋天》，亦小说，已写 11 万字，一看也惊，“好”得不信是我所写。当时怕思想超前，故弃，如今再看，观念已滞后。写作最重要的是保持心性自由。自由是作品灵魂，亦思想和观念灵魂。我将再写《那个忧郁的秋天》，加油！

2012 年 2 月 16 日 17：50

明天去宁参加同学聚会。近几年每次回去我都为父母扫墓，感谢他们给了我生命，感谢他们纯真的品性给我的影响。以后我也要归葬南京陪伴父母。我想在墓碑上写几句话："我努力过，很辛劳，实在累了，所以才安息于此。我来过，但没白来，所以欣慰。"还想对容忍过我伤害的人道歉："我爱你们，请宽恕我！"

2012 年 2 月 29 日 21：29

画家韩伍前晚收徒王齐云，主持黄达阿让徒跪拜，师不允，于是徒鞠躬，师对鞠；徒鞠连连，师躬频频。师致词：莫言师，互学习；徒答谢：做好人，执好笔。忽想起，本山收徒，烟烛绕，跪满地，特威势，特霸气，何必，何必！又想起，此饭局，非政局，不假客气，不拍马屁，更不争权夺利，我欣喜，愿出席。

2012 年 3 月 27 日 10：02

我儿子的同学在网上说，她两个双胞哥哥，当时八岁，在曹阳游泳池差点溺水，是我把他们救上岸。但我记不得。以前还有人说我曾帮他们介绍工作、解决住房、资助钱财等等。我也真的忘记。别人帮我的事，我倒记得很牢，一定感谢和回报。我母亲说过，你帮别人的事，忘得越快越好；别人帮你的事，记得越久越好。

2012 年 3 月 30 日 17：11

前晚去某朝鲜餐厅，7 时有美女表演，边在台上歌舞，边在台下待客，频繁更衣，交替角色。白天拣菜、洗菜，做杂役，极辛劳，极负责。月工资 1 200，大部分上交以"爱国"，到手仅 300，不许用手机、拍照片、逛大街。有一政委为特派，防叛逃，防意外，好比中国60年代。社会主义活样板，爱国主义好教材，令我伤怀！

2012年4月3日20：22

今在京参加“艺术独立论坛奖”评奖大会。我爱独立二字，故重视此奖。20人入围，5人胜出，我忝列其中，受宠若惊。获奖感言想说：“我获奖，我光荣。获奖感谢共产党，光荣归于毛主席。”怕不严肃，挨批评，只得正经。一正经就动真情，说：“艺术家必需坚守独立精神！”首先独立于政党，独立于领袖！鼓掌。

2012年4月8日22：29

昨在京一书店讲座，题为“吃饱了，撑着了！”听众有学者、律师、编辑、记者等，多为知识人。我漫无边际，口无遮拦，东拉西扯，胡说八道，听众竟也静听，也大笑，也鼓掌，也说好。非是好，是听众包容礼貌，对我要求不高。我只是说真话不教条，有故事有笑料。水平并不高，浅薄又无聊，真是“吃饱了，撑着了”！

2012年4月12日09：37

12日在京看蓬蒿剧场的美国剧《希尔维亚》，剧场负责人为牙医王翔，酷爱戏剧，理念先进，为小剧场运动的杰出组织者。14日在宁看昆剧院《访鼠》等折子戏，表演精彩，颇具功力。团长为柯军，惜未深谈。3月还在沪看上戏话剧《窝头会馆》、《共用厨房》，亦佳。凡对戏剧作出贡献者，我都极表敬意，辛苦了！

2012 年 4 月 15 日 17：21

昨看蔡嘎亮音乐脱口秀。蔡祖籍盐城。苏北人素受歧，苏北话亦遭讽，蔡深爱乡民，偏以乡音演出，自尊而亲切，自信且谦卑，不以喝咖啡、讽刺大蒜自傲，以吃苏北麦当劳、大饼油条自乐。来自草根，亲和底层，是苏北之光，上海之荣。昨观众满座，笑声满堂。逗我哭易，引我笑难，我也笑不已。我是俗人，故爱俗乐。

2012 年 4 月 29 日 12：26

前夜微雨登翠华山，住云中仙居。晨起，见主人准备“大学生人文素养和传统文化高层论坛”诸事，人手少，极忙，我便持帚打扫庭院，主人骇：“你是论坛特邀嘉宾，怎能扫地！”我笑：“今五一劳动节，此劳作正好当令，二是正合斯文扫地之意。”其实，见人忙，我只想帮，何况不扫眼前之地，何以扫除天下！

2012 年 5 月 2 日 11：34

5 月 3 日在常熟参观赵凯书画展，4 月 28 日在上海参观吴颐人书画展，29 日在西安拜访樊州画室，亦观画。赵为刘海粟爱徒，尤善写竹，潇洒飘逸，能窥竹魂，能闻竹声。吴亦亲炙名师，书尤胜画，其汉简书法，匠心独造，声名远播。樊大气磅礴，中西合璧，其“线画”为独创，甚怪异，难解其意，只怪我智商太低！

2012 年 5 月 4 日 16：46

前日母亲节，忆1957年高考作文《我的母亲》。我母织袜女工，勤劳本分，常说：非己物，切莫要；路有元宝，也莫拾为己有。又说太平军攻城，某妇背负亲子“跑反”，怀抱邻人重托一女婴。途中，奶不足，忍泪喂邻婴，亲儿致死。不贪他财，守信重诺，舍己为人，母教使我终生受益。每次回乡，我总去母坟前跪拜感恩。

2012年5月16日07：49

昨修手机，一妇女挤前买充电器，老板索价15元，妇女还价10元，二人争议。我嫌烦，且误时。附耳老板：5元我付。老板摇头。又悄向妇女：我有5元零钱。妇女摇手。我不惯还价，拔一毛而利天下，出5元而利两人，何乐不为？我常为此解囊解纷。友人知我此癖，问若买车，或买房，我是否乐意奉陪。我说我呆呀？

2012年5月26日17：24

社区沿河绿色风光带，甚美。健身者众，我也日行30分钟。有洁癖，常捡烟头；也捡碎玻璃，怕伤人脚。还捡一手机交公。日前，男女二青年面河坐石阶相拥，将饮料盒扔地。我想拾，怕见怪，只在不远处往返健步，想待他们走后再拾。他们走时竟拾盒扔废物箱，我喜；低估青年，我惭。他们拾盒，我拾回对90后的信心。

2012年5月27日08：47

明去京看戏《窝头会馆》，取书。有戏有书，人生至乐，不忧不愁，不争不斗，不恶语伤人，不谎言诓人。故我笑口常开，也曾流泪满腮：笑为生活美好，为他人幸福；哭为社会不公，为体制作恶。因此心态佳，故我“老而不死，还能写作，还能快乐，谓之福”。最想助人，常如此，惜钱少力薄，很是郁闷。

2012 年 7 月 3 日 14：56

在伏尔加河游轮上联欢，团友们唱《红莓花儿》，跳俄罗斯舞蹈，表演《锁麟囊》、《天仙配》。我激动，两眼湿润，他们那么忘情，那么奔放，艺术让他们年轻了，美丽了，我爱他们！回到生活，有人乱扔烟头，有人不听导游，有人违禁拍照，有人集合迟到……虽属个别，可我无语叹息。如果生活也像艺术那样美多么好！

2012 年 8 月 4 日 18：40

在圣彼得堡参观喀山教堂，有圣迹，许拍照，不许闪光。国人不知，使用闪光，我指出，倒听从。国外旅客，也闪光，怎么办？管不管？我同样：“No flash，please.”（请莫闪光）洋人表示谢谢。我爱管闲事，管到国外，管到洋人头上。人在国外，如此小事，值得吗？我不以事小而不为，不因独处而不慎独。

2012 年 8 月 6 日 11：05

《两棵树》：两棵树/年轮七二/树龄七五/默默无言/彼此守护/相看不厌/相思不苦/有鹊搭桥/有鸽传书/狂风：枝干挽手/你搀我扶/暴雨：根叶

浴沐/我洗你梳/阳光下/月光中/脱胎换骨/又新面目/深秋蜜月/落叶情书/片片叶面/尽展情愫/满地金黄/如火如荼/严冬将至/两树渐枯/莫道叶茂不见心相连/终生携手却在根深处。

2012年8月14日08：57

我正在写话剧《邓丽君》，昨看邓丽君去世十周年专题片，两眼潸然。我非常高兴我的感动，这说明我的心依然柔软，我的情仍旧丰赡，我的思还能飞翔，我的剧可能有望。只有我被感动，我才能感动观众。我曾在台北金马山邓墓前默誓："邓小姐，我写你，请放心，我一定呕心沥血、情深一往，绝不让你失望。"

2012年8月29日17：16

不知为何有人请见我，请我饭，听我吹，听我讲。我凡俗，不重要，还累被捧，称大师，称脊梁，坐首席，受颂扬。习惯了，会目空一切，自命不凡。会变丑，会变脏。我也会变，千万提防！昨饭局捧我说话，尽胡讲，太荒唐。我最喜听，前在苏，听聂、张诸友聊，多妙论，信息广，我少言，倾听吸收思想营养，畅！

2012年11月6日17：51

戏答沪友：去年底，来纽约，孕育《饭局》一剧。怕胎儿兔唇、塌鼻，欲堕去，颇犹豫。想到胎儿落地，即可获得美籍，俺就成了美国人的"呆弟"，故将怀孕进行到底。日拜观世音，夜服保胎剂。我是高龄产妇，千万不可大意。可时过一月，尚无妊娠反应，忧心如焚，万分焦虑，又怕过急，产下一只“速生鸡”。

2013 年 1 月 6 日 23：04

周有光先生今年 108 岁，精神矍铄，大气磅礴，思接千载，论向未来。笔耕不辍，时有新作，是生命奇迹，是寿星劳模！能和世纪文化巨匠生活在同一个时空，使他们的智慧和人格能直接感染我们、成就我们，这是天赐之福。周先生硕果犹存，102 岁的杨绛先生仍健在。13 号北京友人为周老祝寿，也祝杨老健康！

2013 年 1 月 10 日 21：35

五年前我癌切除，获二次生命。一更懂生命意义，生命不只长度，还需厚度、亮度，应以生命之重、之光服务社会。二更懂知恩感恩。在此我对帮我、爱我的无数相识和不相识的好人们深深一拜！你们无私的友情总使我流泪。我要像你们一样帮助需要帮助者，尤其是“癌友”，使之乐观坚强。我能康复，你们也一样！

2013 年 4 月 9 日 22：37

戴厚英、周介人、陆星儿、蒋丽萍、赵长天相继谢世，如今程乃珊又长逝，上海文学界又弱一人。他们作品好，人又好。他们每一人离去，就如我友谊的天空落下一颗星星，让我悲痛不已。我们这些后死者对已逝者最好的纪念就是坚强地活下去，做他们未了之事。有些人已死，犹如活着；

我们虽活着，千万别犹死！

2013 年 4 月 24 日 00：20

工余看电影，近看俄片《交响人生》、印片《我名字叫可汗》，让我动容。累了则听音乐，今听柴可夫、拉赫玛，居然哭了。睡前枕边读小说，严歌苓《陆犯焉识》、刘震云《故乡天下黄花》都耐看。自己白天写剧本。整日不离艺术，乐在艺术中，爱在艺术中，活在真实中，使我不太坏，勉强成好人，夫复何求？足矣！

2013 年 5 月 15 日 07：42

昨去文化广场看《妈妈再爱我一次》，场外久候，未见持票之友，懊丧返家。9 时友突致电，说快来，便风驰电掣，重返剧场，戏已尾声，无所观矣，但我爱剧场、爱观众，仍大有可看。剧场美轮美奂，设施现代；观众或歌或泪，"痴呆"可爱。剧场我生命，观众我挚爱。若有来世，我仍献身戏剧，忠实于观众和舞台！

2013 年 9 月 23 日 03：11

昨看香港话剧团《有饭自然香》，浓笔重彩描摹 60 年代香港风土人情，观众笑声不绝，掌声不断。我欣赏集编剧、导演、舞美于一身的陈敢权先生的才情，赞叹香港话剧团的实力。该团演过我的《耶稣·孔子·披头士列侬》，节目主管梁先生期望再次合作。明日请饭，为祝演出成功，也为作为同行向他们坦诚提点拙见。

2013 年 11 月 9 日 16：50

孩子们，新年好！今日如既往，5 时起，依然“翻墙”，依然写作。我深信，今年会有新突破、新成果。因：能有活力，不惧打压；能笑对失败，不蹈覆辙；能喜迎挑战，酷爱创新；能容纳异见，争取双赢；能勇往直前，坚信能赢，就一定胜利。小时我要求你们“自立、诚实、有爱心”，今以新年贺词共勉之，望笑纳。我爱你们，老爸。

2014 年 1 月 1 日 10：55

昨晚在上话看契诃夫《万尼亚舅舅》，太美妙！感谢导演沙彼罗和吕凉、承先、野芒诸演员，让我心更贴近了伟大的契诃夫。这是我近年看的最精美的戏！我是契粉，曾去俄祭契墓，如朝圣！还为游人讲解契氏之生平和艺术及契的优雅和幽默。契说人的一切都要美——容貌、服饰、语言、灵魂，是我座右铭。我爱他！

2014 年 5 月 23 日 14：07

火丁相连为“灯”，张火丁粉丝故称“灯迷”，昨晚在上海大剧院，张火丁演出《锁麟囊》，全场“灯迷”痴迷疯狂，我亦在场。张弟弟是张铁杆，边看边“夸张”，从艺品到人品，他细说端详。我边看边跟随默唱，沉浸艺术殿堂。看到动容处，珠泪盈眶。程派有张，后继有望。千灯万灯照氍毹，“张灯”结彩贺麟囊！

2015 年 2 月 8 日 10：16

图书在版编目（CIP）数据

阅世趣言/沙叶新著. —北京：中国人民大学出版社，2015.3
（天下文丛）
ISBN 978-7-300-20875-6

Ⅰ.①阅… Ⅱ.①沙… Ⅲ.①杂文集-中国-当代 Ⅳ.①I267.1

中国版本图书馆 CIP 数据核字（2015）第 036477 号

天下文丛
阅世趣言
沙叶新 著
Yueshi Quyan

出版发行	中国人民大学出版社		
社　　址	北京中关村大街 31 号	**邮政编码**	100080
电　　话	010－62511242（总编室）		010－62511770（质管部）
	010－82501766（邮购部）		010－62514148（门市部）
	010－62515195（发行公司）		010－62515275（盗版举报）
网　　址	http://www.crup.com.cn		
	http://www.ttrnet.com（人大教研网）		
经　　销	新华书店		
印　　刷	北京易丰印捷科技股份有限公司		
规　　格	170 mm×210 mm　16 开本	**版　　次**	2015 年 4 月第 1 版
印　　张	22.25 插页 2	**印　　次**	2016 年 12月第 2 次印刷
字　　数	288 000	**定　　价**	49.00 元